創元日本SF叢書28

遊戯と臨界

赤野工作ゲームSF傑作選

Games and Their Criticality

赤野工作

Kosaku Akano

東京創元社

目次

GAMES AND THEIR CRITICALITY

by

Kosaku Akano

2025

遊戯と臨界

赤野工作ゲームＳＦ傑作選

それはそれ、これはこれ

件名：返品させろ―Planet Jacks

[Samuel AD] to [supportMYTS]

またしてもやってくれたな詐欺師《さぎし》ども。善良な市民を騙《だま》して食うメシはそんなに美味《うま》いか？　シップスタンドの店員のセールストークなんか相手にせずマーケットのレビュースコアだけを信じて生きてりゃ良かった。先日おたくで購入した中古のスペースシップ・シミュレーター〝Planet Jacks〟の返品を希望する。７９９９・99クレジット。所定の返品手続きを教えて欲しい。

[supportMYTS] to [Samuel AD]

親愛なるカスタマー（仮）。ご連絡ありがとうございます。こちらは命運核客網《ミシインフークーワン》カスタマーサポートセンターです、この度はご不便をおかけし大変申し訳ありません。返品の際には全カスタマーに必要書類の提出をお願いしております。１：御購入店舗、御購入日時、御購入金額またはそれらを証明するもの。２：お客様生体登録認証。３：ご契約に関わる全ての情報をプロキシマ・ケンタウリ公安及び検疫に提出する旨の同意書。

[Samuel AD] to [supportMYTS]

生体登録認証を送付する。　購入履歴のナンバー2Bgw@844を確認してくれ。プロキシマ・ケンタウリ公安云々はどうせイエスって言わなきゃはじまんないんだろ？　だったら以降必要な同意書は全部そっちで勝手にイエスにしといてくれ。　購入日時は2月24日だが、ちょっと待て、これってプロキシマ時間で答えるのか？

[supportMYTS] to [Samuel AD]

親愛なるカスタマー（仮）。日付形式はこちらで変換するので結構です。また、返品受付期間は購入より地球時間で744時間以内となっております。確認が完了しました。この度は命運核客網をご利用いただき誠にありがとうございます。先日お買い上げいただきました〝Planet Jacks〟を返品されたいとのこと、承知しました。差し支えなければ、本商品にどのような問題がありましたか、お聞かせ願えますでしょうか？

[Samuel AD] to [supportMYTS]

どのような問題もクソもあるか。　ゲームの返品だぞ、クソつまんないんだよゲームが。ク・ソ・つ・ま・ら・な・い。分かるか？　よくもあんな出来損ないのゲームを長距離貨物船相手に売りつけようと思ったな。　最初はまだマシだと思ってたがやれればやるほどひどくなってくる。　長い船旅で暇になる度あんなもん遊び続けなきゃならないかもと考えるだけで目眩がしてきたんだよ、とっとと金を返せ！

[supportMYTS] to [Samuel AD]
ク・ソ・つ・ま・ら・な・い、とのこと、承知いたしました。心中お察しいたします、親愛なるカスタマー。大変お手数ですが問い合わせ内容の再確認にご協力ください。お名前、サミュエル・オレカシンデ様。2802年2月24日、プロキシマ・ケンタウリb軌道外郭店にてご購入の、2722年発売アクメ社製シューティングゲーム〝Planet Jacks〟がクソつまらなかったため、合計7999・99クレジットの返金を希望する。以上でよろしかったでしょうか？

[Samuel AD] to [supportMYTS]
完璧だオペレーターボットくん。それでさっさと進めてくれ。これからプロキシマ・ケンタウリcくんだりまで向こう一か月は退屈な航行が続くんだ、少しでも精神の安寧《あんねい》を保ちたいんだよ。燃料代もバカにならんし即刻引き払いたい。本当なら今すぐ引き取りに来てもらいたいくらいだが、現在長距離輸送中で座標は2auだ。どうせ宇宙の辺境だ何だと言ってサービス対象外だろ。まさかとは思うが、購入店舗でないと返品を受け付けないとか馬鹿なこと言わんよな？

[supportMYTS] to [Samuel AD]
ご安心ください、親愛なるカスタマー。安心安全の命運核客網グループでは、全宇宙1084のスタンド、年中無休、いつでもどこでも返品受付が可能です。つきましては弊社カスタマーサポート品質向上のため、返品にあたりいくつかの質問にお答えください。プロキシマ・ケンタウリb軌道外郭店にてお客様を接客した弊社社員の名前は覚えていらっしゃいますか？　接客態度に問題はありましたか？（あるとすればどんな？　例：カスタマーを殴る）

[Samuel AD] to [supportMYTS]
問題は大ありだ、親愛なるカスタマーサポート。対応したのは馬車馬《マ・チューマ》という名の店員だったと思う。俺はケンタウリcまでの航行物資を買ってたんだが、そいつが「ケンタウリcに行くなら長旅になりますので、ご一緒に〝Planet Jacks〟を購入されてはいかがですか」と俺に薦めた。ちょいと調べてみたらマーケットのレビュースコアは星3.8／10。こいつはまさかロクでもないゲームなんじゃないかと一瞬不安がよぎったが、そいつはそんなスコアはアテにならないと言った。

[supportMYTS] to [Samuel AD]
ありがとうございます。プロキシマ・ケンタウリb軌道外郭店、馬車馬の在籍を確認いたしました。弊社社員のセールストークに一部接客マニュアルから外れた倫理違反がありましたこと、心よりお詫《わ》び申し上げます。

[Samuel AD] to [supportMYTS]
おたくの社員はな、カスタマーである俺に、「ゲームのレビュースコアなんてなんのアテにもならないですよ」と言ったんだ。このゲームのスコアが低いのだって、最近になって心無い連中に低評価をつけられまくってるだけだと。むしろ一昔前にはここらの船乗り全員が一船に一台は載せてたくらい評判の良いゲームだと。古き良きアーケード・スタイルの720度展開式大型筐《きょう》体《たい》！　運動不足になりがちな船乗り稼業こそ、こういうデカいハードを実物で遊ぶのが粋《いき》なんです！　その時は俺もそんなもんかと思ったが、いざスコアの内訳を確かめてみたら驚きだ。コイ

ツは80年前のリリース直後から1点だの2点だのがつけられている宇宙でも指折りに評判の良くないゲームだったんだから。これが詐欺以外の一体なんなんだ?

[supportMYTS] to [Samuel AD]
親愛なるカスタマー。恐縮ですが、弊社カスタマーサポート品質向上のため、あわせて、プロキシマ・ケンタウリ公安及び検疫の規定項目に関する確認のため、返品にあたりいくつかの質問にお答えください。"Planet Jacks"を遊ばれましたか? ゲームは、つまらなかったですか?

[Samuel AD] to [supportMYTS]
親愛なるカスタマーサポート。既に手をつけてるなら返品拒否って誘導尋問か?

[supportMYTS] to [Samuel AD]
大変申し訳ありません。社内規定により、品質管理や接客インシデント等、正式な返品手続きには返品理由の確認が義務付けられております。今回のケースですと、お客様がゲームをつまらないと思ったかどうかが返品手続き開始の理由となりますので、その事実確認をしております。親愛なるカスタマー。再三恐縮ですが、御自身では"Planet Jacks"を遊ばれましたか? ゲームは、つまらなかったですか?(あるとすればどんな? 例:頭痛・吐き気を伴うつまらなさ)

[Samuel AD] to [supportMYTS]
そういうことなら理解した。返品理由にしっかり明記しておいてくれ。実際に遊んだ身として言

うが、俺がこのゲームに点数をつけるなら文句無しで1点だ。序盤はそこまで酷《ひど》い訳でも無かったので、大負けに負けて1.3点くらいはつけてやってもいい。そんなお情け以外はもう褒《ほ》めるところを見つけることすら出来ない具合だ。最悪も最悪。つまらん、つまらん、本当につまらん。即刻金と時間を返してほしい。宇宙船の外を眺めている方がよっぽどマシ。これでいいか？

[supportMYTS] to [Samuel AD]
ありがとうございます。理由欄は１４０文字の字数制限がありますので、「つまらなかった」で受付させていただきます。続いてですが、そのゲームのどこが、どのようにつまらなかったですか？（あるとすればどんな？　例：無意味なレベリングをやらされ続けておかしくなりそう）

[Samuel AD] to [supportMYTS]
返品ってのはそこまで細かく理由を書かなきゃいけないもんなのか？　強いて言うなら、シューティングゲームとして根本的に破綻《はたん》している。アクセシビリティが最悪だ。全面真っ白な背景にそれと殆《ほとん》ど同化してしまう薄黄色のレーザーや薄《うす》橙《だいだい》色の弾が飛び交う。スコアやライフといったＵＩも敵の攻撃と同色系統で見辛《みづら》い。易しい難しい以前の問題だ、まともに遊べない。おかげで倒すのに4時間かかったボスもいる。4時間だぞ。4時間ぶっ続け。もう無茶苦茶《むちゃくちゃ》だよ。

[supportMYTS] to [Samuel AD]
倒すのに最も苦労したボスは次のうちどれでしょう？　下記の中から最も近いものをお選びください。（複数選択可能）

・ステージ1　мошенник
・ステージ2　вор
・ステージ3　грабеж
・ステージ4　Карманник
・ステージ5　Растлитель
・ステージ6　убийца
・ステージ7　поджигатель

[Samuel AD] to [supportMYTS]
まぁこの中で選ぶなら4だな。というか、いくら返品するゲームでもネタバレされたくないんだが。不快だからやめろ。

[supportMYTS] to [Samuel AD]
失礼いたしました。続いて、サウンド面はいかがでしたか?

[Samuel AD] to [supportMYTS]
サウンド面も最悪だ。後半のステージは針が振り切れたガイガーカウンターの周囲を大量の蚊が飛び交っている安い盛り場のような雑音が終始流れていた。あれは環境音を再現しようと思ったのか?　一部のSEも本当に酷い。耳元でノイズを流されてるみたいで、音が鳴る攻撃は極力使

わない攻略を強いられたほどだ。サウンドが不快だからゲームの戦略要素に縛《しば》りがかかるなんて前代未聞だろう、それが面白いという物好きもいるだろうがな。

[supportMYTS] to [Samuel AD]
その際に聴こえていた音はどのような不快感だったでしょう？　下記の中から最も近いものをお選びください。（複数選択可能）

・ズキンズキンと脈打つような
・突き刺されるような
・締め付けられるような
・重苦しい
・食い込むような
・疼《うず》くような
・その他の不快感

[Samuel AD] to [supportMYTS]
もう言っただろ。その他だよ。針が振り切れたガイガーカウンターの周囲を大量の蚊が飛び交っている安い盛り場のような不快感。

[supportMYTS] to [Samuel AD]

ご協力ありがとうございます。次が最後の質問となります。ゲームがつまらなくなったのはいつ頃でしたか？（あるとすればどんな？　例：2、3日前から突然）

[Samuel AD] to [supportMYTS]
ステージ3の中盤に差し掛かった頃からだ。序盤はまだマシだったが、音も酷いし見た目も酷い、バランスは単調。もうやればやるほど眠たくなって耐えられなくなってきた。ダメなんだ、まともに集中が続かない、吐き気もしてくる。

[supportMYTS] to [Samuel AD]
親愛なるカスタマー。説明が足りずご不便をおかけします。設問「ゲームがつまらなくなったのはいつ頃でしたか?」ですが、YYYY/MM/DD形式でご回答願います。

[Samuel AD] to [supportMYTS]
は？

[supportMYTS] to [Samuel AD]
親愛なるカスタマー。説明が足りずご不便をおかけします。設問「ゲームがつまらなくなったのはいつ頃でしたか?」ですが、YYYY/MM/DD形式でご回答願います。

[Samuel AD] to [supportMYTS]

あのな。親愛なるカスタマーをそう馬鹿にするもんじゃないぞ。俺はな。ゲームがつまらなくなったタイミングを、西暦で答える必要性が分からなかっただけだ。

[supportMYTS] to [Samuel AD]
親愛なるカスタマー。配慮が足りずご不便をおかけします。社内規定の改善事項として報告させていただきます。設問「ゲームがつまらなくなったのはいつ頃でしたか?」ですが、何卒《なにとぞ》、YYYY/MM/DD形式でご回答いただけますか?

[Samuel AD] to [supportMYTS]
いや、もういい。おたくのところは金輪際利用しないから勝手にしてくれ。だがな、これだけははっきり言っておく。ゲームが何時何分からつまらなくなってきたかを覚えているヤツなんか全宇宙探しても一人もいないぞ。まぁ強いて言うなら2802年3月25日くらいじゃないか。

[supportMYTS] to [Samuel AD]
ご協力ありがとうございます。以上で弊社命運核客網グループの返品手続きに関する質問の確認事項は終了となります。続いて

[Samuel AD] to [supportMYTS]
続いて!?

[supportMYTS] to [Samuel AD]
ご協力ありがとうございます。続いてプロキシマ・ケンタウリ公安及び検疫の規定項目に関する確認を行います。以下の質問にお答えください。

[Samuel AD] to [supportMYTS]
おい、さっきの質問が最後って言っただろお前！

[supportMYTS] to [Samuel AD]
親愛なるカスタマー。配慮が足りずご不便をおかけします。先ほどの質問で弊社命運核客網グループの返品手続きに関する質問は終了となりました。ご協力ありがとうございました。続いてプロキシマ・ケンタウリ公安及び検疫の規定項目に関する確認を行います。これは返品手続きに合わせて、プロキシマ・ケンタウリ星系内を通過する全ての長距離貨物船に課されている確認事項です。拒否した場合、現在の航行領域からの即時退去、非協力的態度に対する罰金刑などが科される恐れがあります。

[Samuel AD] to [supportMYTS]
分かった、もう俺の負けだ。今度ばかりは本当に俺の負け。好きにしてくれ、何でも聞いてくれ。あのクソみたいなゲームとオサラバ出来るんなら、出来の悪い人工人格出題のウルトラ・宇宙の辺境クイズに答えるくらいなんてことはない。

[supportMYTS] to [Samuel AD]
ご協力ありがとうございます。プロキシマ・ケンタウリ公安及び検疫の規定項目に関する確認は、政府からの要請上、1件でございます。以下の質問にお答えください。

・現在窓から見える外宇宙に黄色恒星は浮かんでいますか?

イエス、オア、ノーでお答えください。

[Samuel AD] to [supportMYTS]
なんだ、窓の外を見て、黄色い星が見えるかどうか確認すればよいのか?

[supportMYTS] to [Samuel AD]
親愛なるカスタマー。左様でございます。窓の外を見て、黄色い星が見えるかどうか、イエス、オア、ノーでお答えください。

[Samuel AD] to [supportMYTS]
ああ分かったよ、見てくる、ちょっと待っててくれ。

[supportMYTS] to [Samuel AD]
承知しました。待機中、自動で音楽が流れます。メッセージチャットを再開される際には「再

開」とお申し付けください。

＊

[Samuel AD] to [supportMYTS]
再開。

[supportMYTS] to [Samuel AD]
親愛なるカスタマー。お帰りなさいませ。プロキシマ・ケンタウリ公安及び検疫の規定項目に関する確認が、1件、未完了となっております。2722年発売アクメ社製シューティングゲーム〝Planet Jacks〟がクソつまらなかったため、合計7999・99クレジットの返金を希望する件につき、以下の質問にお答えください。

・現在窓から見える外宇宙に黄色恒星は浮かんでいますか？

イエス、オア、ノーでお答えください。

[Samuel AD] to [supportMYTS]
ノー。黄色い星は一つも浮かんでいなかった。どれも白っぽい星ばかりだった。

[supportMYTS] to [Samuel AD]

ご協力ありがとうございます。親愛なるカスタマー。以上で返品に関する手続きは全て終了いたしました。復唱いたします。２８０２年2月24日、プロキシマ・ケンタウリb軌道外郭店にてご購入の、２７２２年発売アクメ社製シューティングゲーム〝Planet Jacks〟がクソつまらなかったため、合計７９９９・99クレジットの返金を希望する件、の、処理を受け付けました。受付番号は76E55203NT48になります。受付番号及び商品の現物を、最寄りの命運核客網グループシップスタンド、お客様サービスセンターまでご提出ください。お手数をおかけします。また、本件返品の受付開始につきましては、２８０２年6月30日からとなります。ご了承ください。

[Samuel AD] to [supportMYTS]
待った、最後のところ、もう一回復唱頼む。

[supportMYTS] to [Samuel AD]
復唱します。受付番号は76E55203NT48になります。受付番号及び商品の現物を、最寄りの命運核客網グループシップスタンド、お客様サービスセンターまでご提出ください。また、本件処理の受付につきましては、２８０２年6月30日からとなります。ご了承ください。

[Samuel AD] to [supportMYTS]
6月30日だと⁉　おい、三か月後じゃなきゃ返品受け付けないってのか⁉

[supportMYTS] to [Samuel AD]

親愛なるカスタマー。配慮が足りずご不便をおかけします。左様でございます。

[Samuel AD] to [supportMYTS]

バカ言え！　さっきもうあと一か月でプロキシマ・ケンタウリcに着くって言っただろうが！　そこから更に二か月⁉　クソつまんないゲームの返品のために、開拓者のバラックと慰安所しかないような星に船止めて寝て過ごせってのか⁉

[supportMYTS] to [Samuel AD]

親愛なるカスタマー。説明が足りずご不便をおかけします。大変申し訳ありませんが、貴方《あなた》は一か月後にプロキシマ・ケンタウリcに入港することは出来ません。なお、この処置はプロキシマ・ケンタウリ公安及び検疫緊急プロトコルに基づき、現時点よりプロキシマ時間にて48時間以内に開始されます。親愛なるカスタマー、貴方及び船は、プロキシマ・ケンタウリ衛生法42条3項但し書きに基づき、疫病処置のため二か月間の隔離措置を受けます。プロキシマ・ケンタウリ公安及び検疫チームが現在地点に到着するまで、2au地点にて停泊しお待ちください。

[Samuel AD] to [supportMYTS]

待ってくれ。分かった。さっきまでの受け答えの態度が悪かったのは謝る。俺もカッとしてたんだ。ゲームがあんまりにも面白くなかったもんだから、イライラしてた。ただ、そんな質問を二、三受けただけで病気だのなんだの、それを船ごと宇宙の真ん中に隔離ってのは、そりゃないんじゃないか。やりすぎだろう。プロキシマ・ケンタウリではこんな人権侵害がまかりとおっているのか。俺の言葉が少し威圧的、というかクレームっぽかったのは謝る。ただな、そんな身に覚えのない病気のことで隔離されるようなら、俺だって出るとこ出ても良いんだぞ。

[supportMYTS] to [Samuel AD]

親愛なるカスタマー。説明が足りずご不便をおかけします。大変申し訳ありませんが、貴方は一か月後にプロキシマ・ケンタウリｃに入港することは出来ません。

[Samuel AD] to [supportMYTS]

何故《なぜ》だ、何をもってそう言える。郷《ごう》に入ったら郷に従えってのは分かる。だが流石《さすが》にやり口が汚いだろう。おたくんところは客からのクレームに対してこういうやり口で抑え込んでるのか？　こっちの船のモニタリングしてるわけでもあるまいし。俺はただゲームがクソつまらないから返品してほしいと、お前にそう言っただけだぞ。ゲームがつまらなく感じるのは人間性の病気だとでも理屈をつける気なのか？

[supportMYTS] to [Samuel AD]

弊社命運核客網グループはプロキシマ・ケンタウリ公安及び検疫の全ての関係法規を順守しており、また、現地政府の指導勧告を正しく守っております。プロキシマ・ケンタウリ公安及び検疫は、プロキシマ・ケンタウリ衛生法42条3項但し書きに基づき、プロキシマ・ケンタウリｂからプロキシマ・ケンタウリｃを通る全ての貨物船ドライバーに対し、「２７２２年発売アクメ社製シューティングゲーム〝Planet Jacks〟がクソつまらない」と答えた場合につきましては、所定の問診をお願いしております。問診の結果、イエルナ・ウイルス感染事例として認められるケースにつきましては、関係機関への速やかな通報、並びに二か月間の隔離措置を要請しております。

[Samuel AD] to [supportMYTS]
なんだそのイエルナ・ウイルスってのは。プロキシマ・ケンタウリにはゲームがクソつまらなくなる恐怖のウイルスでも蔓延（はびこ）ってるのか？　本当に勘弁してくれ、配送日程もあるし、なんだったら返品処理を中止してくれてもいい。何の問題もない。遅くとも一か月後には処分できるはずだったのに、それがなんで返品を受け付けられたらもう二か月余計に待ってなきゃいけないんだ。心配していただいてありがたいとは思うが、俺はいたって健康体だよ。地球を出たときから体調に変化は全くない。咳（せき）も出ないし熱もない、なんかの間違いなんじゃないのか。

[supportMYTS] to [Samuel AD]
イエルナ・ウイルス　詳細　の検索結果はこちらになります。

イエルナ・ウイルス
　一本鎖の＋鎖ＲＮＡゲノムでコードされた５つの遺伝子からなる、ソノリオウイルスである。プロキシマ・ケンタウリ星系レデノに主に生息し、神経細胞への毒性を有するため、神経由来腫瘍への選択性が存在する。感染して１～７日後に発症、感染者が五感の一部を一時的に失い、主に黄色が見えづらくなる色覚異常を伴うため脱黄病とも呼ばれる。感染ルートや臨床像によって宇宙イエルナ、地上イエルナに分けられ、レデノが現地政府によって封鎖惑星となった現在では、地上イエルナの感染は長らく確認されていない。宇宙イエルナは重力の弱いレデノの大気がウイルスを含んだ状態で宇宙に放出されていることから感染が拡大するものであり、人獣共通感染症かつ広義の飛沫由来感染症である。

感染した場合、治療は抗ウイルス薬と支持療法による。プロキシマ・ケンタウリ星系レデノは古くから宇宙交易路として栄えてきたプロキシマ・ケンタウリbからプロキシマ・ケンタウリcの中間にあり、数十年に一度のペースで大気が放出され、当該交易路を通過する長距離貨物船での感染が確認され、一般的に「旅人の病」と称されることも多く、治療環境へのアクセスの困難から重症化するケースも少なくない。致死率は非常に低いものの、感染した場合には黄色が見え辛くなることから視野が全体的に白っぽくなる、聴覚にノイズが走り高い音が聴き辛くなるといった症状があらわれる。閉鎖された宇宙船内では患者自身が症状を認知しづらいため、治療の遅れから症状が慢性化するケースは60%から90%に達する。

プロキシマ・ケンタウリ星系の検疫法ではⅠ類感染症に指定されている。2662年の発見から現在に至るまで星系一帯は常時警戒下にあり、感染者にはプロキシマ・ケンタウリ衛生法に基づく隔離処置がとられる。星系の歴史において古来、複数回の宇宙的大流行が記録されており、2719年に起きた大流行では、当時のプロキシマ・ケンタウリ星系に居住する12億5000万人の18%にあたる2億人に感染したと推計されている。2727年の診断法確立からは、ジャコ研究所によって対処法がマニュアル化され流行は減ったが、近年でも偶発的な感染は発生している。2791～2800年で星系全体で128名が感染し、死亡者数は1名（死亡率1.2%）である。

24

以上となります。

[Samuel AD] to [supportMYTS]
病気で黄色が見え辛くなってる？　ということは、このあたりの星系ってのは、本来黄色恒星で溢《あふ》れてる場所ってことなのか？

[supportMYTS] to [Samuel AD]
親愛なるカスタマー。説明が足りずご不便をおかけします。はい。

[Samuel AD] to [supportMYTS]
取り乱して申し訳なかった。確かに、今確認してみたが、黄色が見えづらくなっているかもしれない。画面を殴ったエラー表示の警告アイコンが真っ白だった。

[supportMYTS] to [Samuel AD]
心中お察しいたします。（本メッセージはカスタマーの皆様の不慮の事故、病気、死亡等に対し弊社からの一般的な哀悼の意を表するものであり、哀悼対象に対する弊社の責任を当然に認めたものではありません）

[Samuel AD] to [supportMYTS]

悪いが信じがたい。プロキシマ・ケンタウリ検疫は、窓から星を見て白だ黄色だと言っただけで人を診断するような、そんな原始的なやり方をしているのか?

[supportMYTS] to [Samuel AD]

親愛なるカスタマー。説明が足りずご不便をおかけします。大変申し訳ありませんが、先ほどの設問1~7につきましては下記の通りの内訳となります。設問1は、弊社カスタマーサポート品質向上のための設問。設問2~6は、弊社カスタマーサポート品質向上のため、あわせて、プロキシマ・ケンタウリ公安及び検疫の規定項目に関する確認のための設問。設問7は、プロキシマ・ケンタウリ公安及び検疫の規定項目に関する確認のための設問。プロキシマ・ケンタウリ公安及び検疫の規定項目に関する確認は、プロキシマ・ケンタウリ衛生法42条3項但し書き附則に基づき、6つの設問によって感染の診断を行っております。

[Samuel AD] to [supportMYTS]

これはおたくのサービスへのクレームとして受理してほしいが、別種の手続きの質問を一まとめに聞くのは分かりづらいので、やめてくれ。

[supportMYTS] to [Samuel AD]

心中お察しいたします。(本メッセージはカスタマーの皆様の不慮の事故、病気、死亡等に対し弊社からの一般的な哀悼の意を表するものであり、哀悼対象に対する弊社の責任を当然に認めたものではありません)

[Samuel AD] to [supportMYTS]
俺はクソつまらんゲームの批評してるつもりで、その実、俺自身の診断をされてたってことか……。ちょっと確認させてほしい。最初の設問はなんだった？

[supportMYTS] to [Samuel AD]
設問1を復唱します。

Q．プロキシマ・ケンタウリb軌道外郭店にてお客様を接客した弊社社員の名前は覚えていらっしゃいますか？　接客態度に問題はありましたか？（あるとすればどんな？　例：カスタマーを殴る）

A．購入店舗：プロキシマ・ケンタウリb軌道外郭店、対応社員：馬車馬。問題はあった。「ケンタウリcに行くなら長旅になりますので、ご一緒に〝Planet Jacks〟を購入されてはいかがですか」と薦め、「ゲームのレビュースコアなんてなんのアテにもならないですよ」と言った。

[Samuel AD] to [supportMYTS]
間違ってない、2問目は？

[supportMYTS] to [Samuel AD]

設問2を復唱します。

Q．御自身では〝Planet Jacks〟を遊ばれましたか？　ゲームは、つまらなかったですか？（あるとすればどんな？　例：頭痛・吐き気を伴うつまらなさ）

A．つまらなかった。

[Samuel AD] to [supportMYTS]
3問目。

[supportMYTS] to [Samuel AD]
設問3を復唱します。

Q．そのゲームのどこが、どのようにつまらなかったですか？（あるとすればどんな？　例：無意味なレベリングを延々とやらされ続けておかしくなりそう）

A．シューティングゲームとして根本的に破綻している。アクセシビリティが最悪。全面真っ白な背景にそれと殆ど同化してしまう薄黄色のレーザーや薄橙色の弾が飛び交う。スコアやライフといったＵＩも敵の攻撃と同色系統で見辛い。易しい難しい以前の問題、まともに遊べない。おかげで倒すのに4時間かかったボスもいる。

[Samuel AD] to [supportMYTS]
なるほど、そうか。いや、言われてみればおかしいとは思ってたんだ。ＵＩも背景も全体的に白っぽくて、そこに同化するみたいな配色の弾幕はバンバン飛び交って、こんな球避けられるわけがないって思った。作ったヤツには何見えてるんだって思ったんだ。そうか、あれは、俺の方がゲーム画面を正しく見られてなかったのか。

[supportMYTS] to [Samuel AD]
設問４を復唱します。

Q．倒すのに最も苦労したボスは次のうちどれでしょう？　下記の中から最も近いものをお選びください。（複数選択可能）

A．ステージ４　**Карманник**

[Samuel AD] to [supportMYTS]
Карманник は確かにヤバかった。もう画面全体がチカチカしてゲームどころじゃなかったから。でも確かに、**Карманник** は保護色みたいなレーザーを一番出してくるボスではあったけど、攻撃自体は単調なもんだった。あれは見えてたら避けれたってことなのか、時間かけて安置で粘るのが正攻法じゃなかったってことか。

[supportMYTS] to [Samuel AD]
設問5を復唱します。

Q．サウンド面はいかがでしたか？　その際に聴こえていた音はどのような不快感だったでしょう？　下記の中から最も近いものをお選びください。（複数選択可能）

A．その他（針が振り切れたガイガーカウンターの周囲を大量の蚊が飛び交っている安い盛り場のような不快感）

[Samuel AD] to [supportMYTS]
本当に針が振り切れたガイガーカウンターの周囲を大量の蚊が飛び交っている安い盛り場のような不快感のあるBGMだったんだ。耳の周りでキンキン鳴って、こめかみに痛みが走った。それが2720年のプログレッシブというものなのかなと思ったんだ。宇宙船内でそんな高音聞くことはなかったから、分からなかったんだよ。

[supportMYTS] to [Samuel AD]
設問6を復唱します。

Q．ゲームがつまらなくなったのはいつ頃でしたか？（あるとすればどんな？　例：2、3日前

から突然）

A．２８０２年3月25日

[Samuel AD] to [supportMYTS]
分かったよ。もう分かった。復唱を止めてくれていい。潜伏期間の逆算ってことなんだろ。確かに航行ログは3月20日ごろにレデノの隣接領域を通過したことになってる。ちょっと、あれだよ。色々急いでたもんで、船外作業行った後に宇宙服のまま便所行って、手を洗わずに出てきたとか、一人で旅してると、色々雑になるんだよそういうのが！　俺が悪かった。ゲームは悪くなかった、俺が悪かったよ！

[supportMYTS] to [Samuel AD]
備考を復唱します。

A．ク・ソ・つ・ま・ら・な・い。

[Samuel AD] to [supportMYTS]
停止。復唱停止。停止。

[supportMYTS] to [Samuel AD]

復唱を停止します。親愛なるカスタマー。これにて返品のお手続きは完了となりますが、プロキシマ・ケンタウリb軌道外郭店にて接客をいたしました弊社サポートスタッフ馬車馬から本件ご意見の聞き取り調査を行い、本人から謝罪のメッセージを受け取っております。再生してもよろしいでしょうか？

[Samuel AD] to [supportMYTS]
正直言って今更どの面下げて謝ってもらえばいいのか分からないが……、本人がお話ししてくれているのであれば申し訳ないので再生してくれ……。

[supportMYTS] to [Samuel AD]
親愛なるカスタマー。配慮が足りずご不便をおかけします。それでは、弊社サポートスタッフ馬車馬からのメッセージを再生します。

『…………あっ、お世話になっております！　この度は親愛なるカスタマー様にご迷惑をおかけし大変申し訳ありませんでした、プロキシマ・ケンタウリb軌道外郭店にてサポートスタッフをしております馬車馬と申します！　先日お売りしました〝Planet Jacks〟がクソつまらなかったとのこと、本当に、重ねがさね申し訳ありません！　ええと、すみません、何と言ったらいいのか、私個人はあのゲームはまぁそこそこ面白いなと思っておりまして、こういう意見が来ると思っておらず、困惑と言いますか、あの、大変申し訳なく思っております！』

『あの、〝Planet Jacks〟は、確かにレビュースコアだけ見れば3.8／10とあんまり良いゲームには思えないかもしれませんが、一昔前なら10点9点がバンバンつくようなゲームで、本当に、一船に一台載ってるようなゲームだったんです！　今でもベテランの船乗りの皆さんはお守り代わりに船に載せてるくらいで、それが今回、現物を格安で回収できて、カスタマー様に買ってもらうのが一番だと思いまして！「ゲームのレビュースコアなんてなんのアテにもならないですよ」というのは、その、言葉のアヤと言いますか、訴訟だけはご勘弁いただけますでしょうか！』

『安心安全の命運核客網グループでは、全宇宙１０８４のスタンド、年中無休、いつでもどこでも返品受付が可能です』

以上となります。

[Samuel AD] to [supportMYTS]
親愛なるカスタマーサポート。

[supportMYTS] to [Samuel AD]
はい、なんでしょう?　親愛なるカスタマー。

[Samuel AD] to [supportMYTS]
２７２２年発売アクメ社製シューティングゲーム〝Planet Jacks〟のマーケットレビュースコア

は現在いくつか分かるか？

[supportMYTS] to [Samuel AD]

親愛なるカスタマー。２７２２年発売アクメ社製シューティングゲーム〝Planet Jacks〟のマーケットレビュースコアは、現在、星3.8／10となります。

[Samuel AD] to [supportMYTS]

では２７２２から２７３２年の期間、イエルナ・ウイルス拡大中のスコアはいくつだ。

[supportMYTS] to [Samuel AD]

親愛なるカスタマー。２７２２年発売アクメ社製シューティングゲーム〝Planet Jacks〟のマーケットレビュースコアは、２７２２から２７３２年の期間中、星2.1／10となります。

[Samuel AD] to [supportMYTS]

では２７３２から２７４２年の期間、イエルナ・ウイルス終息後のスコアはいくつだ。

[supportMYTS] to [Samuel AD]

親愛なるカスタマー。２７２２年発売アクメ社製シューティングゲーム〝Planet Jacks〟のマーケットレビュースコアは、２７３２から２７４２年の期間中、星8.9／10となります。

[Samuel AD] to [supportMYTS]
なるほど。こりゃ確かにゲームのレビュースコアなんてアテにならないわけだ。ウイルス拡大中は自分の方がおかしくなってると分かっていない奴《やつ》らが低評価を乱打した、ウイルス終息後はこのゲームを遊んで早期に感染に気付けた奴らが有難《ありがた》がって高評価を乱打した。その歴史の積み重ねが間をとって3.8という現在の数字になってるわけか。

[supportMYTS] to [Samuel AD]
2802年2月24日、プロキシマ・ケンタウリb軌道外郭店にてご購入の、2722年発売アクメ社製シューティングゲーム〝Planet Jacks〟がクソつまらなかったため、合計7999・99クレジットの返金を希望する件につき、他にご質問等ありますでしょうか？　よろしければ、今後の弊社カスタマーサポート品質向上のため、今回の対応につきお客様満足度を1～10のスコアでお申し付けください。（最低1、最高10）

[Samuel AD] to [supportMYTS]
親愛なるカスタマーサポート。ありがとう、今のところは問題ない。10点にしておいてくれ。助かったよ。……まぁ強いて言うなら、最悪の評判と最高の評判の間をとったにしては3.8というのはちょっと低すぎる気もするってくらいか。これが7点、いや、せめて6.5点くらいになっていれば、俺も自分の感覚の方がおかしくなってるんじゃやって疑うことが出来たのに。なんだってこんな点数になってるんだ。

[supportMYTS] to [Samuel AD]

親愛なるカスタマー。10点の高評価、誠にありがとうございます。最後の質問、「最悪の評判と最高の評判の間をとったにしては3.8というのはちょっと低すぎる気もする」につきましては、先ほど弊社サポートスタッフ馬車馬からも説明がありました通り、最近になって当該商品のレビュースコアが下がっていることが原因になります。当該商品のレビュースコアが下がっている理由としては、口コミ内容を分析した結果、下記の通りのパティーンが提案されています。

・病気でゲームがつまらなく感じていたのは事実だとは思うが、いざ治った後に遊んでみても大して面白くなかった。ゲームを遊んで病気が早期に発見されたことは〝たまたま〟であり、そんな要素をゲームの評価に含めるのは批評公平性から見ておかしかった。病気が治った今となっては、良くて3.8点のゲーム。

以上となります。最後に。10点の高評価をいただき、今後も変わらぬサービスを提供できるよう、全社スタッフ総力を挙げてお客様第一主義を邁進《まいしん》して参ります。この度は安心安全の命運核客網をご利用いただき、誠にありがとうございました。

明日もより良い星間飛行を！

お前のこったからどうせそんなこったろうと思ったよ

【格闘ゲームと超光速通信】

フレームとは、対戦型格闘ゲームにおける時間の最小単位を示す言葉である。

21世紀の格闘ゲームはいずれも1フレーム（F）＝1／60秒を主流としており、ゲーム内で実行可能な全ての攻撃手段は、モーションの発生時間から攻撃判定の持続時間、次の入力を受け付ける硬直時間に至るまで、その全ての所要時間がプレイヤー達の手によってF数で計測されることになる。二人のプレイヤー間で攻防が激しく繰り返される格闘ゲームでは、まるでもつれあった量子のように、プレイヤーの行動の結果が、相手プレイヤーの次の行動を確定させてしまうためだ。

モータルコンバットXのSUB-ZEROというキャラクターを例に説明しよう。彼はコントローラーの特定のボタンを押すと、「相手に向かって真っすぐパンチを放つ」という技を持っている。格闘ゲームの基本中の基本、所謂《いわゆる》、弱パンチ（弱P）と呼ばれる技だ。ボタンを押すと同時に彼は腕を振りかぶり、相手の顔面目掛け真っすぐ拳を突き出し、腕を引いてまた元の構えに戻る。言葉にすればたったこれだけの技でも、1／60秒の世界ではプログラムにより順を追って処理されている。まずはじめに、彼の弱Pはコマンド入力から攻撃発生の予備動作にかかる発生時間（腕を振りかぶる演出）に9F《フレーム》かかり、攻撃が発生して相手にダメージを与えられる持続時間（腕を突き出す演出）は僅《わず》か1F、攻撃が外れた場合は元の体勢に戻るまで16Fも硬直時間（腕を引いて元の構えに戻る演出）に置かれる。1＋9＋16、合計26F。時間にして約0.4秒。繊細で緻密なプログラム内世界においては、たった一発のパンチが空《から》ぶっただけでも、プレイヤーには0.4秒もの隙《すき》が生まれてしまうということだ。

二人のプレイヤーはパンチが外れた事実を観測した瞬間、場合によっては腕を振りかぶりはじめた最初の1Fを観測した瞬間から、互いに0.4秒ほど先の未来の行動が決定される。誰もが勝利のためにゲームを遊んでいる限り、その隙に「最大限につけこむ」攻撃が飛んでくる未来は当然に訪れるからだ。反撃も、防御も、回避ですらも。パンチを外したプレイヤーは遙《はる》か26F先まで一切の行動をとることが出来ない。その事実を観測した相手プレイヤーは当然、16Fの硬直時間に確実に当てることの出来るF数を持つ技、中でも最大のダメージを与える技を次の行動として選択する。相手プレイヤーの次の行動は確定的に明らかなのだから、パンチを外したプレイヤーも当然、自らがパンチを外した事実を観測した瞬間、相手の次の行動を確定的に知り、自らの次の行動を決定することになる。そうして勝敗の行方《ゆくえ》は可能性の収束を繰り返す。次も、その次も、最終的に勝敗を決める決定打でさえも。

誤解なきように言っておくが、もちろん、世の中にはそこまで合理的に行動を判断出来るプレイヤーが多いわけではない。熱くなって非合理的な行動ばかりとってしまう者や、コマンド入力さえ覚束ない者はごまんといる。しかし、そうしたプレイヤーは往々にして、同一の仇名で呼ばれることが多い。「雑魚《ざこ》」だ。上級者同士の対戦ともなれば、彼等の姿を背中越しに眺めることしか出来ない我々雑魚には、その攻防が「超光速通信」に似た様相に見えることすらある。最初のコマンド入力の結果がモニターに描画されるのと同時に、二人のプレイヤーは近い未来の互いの行動を知る。未来の可能性は攻防を重ねるごとに収束していき、最後のコマンド入力の結果がネットワークを介して伝達されるよりも早く、二人のプレイヤーは勝敗の行方を知る。０と１とがやっとの思いで現状を計算し終えた時には既に、二人のプレイヤーの間で勝負は終わってしまっているのだ。そうなった時、格闘ゲームという娯楽の存在は最早《もはや》、分かりきった未来の答え合わせに過ぎなくなってしまう場合さえある。

　だからこそ、一部の熱狂的なゲーマー達は、１Ｆの通信遅延にも異常なまでの怒りを示す。当然の話だ。神聖な戦いの場であるゲームを、特に「邪魔さえ入らなければ自分が絶対に勝っていたはずのゲーム」を、勝負とは無関係な要因になど邪魔されて黙っていられるはずがない。彼等は日々夢中になってネットワーク機器の性能を比較し、それらを有線ケーブルで繋《つな》ぐことによって安心感を得ようとする。繰り返されるアップデートのバージョン毎《ごと》の処理時間をグラフにして分析し、Amazonのレビュー欄でコンマ１秒以下の些細《ささい》な遅延について喚《わめ》きたてることもある。プロバイダのサービス不足に嘆き、ゲーム機のメンテナンス不良に憤《いきどお》り、ゲームを即刻修正しろとＳＮＳ上で公式アカウントにリプライを送る。理解していただけなくても結構。こうしてどれだけ不満を口にしたところで、未来永劫《みらいえいごう》、自分達が満足してゲームを遊べる日がやってくることはない。それさえも、承知の上での行動なのだから。

　この世界は速度の上限が２億９９７９万２４５８㎧と決められた息苦しい世界だ。光の速さを以《もっ》てしても地球の裏側の人間とゲームを遊べば３Ｆ程の遅延が発生する。

　現代文明には遅くなりすぎた光速が今後アップデートされる予定も全くない。
どれほどの未来が訪れたとしても、私達は、光の遅さに苛立《いらだ》ち続けなければならない。

「お前のこったからどうせそんなこったろうと思ったよ。わざわざ1.3秒待たなくても、次にお前が口にする言葉はもう読めてる。『邪魔さえ入らなければ俺が勝ってた』だ。どうだ、違うか？」

まずは礼儀として言っておく。対戦ありがとう。まったくクソみたいな試合だった。本当、そういうところだけは昔から全く変わらないな、お前。夜空に浮かぶ満月に向かって罵詈《ばり》雑言《ぞうごん》を喚いているうち、私は自分が人より少しばかり気が短い性分だったことにようやく気付かせてもらえた。月から地球までの距離はおよそ38万4400㎞。それは光の速さで通信しても返信までにおよそ1.3秒かかる距離だということであり、格闘ゲームで言えば技の入力から発生までにおよそ77Fの通信遅延が発生する距離だということでもある。77Fだ。77Fと言えば、『GUILTY GEAR Xrd』のミリア＝レイジの必殺技シークレットガーデンの発生時間77Fと同じフレーム数だ。遅い遅い遅い。あれはハッキリ言ってコンボパーツや起き攻めの専用技で五体満足の相手にぶっ放すような馬鹿はいないが、月と地球とを結ぶこのラグだらけの星間ネットワーク上では技の発生を見てから防御姿勢をとるまでたった1Fの猶予も許されない恐ろしい技と化する。どれだけ鍛《きた》えたゲーマーでも動体視力で敵の攻撃に対応出来るのは6Fから12Fが限界だと言われており、それ以上の反応速度を見せる連中にはむしろ薬物による脳ドーピングや電子機器による神経制御の不正が疑われることもあるくらいだ。あまりにゲームプレイが遅延し過ぎる結果、逆に超光速の反応がプレイヤーに要求されるとは笑えるな。今の対戦を見て笑っていたようなギャラリーがいるなら、端から一人ずつぶん殴るつもりでいるが。つまりはこんな通信環境で満足にゲームを遊べる人間なんかいないということだ。分かったか。私は対戦が始まるずっと前から分かっていた。しかしそれを事前にお前に伝えようと思ったら、地球から月までの38万4400㎞、光の速さで通信しても送信までに1.3秒というあまりに途方もない時間がかかっていた。以前のように、お互いがゲームセンターで並んで対戦をしていた時代であれば、ゲームが終わって0・006秒で『ふざけんなゴミ真面目《まじめ》にやれ』の言葉をお前に届け、0.3秒でお前の椅子《いす》にケリを入れることも出来たのだが、今となってはそれすら出来なくなってしまったのだから仕方がない。

わざわざ言葉にせずとも分かっているとは思うが、再戦だ。認められない。お前、まさか今ので逃げるつもりじゃないだろうな。『邪魔さえ入らなければ俺が勝ってた』と言い逃れするつもりなのはとっくに読んでるぞ。舐《な》めるなよ。60秒間互いにただの一発も当てられず、最後はゲームを放棄したお前に、やぶれかぶれの小パンが事故で当たっただけ。こんなものはゲームとは呼ばない。よもや殴り合いなどと呼べるわけがない。昔、お前が池袋のゲームセンターで他の客にケリを入れて喧嘩《けんか》になった日のこと、忘れたとは言わせん。あの時も今回の対戦と状況は酷似していた。にらみ合いを続けたまま戦況は膠着《こうちゃく》した。全ては最後の一太刀《ひとたち》で決まる。それはお互いゲームが始まる前から分かっていたはずだというのに、お前は、隣に座って観戦していた雑魚が『じっとしてるだけじゃ勝負になんねーぞ』と笑っていたのを耳にし、あろうことかゲームの最中にブチギレ、反射的にそいつの座っていた椅子にケリを入れた。最後はゲームを放棄したお前に、やぶれかぶれの小パンが事故で当たっただけ。もしかしたらお前は知らない情報かもしれないので念のために伝えておくが、この世には他人にケリを入れる片手間に遊べるゲームというものは存在しないんだ。言っておくが、あのゲームも、今のゲームも、私が勝っていた。仮にお前の言う『邪魔』が入っていなくても、私は、勝っていたんだ。それを、お前が無理矢理、『邪魔が入って負けた』テイにした。勝てるはずだったゲームを有耶無耶《うやむや》にされた私が、あんな形の勝利に満足出来ると思うか？　出来るわけないだろう。これは私達にとって何十年ぶりの対戦になると思う。お前が覚えていようがいまいが私は許すつもりは一切ない。２０２２年に池袋でやった以来なので、50年ぶりだ。今日が２０７０年の12月18日なので、正確には48年と１０８日ぶりになる。これもフレームで言ってやらないとお前みたいな社会不適合者には理解が難しいか？　１万７６４０日×24時間×60分×60秒×60、合計は９１４億４５７６万Ｆだ。９１４億４５７６万Ｆぶり。これはお前の持ちキャラで言えば、はあとの『愛の鉄拳ぱんち』が実に25億４０１６万発分も打てる膨大な時間となる。

どうせ何を言っても返答は77Ｆ後にしか返ってこないのだから、悪いが今のうちに言える文句は全て言っておく。お前のやることは昔から何もかも遅すぎるんだ。今日だってなんだかんだと理由をつけて対戦を始めるまでに一体何分私を待たせた？　重力の小さい月では頭に血が昇って人間は顔がむくむと言うだろう。地球では人より回転が遅かったお前の頭も、月に行って少しは血の巡りが良くはならなかったのか？　こうして久々に対戦出来たこと自体は喜ばしく思ってる。それがこんな結果に終わってしまった後でもな。あの日、あの時、あの対戦が終わった時、お前は私に一体何と言った。店員に平謝りしてそそくさと店を出た後だ。『邪魔さえ入らなければ俺が勝ってた』だ。『邪魔さえ入らなければ俺が勝ってた』。当の本人にこんな説明をするのもふざけた話だが、それ以来、私は私なりにこのゲームをやりこんだんだ。毎日新宿に通って腕の立つ連中相手に研究を重ねたし、毎日通信遅延への愚痴とメーカーへの要望しか投稿されないお前のTwitterも穴が開くほど見た。それもこれも、次やる時は一つの言い訳も許さず完膚なきまでにお前を叩《たた》きのめしたいと思ったからだ。それにもかかわらず、お前はあの日以来、ゲームセンターに顔を出すことは二度となかった。Twitterはゲーム仲間に言動を注意されて放置した。気持ちは分かる。人は誰しも後ろ指は差されたくないものだからな。しかしだ。しかし、こうして私達二人が直接話すことすら一体何十年ぶりのことになる？　相対性理論では時間は重力に比例して遅く進むと言われている。月の重力は地球の6分の1。お前が月で暮らしているのが嘘《うそ》ではないのなら、私の体感時間と比べて1秒につき100億分の6・64秒は早く連絡をよこしてもおかしくないはずだろう。それともなんだ。お前の破綻《はたん》した時間感覚では、『すぐ』とはおおよそ半世紀後のことを言うものなのか？　では良いことを教えてやる。お前に口うるさく怒っていた連中は全員死んだ。ゲーセンがあった場所は今はアジアン・マッサージになった。これでお前も気兼ねなく地球に帰ってくる気になれたか？

こんなラグだらけの通信環境でゲームを遊ぶ羽目になる前に、一言連絡をくれても良かっただろう。月からゲームに誘うくらいなら、何故《なぜ》地球にいるうちに誘ってくれなかった？　死んだ連中も随分と口は悪かったが、お前を嫌っていたというわけじゃない。今更『リハビリのためにゲームに付き合って欲しい』などと連絡が来た時、私がどう考えたか、どう感じたか、このクサレ野郎を一体どうしてやろうと思ったか、お前に想像が出来るか？　お前はもう私の手の届かないところに行ってしまったんだなと、思ったよ。月にいる人間はそう簡単には殴れないからな。でも、これで分かっただろう。目を覚ませ。格闘ゲームに寝たきり老人のリハビリなど務まるわけがないんだ。これは少なくとも私達にとって、かつては『喧嘩』そのものだったはずの行為だ。世の中には殴って解決出来る問題と出来ない問題の二通りの問題が存在する。下品なコンボと下品なハメでお前が下品な勝利を収めるたび、この下品な野郎をどうやって殴って分からせるべきかと悩んだことは一度や二度ではない。今回だって同じだ。ホームから最寄りの駅まで何分、最寄り駅から軌道エレベータ・フロントまで何時間、地球から月まで何日かかるかを徹底的に調べあげ、最短何秒でお前を殴って分からせてやれるのかを計算した。しかし、今のお前を殴っても意味はないと思って、やめた。世の中には殴って解決出来ない問題の二通りの問題が存在する。今のお前を殴っても、おそらく、何も解決しない。月で暮らしているということは、多分、そういうことなのだろう。私の読みに間違いはあるか？　月の重力は地球の6分の1。お前が月で暮らしているのが嘘でないなら、お前は今、地球上の6分の1の身体負担の環境下で余生を過ごしているということになる。月に常時滞在できる人間など数は知れている。真面目腐った研究員、役人、技術者、あとは、地球にいても回復の見込みがなく、低重力下での終末医療を受けに行った寝たきりの半死人だ。お前が研究員になれる器か？　役人になれる性分でもないだろう？　断言するが、技術者になるような頭は間違いなくない。

心配するな。悪口を言っているわけじゃない。私のところにも入居の誘いは何度も来た。そのたびにセールスマンだか医者だか分からない連中を怒鳴って追い返してやったがな。あいつらのセールストークはいつも似たようなものばかりだ。こちらが呆けているのだと思って同じ言葉を何度も何度も繰り返す。私から言わせれば、呆けているのは同じ言葉を繰り返す連中の方だ。『低重力下の月に行けばベッドから起きて今より自由に身体が動かせるようになります』『月の大気に含まれる向精神薬には副作用はありません』『今後は格安の運航便も増えますからご家族との面会もより気軽なものになるでしょう』馬鹿が。まったく的が外れている。姥捨て山《うばすてやま》に誘うのならもっとマシな誘い文句が他にあるだろう？　お前だって似たようなことは考えたはずだ。例えば、ネオジオやCPSチェンジャーのような月面共通規格に適さない旧世代のゲームハードを月で遊ぼうとした場合、大気の存在しない月面に降り注ぐ宇宙線がどの程度対戦環境に影響を及ぼすものなのか。月面に存在するほぼ全ての電子機器には中性子衝突によるハードエラーを予防するための冗長回路が組み込まれているが、それらの負担は2000年代初頭のゲームを遊ぼうとした場合マシンにどの程度の処理遅延を生み出す可能性があるのか。月の大気に含まれる向精神薬に副作用は認められていないとは言うが、そもそもあれは正常に働いたとして、閉鎖空間における圧迫感を緩和し月面基地内の空間がより広く認知されるという作用の薬だろう？　困る。格闘ゲームにおいて空間認識能力ほど勝敗を左右する能力はない、間合いが普段より広く見えてしまう薬など大きなお世話だ。私は呆けたフリをして、これらの重要な問題について何度も何度も連中に確認をとった。ケアマネージャー。相談支援員。月面の小役人。病院の営業。結局、ただの一人としてまともに回答を出来た人間はいなかったがな。月に行くなど馬鹿馬鹿しい。自分で自分の棺桶に入りに行くようなものだ。それも『二度と地球に帰って来ない』という馬鹿げた契約書付きで。違うか。少なくとも私は、連中のメッセージをそう理解したが。

その中でも極めつけに当たる問題が、月と、地球との、38万４４００㎞という途方もない遠さだ。光の速さは2億９９７９万２４５８㎧という低速からもう変えようがない。この距離を今より少しでも縮めようと思えば……、月の方から地球に近寄ってもらうのが無難だとは思う。だが、思うだけだ。どうもこの38万４４００㎞という間合いを変えると、遠心力と重力のバランスが崩れて月が地球に衝突してしまう可能性があるらしい。まったくいかんともしがたい。月と地球との間の通信に77Ｆの遅延が発生する問題に解決策は存在しないんだ。地球に未練があるわけじゃない。月でまともにゲームを遊べないのが問題なんだ。月にはどの程度格闘ゲームのプレイ人口がいるのか。まともに対戦が成り立つ環境はあるのか。月は地球上のどこのサーバーに属しているのか。月と地球との通信に77Ｆの遅延が発生する以上、そんな状況で地球の連中と対戦ゲームを遊ぶことは不可能だ。月で対戦ゲームを遊ぼうと思えば、月で対戦相手を見つけるしかない。私は間違っているか？　道義的には間違っていたとしても、論理的には間違ってはいないはずだ。しかしだ。しかし連中は、それを聞いて、私にこう答えた。『地球との星間通信はオプション契約となります』連中は質問をはぐらかしたんだ。万が一にもと思って確認はした。光速を超えるネットワーク環境を構築している業者は月に存在しますか、と。答えはもちろんノーだ。連中は私に、『ネットワークに1.3秒ほどの遅延は発生しますが、地球との間でゲームを遊ぶことは不可能ではありません』と告げた。そうだな。確かに不可能ではないだろう。77Ｆも悠長に通信遅延を眺めている間に二度も放たれるヨガファイヤーに耐えられればの話だがな！　世の中には殴って解決出来る問題と出来ない問題の二通りの問題が存在する。これは殴って解決出来ない問題の典型例だが、結果的に私はその場で暴れたことによって月に行かずに済んだので、視野を広く持てば、まぁ、これもまた『殴って解決出来た問題』の範疇《はんちゅう》だったと言っても構わないだろう。

　この世界は速度の上限が２億９９７９万２４５８㎧と決められた息苦しい世界だ。光の速さを以てしても地球の裏側の人間とゲームを遊べば３Ｆ程の遅延が発生する。現代文明には遅くなりすぎた光速が今後アップデートされる予定も全くない。どれほどの未来が訪れたとしても、私達は、光の遅さに苛立ち続けなければならない。たかが7日間で作られたゲームの物理法則はとっくに時代遅れになってしまったが、どれだけ泣いても喚いても、金にならないゲームのバージョンアップに手を出さないのは神もゲーム会社も変わらない。覚えているか？　code_18の『タキオン』。METAL GEAR SURVIVEの『ワームホール』。そして『量子テレポーテーション』。ゲームの設定に御大層な名前の超光速通信技術が盛り込まれるたび、よく一緒に話しただろう。『そんなに快適に対戦出来るアイディアがあるなら、なんでとっととそれをゲームに実用化しないんだよ』と。しかし私達が生きるこの時代はどうだ？　同じだ。当時と何も変わらない。２０２２年のあの日と同じように、２０７０年の今も、私達は光の遅さに苛立ち続けている。タキオンなど空気清浄機の名前でしか聞いたことがないし、ワームホールなど卑猥な言葉と未《いま》だに区別さえつかない。量子テレポーテーションに至っては、もう何十年も前に実用化されてしまった。今こうしてお前と話している回線がそうだ。どうだ？　私達の会話は量子の力で光速を超えているか？　タイムトラベル小説のごとく、過去のお前は未来の私の説教をひたすら黙って聞いているか？　超えてない。そもそも量子テレポーテーションは最初から光速を超える技術じゃなかった、やってくることもない未来を夢見ていただけだった、あの頃の私達は。

アインシュタイン＝ポドルスキー＝ローゼンのパラドックス。量子もつれの関係にある2つの絡み合った電子は、お互いが置かれた空間的な距離に影響されることなくそれぞれの影響を受け合うため、一方のスピンの状態を観測すると波束の収縮が引き起こされ、瞬時にもう一方のスピンの状態も確定的に判明する。かの天才物理学者アインシュタイン様にも、そうして2つの電子の量子状態が互いの観測結果によって影響を受け合う様は、どれだけ引き離されても波束の収縮の影響が光速を超えて伝達する、言わば『超光速通信』かのように見えていたらしい。アインシュタインが何を遊んでいたかまでは知らないが、大方、奴《やつ》も遊んでいたゲームがトロすぎて光の遅さに心底ウンザリしていたんだろう。しかしこんなもの、小難しい言葉が並んでいるから分かりにくいだけで、ようはゲーセンで片方のモニターと手元さえ見ていれば、もう片方のモニターと手元の動きも想像がつくみたいな話だ。超光速通信でも何でもない。腐れ縁でつながり合った輩《やから》同士がゲームを挟んで真っ正面から向き合えば、お互いどこにいようが互いの考えを読もうと腹を探《さぐ》り合う、一方がどんな技を出すかを決めた瞬間、もう一方の考えも必ず同じ地点までたどり着くってだけの話。私もお前も大会じゃまともに成績を残せた強豪じゃなかったが、それにしたってトップの連中の試合を見て『まるで超光速通信みたいだ』なんて雑魚の決まり文句を口にすることはしなかっただろう。光速を超えられないなんて弱気でゲームを遊んでいたら負ける。

光速を超えて、モニターに結果が描画されるより早く相手の考えを読まなければ、自分がコマンドを入力した瞬間、既に相手に自分の考えが読まれていたことを悟って、モニターに結果が描画されるより早く自分の敗北が分かってしまうこともある。そうだ。だからこそ格闘ゲームは楽しい。だからこそ私はこんな老いぼれた体で未だにゲームに縋《すが》りついている。お前だって未だ、私と同じことを考えているはずだと、私は、お前の考えをそう読んでいた。

読みを外した人間がみっともなく悪態をついていると蔑《さげす》んでくれても構わない。お前の口からだけは、『リハビリのためにゲームに付き合って欲しい』などという言葉は、聞きたくなかった。お前にとってゲームはリハビリに成り下がってしまったのかと思うと、今も、出来ることなら、お前の横《よこ》っ面《つら》を可能な限り強く殴ってやりたい。しかし、駄目だ。何もかもが遅すぎる。お前の口からそんな言葉が出てくること自体、問題は既に、お前を殴って何かが解決出来た頃とは変わってしまったということなのだろう。私達は、似た者同士だ。日に日に型が古くなるクソみたいなCPUが描き出すプログラムを、日に日に型が古くなるクソみたいなモニターで観測し、日に日に型が古くなるクソみたいな脳みそでもって、どちらが早く処理を出来るかを互いに競い合ってきた。お前は昔から何をするにもいい加減な性格ではあったが、唯一、ゲームに邪魔が入ることに関してだけは実に神経質な男だった。自分がゲームに負けた責任を何かに擦《な》り付けない日など一日も無かった。プロバイダのサービス不足に嘆き、ゲーム機のメンテナンス不良に憤り、ゲームのソースコードを修正しろとSNS上で喚き、時には『光の速さが遅すぎて負けた』とまでブチギレて見せ、0と1とが瞬《また》くよりも速く文句を言い続けた。ウルⅣで負けた時の言い逃れは語り草だ。『触った瞬間に分かった。PS4版はxbox360版よりも3Fほど動きが遅い。遅れてなければ今のは勝ってた。じゃなきゃお前に負けるわけがない』負け犬の遠吠《とおぼ》えは長くなるほど痛快だとあの頃は考えていたが、カプコンがver1.03の不具合修正パッチを出した時の告知、あれを見たときのお前のしたり顔は、忘れようと思っても忘れられるようなものではない。

お前の気持ちは分かる。たった3Fの入力遅延が耐えられなかったはずのお前が、77Fもの通信遅延がある月から格闘ゲームをしようと誘ってきた。お前の人生にはもう、それくらいしか選択肢が残されていないのだろうという事情は分かる。お互い、人生の終わりは近い。どんな形でも良いから元の居場所に戻ってきたかったという気持ちも分からないわけじゃない。正直に言えば、お前がわざわざ2070年12月18日という日を指定して対戦の申し込みをしてきた時、私はお前が何を考えているのかを悟って、それがお前に今出来る精一杯の悪あがきであることを悟って、とても、心苦しかった。だが、許せないんだ。お前ほどの人間が、結局は77Fの遅延を妥協してゲームを遊んでも構わないという判断をしたことが許せない。人生、最後の最後で都合良くゲームに縋り付いてきたな。悪いがそうはさせんぞ。あの日、あの時、あの対戦で、自分の敗因を光の遅さに擦り付けて、『たった3Fの入力遅延でも一発の小パンを当てられなくなる』と宣《のたま》ったのはどこの誰だった？　そうだ。お前だ。世の中には殴って解決出来る問題と出来ない問題の二通りの問題が存在する。現実で殴って分からせてやれないなら、ゲーム内で殴って分からせてやることも出来る。しかしこんなラグだらけの環境で、一発のパンチをそう簡単に当てられると思うか？　そうだ。普通に考えれば、当てられっこない。お前はそんなことどれだけ呆けても分かっている。『リハビリのためにゲームに付き合って欲しい』だと？　耳ざわりの良い戯言を抜かすのもいい加減にしろ。お前は格闘ゲームがリハビリになど役立つわけがないと最初から分かっていただろう。つまりは最初から、お前はこの対戦で、私と真っ向から殴り合う気など毛頭なかったということだ。何をやっても殴られない場所から、何をやっても殴られない環境でゲームを遊ぶ。ただ、時間が無為に過ぎ去っていくだけ。そんなものはリハビリとは呼ばない。私には分かる。よもやゲームなどと呼べるわけがない。『思い出作り』だ。あの世に行く前の『思い出作り』。お前があの世に勝ち逃げするための思い出作りなど、絶対に許さん。

お前から久しぶりにゲームに誘われたあの日以来、私は『一発ぶん殴ってやらないと気が済まない』という気持ちを久しぶりに思い出した。２０２２年に池袋で感じた以来なので、50年ぶりだ。正確には48年と１０８日ぶりか。住み慣れた我が家を追い出されて施設に入ってからというもの、こんなに頭を使わされたことは無かった。美味《うま》くもない朝食の粥《かゆ》を啜《すす》っている時も、不味《まず》くもない夕食のパンを齧《かじ》っている時も、77Ｆの通信遅延という特殊な状況下のゲームプレイにおいて、どのようにお前のしたり顔に一発をねじ込むかという戦略だけをずっと考えていた。これは言いかえれば、今この瞬間も、お前が何を考えているのかをずっと考えているってことだ。夜空に浮かぶ満月に向かってここまで罵詈雑言を喚いた日など他にない。あそこに浮かんでいる月、私が今こうして観測しているあの月は、今から77Ｆも前の過去の姿をしている。お前のいる場所から、私のいる場所まで、光が降り注ぐのに、38万４４００㎞、1.3秒、77Ｆ。遅い遅い遅い。それじゃあ何もかもが遅すぎるんだ。月明かりが地球に降り注ぐよりも速く、私はお前が何を考えているのかを読まなければならない。そうでなければお前に勝てない。分かるだろう。どうせお前が死ぬのなら、完膚なきまでに負けたまま死んで欲しい。死ね。クローン培養の歯で乾いた唇を嚙《か》みしめて、『次やってたら絶対俺が勝ってたのに』と己《おの》が弱さを呪《のろ》いながら死ね。あるいはそれが嫌なら、地球だろうが、月だろうが、何度でもリベンジにだけは付き合ってやってもいい。とにかく、『邪魔さえ入らなければ俺が勝ってた』と言い訳しながら、勝ってもいないのに勝ち逃げした気分に浸ってお前が死ぬのだけは絶対に許さん。格闘ゲームの醍醐味《だいごみ》は読み合いによる一発のねじ込み合いだ。一発のパンチを放つ直前、一発のケリを放つ直前、お互いが何を考えていたのかは、実際に殴り合うことでしか答え合わせが出来ない。さて、どうだった。実際に殴られてみた感想は。このゲームが始まる直前、お前から連絡が来る直前、お前が私の前から消える直前、一体私が何を考えていたか、お前に読めたか。何も言わなくていい。喋《しゃべ》るな。わざわざ1.3秒待たなくても、次にお前が口にする言葉はもう分かっている。

星間ネットワークを介しての格闘ゲームはほぼ詰将棋だ。対戦が始まる直前、お前はどのタイミングでローディングが終わり、試合開始の合図が何時《いっ》コールされるかを測りあぐねていただろう。あまりに酷《ひど》いラグで何時から入力可能時間が始まるかも分からなかったが、開始の合図を目で観測してからコマンド入力を始めていては、ゲーム開始と同時に77Fもの膨大な隙が生まれてしまう。そこでお前は何時ローディングが終わっても最速で行動に移れるよう、試合が始まる前、ローディング画面が表示されているうちから何かコマンドを入力していようと考えた。何かボタンを連打さえしておけば、何時ゲームが始まろうがとりあえず棒立ちになることだけは防げるからな。お前の最速の行動手段『立ち小斬り』は発生14Fの攻撃技。しかしこれはゲーム開始時の間合いでは相手に届かない近接技なので、当てようと思えば数F消費して大分間合いを詰めなければならない。コマンドとしては前進からの小パン。これを連続入力するのは危険だろう。場合によっては順序が逆転して入力が受け付けられ、当たりもしない攻撃を放った後で無防備に相手に近づくという最悪の結果も招きかねない選択だ。少しばかり遅くても、ワンボタンの連打で発生し、もう少し間合いの広い攻撃という選択の方が安定している、ようにも思える。その条件下で考えられる最速の技は……『立ち中斬り』の発生16F。しかしこれも選択肢としては不安要素が多い、と、お前はそう考えた。何かボタンを連打しておけば棒立ちになることだけは防げるというのは事実だが、画面の描画が遅れる77Fの間に立ち中斬りが無事に発生したことを観測出来るのは、さらにそこから77Fという長い時間を待った後。どれだけ最速でボタンの連打を止められたとしても、立ち中斬りが無事に相手に当たった後で、もう一度無駄な立ち中斬りが発生してしまうことを止められない。一方、中斬りを当てられた相手はダメージ硬直時間の発生でそれまでのコマンド入力が無効化される。77Fの入力遅延があったとしても、次の立ち中斬りの隙を目掛けて大技をカウンターに放つ対応が間に合ってしまう。

そこでお前はこう考えた。連打をせずとも試合開始と同時に棒立ちにならない『最善の選択』は他にないものか。ある。もちろんだ。私もすぐに思い至ったからな。レバーを斜め後ろに下げっぱなしにして、開始と同時にガードが発生するようにしておけばいい。私が仮に初手で上段攻撃を振ってきたら、攻撃が発生した事実を観測した後に悠々とカウンターに移ることが出来る。私が仮に初手で防御態勢に入ったら、お互い間合いをとって次の反応を窺《うかが》うだけの話だ。私とお前は鏡合わせだ。私が初手でジャンプや弾を振ってくることはないと、お前はおそらくそう考えたんだろう？　何故なら、私もお前はそういう運ゲーみたいな真似《まね》はしないだろうと考えたからな。ただこの選択も、その後のお互いの行動によっては非常に危ない結果を招く可能性があった。私の持ちキャラは足が速いが、お前の持ちキャラは鈍足だ。お前が1歩下がるのと同じ時間で私は4歩前に出れる。このゲームの通常投げは発生が全キャラ3F。3F！　それはゲーム中最速の攻撃手段だ。仮に私がゲーム開始と同時にお前に接近していた場合、77F後の両者は激しく密着状態となって観測されていたことだろう。そうなればもう、このゲームはどちらが早く投げを撃てるかというだけの勝負にもつれ込む。非常にリスクが高い行為だ。まさか万が一にもそんな読み合いもへったくれもない勝負を私が挑んでくるとは思い難いが、それでもなお、お前はそのリスクへの対処を考えずにはいられなかった。やはり前進すべきか？　それとも後退すべきか？　どれだけ考えてもロジックはループし続ける。結局のところ、こんな疑問に正解などない。最後に行動を決めるのは所詮《しょせん》、お互いの人間性でしかないのだからな。だからもちろん、お前の唯一無二の友人である私には、『当たりもしない近接技のしゃがみ小斬り20Fをその場で連打しておく』という選択をした時のお前が、何を考えていたのかは手に取るように分かる。相手が無暗《むやみ》に突っ込んでくることを期待して軽く腕を伸ばしただけのジャブ。相手が自分の想定より愚かであってほしいと願うだけの腑抜けた攻撃。長年の友人が既に呆けてしまった可能性を期待して技を選ぶとは、お前という人間の性《さが》が出ていて、なかなか素晴らしいじゃないか。お前、まだ呆けてなかったんだな。友人として嬉《うれ》しいぞ。私はてっきりお前が月で耄碌《もうろく》してしまったものと思い込んで、ゲーム開始と同時にその場でしゃがみ小斬り17Fを連打してしまった。当たりもしない攻撃を擦《こす》りあった数秒間のにらみ合いは、私のゲーム人生の中でも最も無意味な時間だった。

お前と対戦する時はいつもこうだ。お互い手の内を知りすぎてしまっているせいで、何か行動を起こそうとすると次に相手がどう反撃するのかが予想がついてしまい、読み合いが巡り巡って結局激しい攻防を始めることが出来ない。何時まで経《た》っても間合いの測りあいが延々と続くだけ。見ている分には面白くもなんともないだろうが、やっている分にはこれが面白いのだから仕方がない。ゲームがこういう下らない展開になることは最初から分かっていた。だからこそ、私には勝算があった。逆に言えば、お前には不安があったんじゃないのか？　ヤニ臭いゲームセンターで肩を並べて、同じ重力の下でゲームを遊んでいた頃とは違う。悪いが、お前の遊んでいるゲームは月で遊ぶようには元から作られていないんだ。私とお前とでは吸っている空気が違う。お前の吸っている月の空気の成分は21％の酸素と79％の窒素、アルゴンガスが含まれていない代わりに微量の向精神薬が含まれていて、お前は自分でも意図しないうちにごくごく軽度のアリス症候群を発症するよう脳が調整されている。お前はそれを分かっているからこそ、自らの目で観測した『間合い』を潜在意識下で疑ってしまっている。地球上でゲームを遊んでいた時よりも、少し甘めに、技の届く範囲を見誤ってしまうかもしれないと恐れているんだ。だからこそ、その弱点を狙われないよう、自ら攻撃を仕掛けることを極端に避けようとした。どうだ。違うか。終《つい》の棲《すみ》家《か》で思い出作りに勤しむ老人にはお似合いの戦法だと思ったが。ひたすら待ちの姿勢で間合いを測り、牽制で当たりもしない攻撃を適度に散らしながら、私がしびれを切らして懐《ふところ》に飛び込んでくるのを待つ。間合いを気にすることなく飛び道具を撃つという選択肢もあっただろうが、お前にはそれをやらないことは明白だった。『泥投げ』の全所要時間は１６６Ｆ。77Ｆの遅延が発生する宇宙開発時代の通信対戦においても、ガードされたら反撃確定の死に技だ。もしも撃ってくるとしたら間合いをまだ探りあっている序盤、ここで挑発として撃ってくる可能性はあったが、まぁ、それすらも、お前に撃つことは出来んだろうと私は読みきっていたがね。

何せこの期《ご》に及んで12月18日という日をわざわざ指定して対戦の申し込みをしてきた小賢《こざか》しい輩だ。そういう人間は最初から運否天賦《うんぷてんぷ》な戦法などとるわけがないんだよ。救いようもない馬鹿め。付け焼刃とはおおよそこのような発想を指して言う。20世紀で月が最も地球に接近した１９１２年１月４日の夜でさえ、その距離は35万６３７５㎞だったと言われているんだ。自然科学の教科書に記されたスーパームーンの夜であっても、その差は通常時の約３万㎞を縮めるので精一杯だった。今宵がどれだけ月の大きく見える晩だと言っても、通常時からたかだか２万㎞程度距離が近いだけの話だ、77Ｆの通信遅延を縮めるには誤差みたいなもんだろう。なんだかんだと理由をつけて、対戦が始まる時間も随分と遅らせたな。私にバレていないとでも思ったか。舐めるなよ。宇宙線だろう。天気予報を見てゲームを遊ぶ時間を決める人間が現れるとは世も末だ。太陽領域ではフレア・プロトン現象共に静穏、磁気圏領域では地磁気擾乱《じょうらん》・放射線帯電子がやや高めなくらいか。まったく、月でゲームを遊ぶには最高の天気だな。中性子や磁気がお前の入力した御大層なコマンドを邪魔することもなかっただろう。そうかと思えば電離圏領域では日本上空のデリンジャー現象・スポラディックE層の動きが活発。まったく、地球でゲームを遊ぶには最悪の天気だ。私が入力したコマンドのいくつかはお前の元には正しく届かなかったに違いない。そうでなければこんな狡賢い戦法で勝とうとする不遜な輩は開始15秒ほどで叩きのめしていてもおかしくはなかった。お前がわざわざ２０７０年12月18日という日を指定して対戦の申し込みをしてきた時、それが今、お前に用意出来る精一杯の『正確なゲームプレイ環境』であることを悟って、私は、とても、心苦しかった。月に行くなど馬鹿馬鹿しい。自分で自分の棺桶に入りに行くようなものだ。棺桶の中で大人しく死を待っているはずの人間が、１Ｆでも勝負に邪魔を入れられたくないと、ここまでみっともなく足掻《あが》いてるんだ。お前の生き方そのものが、『運任せで決着をつけたくない』と、私に白状してくれているようなものだろう。

だから、ずっと考えていた。お前が最後の一撃に、どんな技を仕掛けてくるのか。それだけをずっと考えていた。美味くもない朝食の粥を啜っている時も、不味くもない夕食のパンを齧っている時も、77Ｆの通信遅延という特殊な状況下のゲームプレイにおいて、お前がどのように私の顔に一発をねじ込もうと考えているのか、それだけをずっと考えていた。それは裏を返せば、私が自分自身の最後の技を決められなかったからだと言ってもいい。下品なコンボと下品なハメでお前が下品な勝利を収めるたび、この下品な野郎をどうやって殴って分からせるべきかと悩んだことは一度や二度ではない。今回だって同じだ。結局、私達はお互いの手の内を知りすぎている。

何か行動を起こそうとすると次に何が返ってくるのか予想がついてしまうので、いつも試合終了までの60秒をギリギリまで粘る展開になる。対戦が終わるギリギリのタイミングで一太刀浴びせることが出来れば、その後の反撃を恐れることなく攻撃を仕掛けることが可能だからだ。突進技で来るなら所要時間は約37F、間合いどりの時間も合わせて58秒ジャストくらいのタイミングでは仕掛けてくるだろう。そうなると画面上の数字には77Fの遅延がある事実を加味して56秒7を観測したあたりでこちらも迎撃技を振る必要がある。しかしだ。前方ジャンプ小斬りで来るなら所要時間は約20F、ジャンプの滞空時間も合わせてお前は58秒5くらいのタイミングで仕掛けることも出来る。そうなると画面上の数字には77Fの遅延がある事実を加味して57秒2を観測するまでに対空技を振っておかないと撃ち負ける。56秒7を観測したあたりで動くのは得策ではない。しかしだ。しかしもし仮に、お前が立ち小斬りでこの勝負を決めようとしているのなら所要時間は約22F、間合いどりの時間も合わせて59秒3くらいのタイミングに仕掛けなければ試合の制限時間に間に合わない。一方でこちらの立ち小斬りの所要時間は僅か18F。59秒4くらいのタイミングで仕掛けても制限時間には間に合う。私には4Fの優位がある。お前が59秒3のタイミングで動くかどうかをギリギリまで見定めて行動しても構わないということだ。

しかし、この考え方はお前の視点に立ってみればどうだろう。二人のキャラ差によって私に4Fの時間的優位があることはお前も最初から分かっていたはずだ。お前が57秒2のタイミングで動かなかったことを両者が観測した時点で、お前の未来の行動は『しゃがみ小斬り』であることが確定し、私の未来の行動が『前方ジャンプ小斬り』であることも必然的に確定する。しかしだ。お前はその事実を分かっているのだから、そうはしないはずだろう。となれば56秒7のタイミングでお前が動かなかったことを両者が観測した時点で、お前の未来の行動は『前方ジャンプ小斬り』であることが確定し、私の未来の行動が『弐《に》の太刀《たち》白百合《しらゆり》』であることも連鎖的に確定する。しかしだ。お前はその事実さえをも分かっているのだから、そうもしないはずだ。次はなんだ。セオリー通りに『前方ジャンプ小斬り』の線を疑ってかかるべきか？　いや、お前は私がそれを疑うことさえ確定的に分かっているのだから、前方ジャンプ小斬りなど仕掛けてくるわけがない。では逆に発生が最も遅い所要時間166Fの『泥投げ』を放つのがお前の確定された未来なのか？　そんなわけがない。私の未来はその攻撃を仕掛けられた瞬間にお前にカウンターで突進技をぶつけるよう収束してしまう。お前がとる可能性のある全ての行動パターンを試合の終わりから順に逆算していくと、格闘ゲームの古典的なすくみのロジックの中で、お前も私も、ゲームが始まってもまったく動かないのが最善策かのような錯覚に陥《おち》いる。私達はロバだ。ビュリダンのロバ。二股の道にある餌《えさ》をどちらも選べず飢え死にするロバ。私もお前もお互いにだけはゲームで負けたくないと真剣に考えているからこそ、『あれをしたらこう反撃されて負ける』『これをしたらああ反撃されて負ける』というネガティブな妄想に囚《とら》われやすい。私達は似た者同士だ。格闘ゲームを始めたのも、最初はお互いの暇つぶしに付き合わされたのがキッカケだった。そもそもお互いの持ちキャラですらお互いの練習に付き合うために選ばされたキャラだろう。

……このゲームの締め方、お前はいつ決断した？　私は、最初からずっとだ。ここまでくると私達の腐れ縁も十分立派なものだとは思わないか。こうして昔と全く同じゲームで対戦して、最後までにらみ合いを続けられたという事実についてだよ。月と地球、38万4400㎞を隔てた遙か彼方でコントローラーを握る今も、私もまだお前が何を考えているのか分かっているということだし、お前もまだ私が何を考えているのか分かっているという良い証拠だ。お互い何を考えているかを知り尽くしているからこそ、動けなくなる。以前はお前のような社会のクズと考え方が似通っているなど御免被るというのが本音だったが、この歳《とし》になると、まぁ、それも悪くはないだろうと余裕をもって考えられるようになった。２０２２年に池袋でやった以来なので、50年ぶりだ。今日が２０７０年の12月18日なので、正確には48年と１０８日ぶりになる。改めて言おう。私はあの日、お前にこのゲームで勝っていた。あの時も今回の対戦と状況は酷似していた。60秒間互いにただの一発も当てられず、にらみ合いを続けたまま戦況は膠着した。全ては最後の一太刀で決まる。それはお互いゲームが始まる前から分かっていたはずだった。私は制限時間いっぱいまでお前の出方を窺った。二人のキャラ差によって私に４Ｆの時間的優位があることはお前も最初から分かっていたはずだった。１秒、また１秒と時間が経過するうち、お前のとれる行動パターンは少なくなっていく。そして、59秒３。間違いない。私はあの日ゲーム内時間が59秒３をカウントしたことを観測したが、お前は結局ロジックの罠《わな》に囚われて動くことが出来なかった。59秒４。私は自身に敗北の可能性がなくなったことを観測した上で、お前に近づいた。その時のお前の思考は、おそらくこうだ。しゃがんでガードしたままでは３Ｆで投げられる。とはいえ跳んで避けようとしてもまだ18Ｆの立ち小斬りが間に合う。勝っていた。少なくともあの時点で、私にはもう負けはなかった。お前には他に繰り出せる技は無かったはずだ。対空も、突進も、投げですらも。あの時点で、お前には、私よりも速く攻撃する術は一つもなかった。

勿論《もちろん》この目で確認したわけじゃない。

77Ｆ後に実際に何が起こったのかを観測するまでは勝敗は分からなかった。

しかしあの瞬間、私には確かに、お前が何を考えていたのかが瞬時に伝わった。

お前、最後、ケリを入れたろ。

私が最後の技として小パンを選ぶと決断した瞬間。

お前も勝負の最後、必然的に、〝またしても〟ケリを入れざるをえなくなった。どうだ。違うか。

わざわざ言葉にせずとも分かっているとは思うが、再戦だ。認められない。お前、まさか今ので逃げるつもりじゃないだろうな。『邪魔さえ入らなければ俺が勝ってた』と言い逃れするつもりなのはとっくに読んでるぞ。舐めるなよ。私も月へ行く。一切の言い訳が出来ない環境、月で直接お前との決着をつける。月と地球との間の通信には77Fもの遅延が発生する以上、こんな状況でお前と決着をつけることはやはり不可能だ。御意見無用。もう決めたことだ。私が馬鹿だった。最初からお前が言い逃れしようのない場所で徹底的にやってやるべきだったんだ。『月にはどの程度格闘ゲームのプレイ人口がいるのか』『まともに対戦が成り立つような環境はあるのか』『月は地球上のどこのサーバーに属しているのか』こうして考えてもみればどれも月で直接お前のツラをぶん殴ることによって解決出来る些細な問題ばかりだ。仮に道義的には間違っていたとしても、論理的には間違ってはいないはずだ。ホームから最寄りの駅まで何分、最寄り駅から軌道エレベータ・フロントまで何時間、地球から月まで何日かかるかを徹底的に調べあげ、今から最短何秒でお前を殴れるのかは既に計算してある。何が重病人の寝たきり老人だ！　0.3秒のケリだぞ！　0.3秒！　これもフレーム数で言ってやらないとお前みたいな社会不適合者には時間の理解が難しいか⁉　18Fだ！　立ち小斬りの22Fよりも4Fも速い！　こっちの立ち小斬り18Fと丁度相殺《そうさい》して最後に引き分けにでも出来たつもりか⁉　いいか、お前は負けたんだよ！　邪魔なんか入らなくてもお前は負けた！　おい！　答えろ！　聞いてんのは分かってんだぞ⁉　都合が悪くなったらまたダンマリか⁉　おい！　おい！」

「……もしもし、もしもーし」

「なんだ⁉」

「ああ、つながった、もしもし、聞こえていますか？」

「……こちらはさっきからずっと喋っているが」

「失礼しました……、先ほどゲームにお付き合いいただいた方ですね」

「そうだ」

「お待たせして申し訳ありません、私、こちらの担当医師です」

「そうか」

「すいません、今日はどうもそちらとの通信回線が不安定なようで、先ほどからノイズが酷くてほとんどお話が聞き取れず、大変申し訳ない限りです……」

「……悪いのはこちらの電離圏領域の状況だ、あんたが謝るようなことじゃない」

「ありがとうございます」

「それで」

「はい？　なんでしょう」

「それで、友人とは、今、話せそうか」

「いえ、それが、先ほどから酷く機嫌を悪くされたようで」

「だろうな」

「すいません、また日を改めてご連絡させていただければ……」

「『じっとしてるだけじゃありハビリになりませんよ』」

「え？」

お前のこったからどうせそんなこったろうと思ったよ

「必死になってやってたんだ、隣で座って見てるだけの人間から『じっとしてるだけじゃありハビリになりませんよ』なんて言われれば、そいつが暴れるのも当然だ」

「えっ……なんでそれを……」

「長く生きていると大方のことは察しがつくようになる、どうだ、違うか？」

「……いえ、その通りです、申し訳ありません、こちらの配慮が足りず」

「いや、いいんだ、こんなもんリハビリにならないのは最初から分かりきってたことだからな」

「せっかくの楽しいゲームも、邪魔が入って有耶無耶になってしまいましたし」

「……邪魔が入らなくても、私が勝っていたゲームだった」

「……え、ええ、まぁ、そうかもしれませんね」

「ケリを入れられたのはどこのどいつだ」

「いやそんな、蹴りと言いますか、ちょっと足が動いただけの話で」

「……右足か？」

「ええ、でもそれがあの、こちらに来てからほぼ動かすことも出来なかった足で」

「いい歳して何やってんだ、全く恥ずかしい……」

「ゲームの最中にコントローラーを投げて介護士に飛び掛かって！」

「……変わらなすぎるのもこの歳になれば考えものだな」

「あまりに突然不穏状態になったものですからスタッフも対処が出来ず」

「0.3秒」

「え？」

「0.3秒で足が動いたんだろ」

「ああ、はい、多分、おそらく、そのくらいだったかと」

「……ありがとう、これでさっきのゲームの答え合わせは済んだ」

「失礼ですが、御友人の足が動くことをご存じだったんですか？」

「ああ、知ってたよ」

「それはいつ頃から？」

「50年前だ、今日が２０７０年の12月18日なので、正確には48年と１０８日前から」

「……なるほど、参考になりました」

「……よしてくれ、つまらない冗談だよ」

「ああ、いえ、それは、はい、承知しました」

「あとは……、そうだな、そこで取り押さえられてる男には、『お前と遊べて今日は楽しかったよ』とでも伝えておいてくれるか？」

「はい、分かりました。『お前と遊べて今日は楽しかったよ』ですね、はい、お伝えしますので、はい。……うわ⁉　ちょっと！」

「なんだ」

「いや、ちょっと、また患者さんが興奮されて、分かりました！　分かりましたって！」

「……やっぱり盗み聞きしてやがったか、相変わらず往生際の悪い」

「『邪魔さえ入らなければ俺が勝ってた』！」

「……ほう」

「『邪魔さえ入らなければ俺が勝ってた』と伝えておけ、だそうです！」

「友人が、私に？」

「はい、すいません、今はお話しする気分になれないそうで……」

「そうか」

「本当にすいません、私も一体どう対応していいやら……」

「いや、そう言われることは最初から分かってたよ」

「……どういう意味でしょう？」

「読み合いさ、これも立派なゲームのうちってことだ」

「読み合い？」

「あんたらには気の毒な話だが、そいつは今の一戦じゃ満足出来ないってワガママ言ってるんだよ。対戦相手は少しでも煽《あお》ってイラつかせた方が次の勝負を優位に進められる、とか考えてるんだろう大方？　かと言って、自分の口で直接相手を煽ろうものなら、声色《こわいろ》から体調の良し悪しまでバレてしまいかねない。他人の口を介して『邪魔さえ入らなければ俺が勝ってた』と私を煽っておくのは、この後すぐにもう一戦やるかもって考えたら、この局面における最善手だろう？　下手くその考えそうなこった。少なくとも、私はそう考えた。そしておそらくは、私がこう考えるだろうと、そいつも考えていることだろう。言い換えれば、私達二人の間で、既に次のゲームは始まっていると言ってもいい。だから……、そうだな、そこで取り押さえられてる男には、『お前のこったからどうせそんなこったろうと思ったよ』とでも伝えてくれるか？」

「私の読みが正しければ、およそ1.3秒後に、二戦目がスタートするはずだ」

「癪《しゃく》に障る」とはよく言ったもので

「癪に障る」とはよく言ったもので

あ……。えーと、ただいまご紹介いただきました旧ゲームシステム企画部の、チーフデザイナーの、井伏《いぶせ》と申します。その、よろしく、お願いします。……よろしくお願いします！　本当に、あの、本当なら、僕、じゃなく、私なんか、入社式のスピーチやるような人間じゃないと思うんですが、どうしてもやれと言われたので、すみません、私から皆さんに、歓迎のスピーチを、させていただきます。えーと、その、まずは、新入社員の皆さま、この度はご就職おめでとうございます。なんて言うか、これから一緒に働けること、楽しみにというか、いや楽しみにしております。その、本当、変な意味とかじゃなく、です。

あの、ご存じのこととは思いますが、その、我が社は、海底ケーブルの敷設、これに関わる保守一般を行っている会社でして、皆さんも、在学中はそういう勉強をしてこられたのではないかと、勝手に思ってます。部署名でも分かると思うんですが、その、私、職種としてあまり通信技術に詳しいわけでは無いので、正直なところ、どんなものなのかもよく分かっていないのですが、とても大事だとは思ってます、海底ケーブル。えーと、海底ケーブルは、その、現代の通信技術に欠かせない設備で。インターネットなんかも、これがないと出来ません。はい。太いケーブルが、世界中の海底に張り巡らしてあって、これを誰かが守らなきゃいけない。皆さんは、これから、ウチの会社が出している海底ケーブル保護機器の、「運用」をすることになると聞いてます。私はこの中で動いているソフトウェアを作ってて、……本当、今後ご迷惑をお掛けすると思います。はい。

その、そもそもの話なんですが、この会社は、僕、じゃなかった私と、現社長の井上《いのうえ》と、あと今はもういない坂下《さかした》ってヤツの三人ではじめたインディゲーム開発チームで、もともとこんな事業やってなかったんです。

その、坂下ってやつが、当時流行《はや》ってたバトロワのゲームが好きで、で、井上が絵を描けて、私がゲームエンジン触れたんで、「これ俺らでも作れるんじゃね?」ってなって、ゲーム作りははじめたんです。最初は。……最初に作ったのは「ダブルヘッドネード」ってゲームなんですけど、これ、遊んだことあるよーって人、いませんか……?……あ、はい、ごめんなさい。大丈夫です、そうだろうなとは思ってたんで、はい。……えーと、で、その、ダブルヘッドネードってゲームなんですけど、最初に作ったゲームにしては結構良く出来てたなって思ってて、リリース直後は評判も悪くなかったんです。バカバカしいのが好きな客がついて。僕が、あの、私が、前からバカバカしいゲームが好きで。eスポーツっていうよりパーティゲームとして遊んでほしかったっていうか、いっそそういうのになりようが無いやつ作るかーって思って。二つ首のあるゾンビが海からトルネードに乗って飛んでくるって設定で、それでどんどん生存者側の陣地が少なくなっていくんで、その、ゾンビ映画であるじゃないですか、助かる為《ため》に他人をゾンビに差し出すんですね。全世界で25000だったかな……？　なんか、まぁそれくらい初動でダウンロードされて、生存者同士でサメとゾンビを互いに押しつけあうみたいなそういう駆け引きがバカバカしいけどアツいって言われて、結構、自分でいうのもヘンですけど、順調な滑り出しだったんですよ。……その時は、やっぱりこのゲーム面白いよなーって、このままゲーム作って生きていけるんかなーって思って……。結果的には、うまくいかなかったというか。……皆さんも、言われても困りますよね、こんなこと。

もしかするとこれは知ってる人いるかもしれないな……。2025年にあった大規模な通信障害の話って、誰か知ってる人いますかね？　いたら手を挙げて欲しいんですが……、あ、そうですよね、やっぱりそうですよね。サービスから一か月だったかな、それくらいでゲームの最初のイベントやったんです。「幽霊大八車の襲撃」って、誰も乗ってない山賊の幽霊大八車が、荒れた山の中をひとりでに動いてやってくるってイベントで。で、このイベントの最中に、さっき言った通信障害が起きちゃって……。太平洋の、オアフ経由の海底ケーブルだったかな。それが、切れちゃったんです。それで、日本とアメリカの間の通信が一時停止寸前になった。当然なんですけどイベントどころじゃなくなっちゃって……、返金とか、えらいことになっちゃって……。今考えたら……また別の道もあったのかなと思ったりするんですけどね……。言っても、仕方ないんだけど……。あ……、ごめんなさい、話が、脱線しちゃった。えーと、なんだったかな。そうだ、あの、じゃあ、その、通信障害の理由がなんだったか、分かる人、いますか……？……あー……いない、かな。いや、大丈夫です。

あの、あれはですね。鮫《さめ》、だったんですね。

海底ケーブル、たまにね、鮫に食べられちゃうんです。鮫ってね、ロレンチーニ器官って言って、鼻先にゼリーが詰まってて、微弱な電流をね、感じ取れるんです。鮫。これで、暗い海中でも、獲物が探せる。

鮫ってね、凄《すご》いんです、本当。本当に凄くて。海底ケーブルって、深海でも水圧に耐えられるように特別頑丈に出来てるんです。でもダメ、あいつら本当執念深いから、何度も何度も嚙《か》みついて、いつかは食いちぎっちゃう。通信ケーブルは、通信ケーブルなんで。どうしても微弱な電波が出ちゃうから、鮫は餌《えさ》と勘違いしちゃうんですよ。あれって復旧にどれだけかかったかな……？　一か月……？　何百億、とか、そんな損害が出て。……ウチも、結構力入れて準備してたイベントだったたから、結構な被害で。でも、そういうこともあるさって、思って、次のイベントこそ頑張ろう、次のアップデートこそ頑張ろうって、やってたけど、本当、ダメで……。……鮫がね。ダブルヘッドネードで何か動きがあるたびに、その、海底ケーブルを、食いちぎっちゃって。毎回、毎回、今度こそやるぞ、今度こそ面白いぞって用意してたやつが、全部、やられちゃったんです。

……ごめんなさい、本当、思い出すだけでも、辛《つら》くて。ダメだ、泣かないって決めてたのに。ごめんなさい、……絶対今度は好きになってもらえる、今度はいけるってやってたのに、本当、……うまく、いかなくて。そうやって、毎度毎度鮫に食いちぎられると、人間って、なんで自分はこんな無駄なことしてるんだろうって気分になってきて、次第にね、何やってもダメだ、どうせ鮫に襲われるって気になって、何も手につかなくて。……ごめんなさい、こんな話ね、皆さんには関係ない話なんで。ごめんなさいね、ちょっと、深呼吸しますね。……はい、すみません、お待たせしました。えーと、どこまで話したかな、そうそう、鮫ですね。鮫。……鮫が、ね……。……ダメだな、あの、はい。えーとね、大丈夫ですよ。考えようによっては、これはとても良いことで。僕の……私の作ったゲームはね、鮫にとっても好かれていた、とも、言えるんですね。転機になったのはね、国際海洋通信委員会ってところからね、連絡があってからです。これが何の通知だったかというと、ウチのゲーム、ダブルヘッドネード、これを。……ストアから、消してと。そう、お願いがあって。……おかしい話ですよね。本当、おかしいよ……。国際海洋通信委員会が、ゲームを配信停止にしろって、こんな……さ……。……あ、いや、おかしくないおかしくない、なーんにもね、おかしくなかったんです。

……僕の……。あっ、くそ……。もういいや。……僕の作ったゲーム、ダブルヘッドネードは、鮫から、本当に好かれているらしいんです。このゲームに関する通信が海底ケーブルを通ると、鮫がウヨウヨ寄ってくる。理屈は、分からないです。なにがそんなに鮫の琴線に触れるのかは、分かんないけど。ウチのゲームの通信トラフィックが増える、その瞬間に海底ケーブルから発生する電波が、鮫には、物凄く魅力的に感じられるみたいで。……このゲームのオンライン対戦が行われると、海底ケーブルに対する鮫の攻撃性が、７０００％、あがるらしくて。７０００％。もう、本当に、楽しそうに見えるんじゃないかな、鮫からしたら、このゲームが、本当に。だから、国際通信の為に、ゲーム内容をアップデートで変えるか、一旦、リリースを取り下げてって、そう言われて。……あれこれやったんですけど、結局、僕のゲームの何が鮫を惹《ひ》き寄せるのかは、分かんなくて……。……へっ。どうもね、僕のゲーム、人間には万人ウケしてたわけじゃないけど、鮫には、凄い評判が良かったみたいで。お客さんを選べなかったのが運の尽きというか、才能の違いだったと言うか、そういうやつで。海底ケーブルが一回切れるごとに、何百億円とか言われたら。それと比べたら、僕が、ゲームをリリースする、しないなんて話は、本当に小さい、小さい世界の、鮫しかいない市場の話だと思ったんで、配信、やめました。

……みなさんは、おそらく、研修を受けた後、フィリピンとか、マラッカとか、東南アジアの方に駐在することになるんじゃないかなと思います。そういうところは、多いから、鮫が。ウチの製品が、多く使われてて。重要な海底ケーブルが鮫に攻撃を受けないよう、ダミーの海底ケーブルが敷いてあって、そこに鮫を攻撃させるんです。その為の、囮《おとり》みたいな機器です。僕は、その機器で動いてる、中のソフトウェアの開発者、なんです。……もう、お分かりと思うんですが、今、その機器で動いてるソフトが、その時の、ダブルヘッドネード、です。……ゲームで作った負債は、ゲームで返すしかないって、なって、やり方は、選べる立場じゃ、なかったので。

僕ね。毎日、水深８０００ｍのところに沈められてるダミーの海底ケーブルに対して、24時間３６５日、bot同士でダブルヘッドネードを対戦させるデータを、流し続けてます。毎日、毎日、ずっと。深海で、動かしている。……おかげさまで、海底ケーブルへの鮫の攻撃被害は、ここ十数年減る一方です。……ダブルヘッドネードの導入台数は、上がる一方。受注があるたび、自分の作ったゲームを、誰も遊ばないまま、深い海の底に沈めて。二度と引き上げられないようなところに、沈めて、耐用年数が過ぎたら、中身をくり抜いて、深海魚の棲家として転用する環境保護プロジェクトに使われて。アンコウが住み着いたり、タコが住み着いたりして。毎日毎日、誰も遊ばないと分かっていながら、ゲームをアップデートして。自分が面白いと思ってゲームをアップデートするたびに、鮫が、……鮫が。どんどんどんどん、電波に！！！　引き寄せられて！！！　ケーブルを食いちぎって！！！　botとbotがダラダラ戦い続けるオンライン対戦のマッチが中断されて！！！　耐用性のために、同時並行で何本も何本もケーブルをひいて、何戦も何線もbot同士のゲームを動かして！！！

……皆さんには、その、「運用」を行ってもらうことになってます。……本当に、仕方のないことだけど。私の作ったゲームを、「運用」してください。いろんな種類の鮫に、食いちぎられて、ゲームが、止まっちゃうので。シュモクザメも、ジンベイザメも、ノコギリザメも、ネコザメも。……カスザメも！　テンジクザメも！　ホホジロザメも！！　オオメジロザメも！！　イタチもメガもアオもトラフもウバザメも！！！　どいつも、こいつも！！！　なにをやっても、ダメだったんで……！　ダメなんです……！　どう足掻《あが》いても、来る……！　あんな頭空っぽな連中に、僕のゲームの良し悪しが分かってたまるかって……！　ただ、連中は、僕のゲームを捕食したいだけ……！　だけだから……！

僕は、鮫が、嫌いです……！　だから、皆さんも、アイツらを、憎んでください……！　僕のゲームが、あのバケモノどもに、噛まれて、引き裂かれて、バラバラになってる内に、皆さんは、ヤツらを、止めてください……！……僕は。ゲームを、作ります。自分が面白いと思ったゲーム、作り続けます。……だから！！！……皆さんは、それを、「運用」してください。あいつらは、必ず来ます。ゲームが始まる時、終わる時、いつでも来ます。

……大変なお仕事になると思いますが、頑張ってください。そして、本当に、ごめんなさい。作ったゲームが、鮫に、好かれちゃってて。……いや、ごめんなさい。こんな、「クリエイターはファンを選べないから困るんです」みたいな、そんな偉そうな口ぶりでお話しすることじゃなかったですよね。鮫に食われてる。これはただそれだけの話で。僕は皆さんに、これからご迷惑をおかけする立場なわけで。本当、どんな顔をして皆さんにこれを言うべきなのか、未《いま》だに僕は分からないままでいるんですが。本当に、これから、ご厄介に、なりまして。

皆さんの、ご活躍を、お祈り、致します。

……そして。もしも、もしも万が一にも、皆さんが、気が向いて、お休みをとれるようになって、ちょっと、何というか、これは、強制ではないんですが、世界中で、もう、皆さんにしか許されないことであると思うので。このゲームの、「運用」じゃなく、「プレイ」も、して、いただけたらと、願って、おります。

……ごめんなさい、ダメですね、良くない、ことでした。今の、無かったことに、してください。……あの、ご清聴いただき、本当、ありがとうございました。皆さんの、これからのご活躍、心より、お祈りしてます。

……あの、念のためですが、年休は、半年後から、出ますので。……それだけ。

邪魔にもならない

邪魔にもならない

【ＲＴＡ（Real Time Attack)】

ＲＴＡ（Real Time Attack）とは、ゲームのプレイスタイルの一種である。プレイヤーはゲームスタートからクリアまでにかかる時間を計測し、そのクリアタイムをより短くすることを目的にゲームを遊ぶ。プレイヤーは世界最速を目指して互いに記録を競い合うため、一種の競技としての側面も強い。もともとは日本のゲーム攻略サークル「極限攻略研究会」によって２０００年頃に提唱された概念であり、ある一点の違いをもって従来のタイムアタックとは大きくルールが異なる。それはこのＲＴＡが、ゲームにかかる全ての「実時間」の短縮を目的としたプレイスタイルであることに由来する。

ＲＴＡでは、現実の全てがゲームプレイの一部とみなされる。「競技」と名のつくおよその行為に、自己都合による中断が許されていないのと同様に。ゲームの最中に体調が悪くなれば、無論、それはプレイヤーの責任となる。ＲＴＡでは、ゲーム中の体調管理もゲームプレイの一部だからだ。ゲームの最中に第三者が部屋に押し掛けてきても、無論、それもプレイヤーの責任となる。ＲＴＡでは、煩わしい人間関係を整理することもゲームプレイの一部だからだ。無論、それらの処理にかかった時間はクリアタイムの一部としてカウントされ、ＲＴＡが散々《さんざん》な結果に終わってしまう事も少なくない。

ＲＴＡは命懸けの行為である。少なくとも、それに真剣に臨んでいる人間たちからすれば。一見どれほど馬鹿馬鹿しい行為であっても、当人にとっては死活問題である可能性に十分留意しなければならない。用を足す時間すらタイムロスだと惜しみ、尿意を堪《こら》えたままゲームを遊ぶケースも散見される。発作が起きてもゲームを止めない常軌を逸したケースや、災害に気付かずゲームを続行する無謀なケースも想定される。「死ぬのが怖くてクリアタイムが伸びた」という泣き言は、どれだけ言い訳してみたところで、「それも含めてのＲＴＡだ」と煽《あお》られるのが目に見えているためだ。

＊

21時27分30秒。
大きな音が鳴った。ゲームスタートの合図だ。
それは、以前からずっと決めていたことだった。

1秒。下唇を強く嚙《か》む。脳に痛みを与えることで、わずかな平常心を取り戻そうとする。冷静になれ。冷静に考えれば、何も特別なことはないと思い出すはずだ。ゲームを遊ぶ。今日初めて遊ぶゲームじゃない。この長い人生において、何度もクリアしてきた遊び慣れたゲームだ。これまで当たり前のように繰り返してきたことを、もう一度だけ、当たり前のように繰り返す。特別なことじゃない。いつものようにゲームを遊び、いつものようにゲームをクリアする。それだけでいい。下唇を更に強く嚙む。脳に病みを与えることで、私は少しばかりの平常心を取り戻した。

2秒。くだらないテレビのチャンネルを替えて、窓の外の景色を眺めてみる。夜の街は依然として、色とりどりの灯りに包まれたままだった。3秒。深く息を吸い込み、更に深く溜息をつく。最悪だ。世の中にはいつも、ゲームを遊ぶ邪魔ばかりが溢《あふ》れている。RTAに臨むには最悪の夜だ。いつもだったらもう寝ているくらいの時間。今からすぐに頭が回るとは思えない。体調だって万全とは言い難い。今日も朝から身体のあちこちが痛んで仕方がなかった。今晩はまだ就寝前にトイレに行くこともできていない。だが、悠長に用を足しているような時間はもう残されてもいないだろう。

「もうやるしかない」

4秒。コントローラーを二つ、無造作につかみ取る。一つは右手で握りしめ、もう一つは左足で踏みつける。手近にあった水を飲み干し、手垢《てあか》まみれの老眼鏡をかける。ここまでで、7秒。ゲーム機のスイッチを軽く押し上げる。今となっては時代遅れなカートリッジ形式のゲーム。一発で起動するかは不安だったが、幸運なことに、画面にはすぐ見慣れたタイトルが浮かび上がった。「SPELUNKER」。ゲームタイトルはファミリーコンピュータの『スペランカー』。1983年にマイクロ・グラフィック・イメージ社が開発し、1985年にアイレム社が移植を手掛けた、アクションゲームの怪作だ。

世の大半の人間にとっては、もう古典とも言っていいゲームなんだろう。しかし私にとっては、今なお遊び続けている現役のゲームだ。なにしろ幼い日の私にとって、このゲームはあまりに難しすぎた。歳《とし》をとってからだ、本気でこのゲームの攻略に臨むようになったのは。老いの道楽も馬鹿にしたもんじゃない。はじめはボタン一つ押すことにさえ手間取る腕前でしかなかったが、「死ぬまでにはエンディング画面を拝みたい」の一心で、一か月に1秒、一年に10秒のペースで無駄な時間を削り出し、今では安定して6分台前半でクリアできるようになった。世界最速は、もう目の前に存在している。

「落ち着いてください」

8秒。どこからともなく、無意味なアドバイスが聞こえてきた。乾いた笑いがこみあげてくる。今更落ち着いてみたところで、一体それにどれほどの意味があるのか。無駄ごとを考えていても手は動く。タイトル画面が表示された瞬間、私の指は、反射的にスタートボタンを押し込んでいた。流れ出すのは軽快なリズム。何万回と聞いたいつも通りのBGM。ファミリーコンピュータの処理能力では、通常、ステージのグラフィックを描くまでに読み込み時間が1秒ほどかかる。開始と同時に主人公を動かそうと思えば、この段階からもう十字キーを下に押しっぱなしにしなくてはならない。

9秒。第一層目に突入。まずはエレベーターを地下二階まで下り、揺れ動く床をジャンプで進まなければならない。ここは初心者がよく躓《つまず》く個所だ。そして上級者が不意に手間取る個所でもある。機械的に、Aボタンを押すだけでいい。一度目のジャンプ。地響きが聞こえた。二度目のジャンプ。地面が揺れ動く。三度目のジャンプ。終わってみれば、ただそれだけのこと。しかしその揺れに恐れず走り出すことが、数分後の明暗を分ける分岐点になる。足音は部屋の外にまで響いている。ここで怯まず走り出すことができたということは、とりあえずは、生き残る可能性があるのかもしれない。

「どうか、落ち着いて行動してください」

13秒。性懲りもなく、無意味なアドバイスが部屋の中に響き続ける。気が散って仕方がない。どれだけ落ち着いてみたところで、6分以内に全てを終わらすことができなければ、全ては無駄に終わってしまうというのに。単なるゲームプレイとは違い、RTAでは「運」に結果が大きく左右されてしまう。どれだけ落ち着いて全てをこなすことができても、八割方の人間は運が無かったばかりに無駄死にする。今回だってそれは同じだ。祈ったほうがいくらか賢明だというケースは、世の中にはいくらでもある。今がその時だ。19秒。私は一瞬だけ、目を閉じたまま天井を仰いだ。

20秒。試しに、いつもの数倍の力を込めて十字キーを押し込んでみる。当然だが、ゲームはいつものようにしか動かない。12・5%。このフロアを進んだ先では、ランダムでアイテムが入手できる。しかし同じフロア内に大きな岩が存在しており、その岩は爆弾で破壊しなければ進むことができない。12・5%。本来であれば別のフロアを攻略すれば爆弾は確実に手に入るのだが……、今回は時間短縮のために他のフロアの攻略を放棄している。ランダムでアイテムが手に入るポイントで、12・5%の確率で爆弾が手に入るだけの運。それが無ければ、無駄死にだ。もう一度、全ては最初から。

「落ち着いて、指示に従ってください」

21秒。いつの間にか、祈りははっきりとした声となって部屋に響いていた。「爆弾だ」「爆弾だ」「爆弾だ」ロープから、地面に飛び移る。アイテムを手に入れたら、すぐさま走り出す。結果は確認しない。時間の無駄だからだ。26秒。「爆弾がくる」「爆弾がくる」「爆弾がくる」降りてきたロープを昇り、来た道を引き返す。28秒。岩の前に立つ。指を滑らせるように十字キーの下を押さえ、Bボタンを軽く押し込む。「爆発する」「爆発する」「爆発する」少しだけ、目を瞑《つむ》った。いつもなら3秒ほどで、画面全体がフラッシュに包まれるはずだったが。

29秒。30秒。31秒。瞼《まぶた》の裏に、1秒ほど白い光を見た。おそるおそる目を開ける。画面中央に存在していた茶色いドットの塊《かたまり》は、跡形もなく消えていた。爆弾だ。爆弾が障害を消し去った。感傷に浸っている暇はない。爆風の当たり判定1ドット隣りを見極め、砕け散った岩の跡を進む。慎重に、かつ、大胆に。心を無にして、来た道を引き返す。駄目だ。気分が高揚している。機械的に、Aボタンを押すだけでいい。一度目のジャンプ。地響きが聞こえた。二度目のジャンプ。地面が揺れ動く。三度目のジャンプ。我慢ができなくなって、少しだけ、悲鳴とも歓声とも区別のつかない声をあげた。

＊

「希望を捨てないで!!」

46秒。四階奥にあるエレベーターを上がり、落とし穴を飛び越えて進む。予定通りにいけば、敵の攻撃は今、こちらに向けて急速に接近しているはずだ。53秒。部屋に置かれていた鍵を入手し、背後にあるロープに飛び移る。まだそこまで近くはないだろう。攻撃が近づいてくる時は、いつも空気を切り裂くような音が聞こえて、頭痛が始まる。54秒。BGMが変わった。今はまだ見えてはいないが、画面外ギリギリのところに敵キャラクターが現れたのだろう。「ゆうれい」だ。単純だが、面倒《めんどう》な敵だ。マシンガンで撃ち落とすことは可能だが、接近してくるルートが一定ではない。

56秒。息を大きく吸って、ゆうれいを撃ち落とす態勢を整える。外が騒がしいせいか、集中できない。頭の中に余計な不安が浮かんでは消える。これまでの攻撃は……、いつも寸前のところで回避してきた。しかし今回は本番だ。上を狙ってくるのか、下を狙ってくるのか、予想もつかない。上を狙ってきた場合は、そう簡単に死ぬことはないが、撃ち落とすタイミングが難しいと聞いた覚えがある。下を狙ってきた場合は、撃ち落とすことは簡単だが、撃ち漏らした時のリスクが大きすぎる。やり直しがきかない。RTAを走る環境としては……、どちらにせよ、痛し痒《かゆ》しと言ったところか。

「急いで!!　速く!!」

57秒。息を大きく吐いて、画面左端から現れたゆうれいを撃ち落とす。BGMが元に戻った。いや、戻ったのだろうか。外が騒がしすぎて、いまいち確証が持てない。十字キーを押す左手の親指が、手の震えで、少しばかり緩む。しまった。明確なミスだ。気を取られた。58秒。エレベーターに急いで乗り込もうとしたが、どうやら間に合わなかったようだ。取り残されたか。50秒。60秒。61秒。限られた時間が淡々と過ぎ去っていく。いつもより、エレベーターが遅く感じる。用を足さずにゲームを始めたのは失敗だった。一秒一秒が異様に長い。吐き気がする。平常心を失いかけているのがわかる。

65秒。地下五階にたどり着いた時、下唇には、うっすらと血が流れ始めていた。悪い癖だ。落ち着こうとすると、無意識のうちに唇を強く嚙みしめてしまう。この先の通路は隔離された安全なスペースに続いているが、道中には炎が噴き出すトラップが何カ所も用意されている。どれだけ先を急ごうとも、炎が弱まる瞬間まで待ってから移動しなければならない。焦ると死ぬ。焦ると死ぬ。焦ると死ぬ。もう何百回もこの場所でゲームオーバーになってきたからこそ、人間は焦れば死ぬということを私はよく知っている。良くない傾向だ。心拍数が上がる。吐き気が、徐々に徐々に強くなっていく。

「走って‼　いいから今は走って‼」

68秒。一つ目の炎の先に、無理やり身体を滑り込ませる。二つ目の炎が噴き出たのを見て、私は思いきり、下唇を嚙んだ。脳が汗の味を感じて、コントローラーを握る手が止まった。71秒。

画面が次の部屋にスクロール。三つ目の炎を目の前にして、私はもう一度、更に強く下唇を噛んだ。脳が血の味を感じて、コントローラーを握る手が震えた。攻略法だ。こうすることでしか、焦る気持ちを抑えることができない。四つ目五つ目の炎を強引に走り抜け、最後、六つ目の炎を見た瞬間、いつも通り、ありったけの力を込めて下唇を噛む。脳が肉の味を感じて、コントローラーを握る手が跳ねた。

73秒。一瞬、意識が途切れる。74秒。気付いた時には、既に安全地帯へとたどり着いていた。上唇についた血を舐《な》めて、再度ゲームに意識を集中させる。考えろ。ここまで来れば敵の攻撃は届かない。本来なら鍵をとって来た道を引き返すべきだが……、わざわざ危険な道を引き返すことはないだろう。これはゲームだ。死ねばスタート地点に戻ることができる。無駄な危険に怯えるくらいなら、安全な場所で死を選ぶべきだ。77秒。私は階段の上に立って、軽やかにAボタンを押した。主人公は意を決したように飛び上がり、床に叩《たた》きつけられて絶命する。何百回も聞き慣れた、軽快なメロディが部屋に響いた。

＊

「なんでこんなことになったんだ……」

87秒。第一層目をクリア。第二層目に突入した時、不意に、「なんでこんなことをしているんだろう」という気持ちがこみ上げてきた。よくあることだ、RTAの最中には。ゲームに熱中するあまり、熱中する自分を客観視する自分が生まれる。なんでこんなことをしているのかは、自分でもよくわからない。ただ、なんでこんなことをしようと思ったのか、そのきっかけだけは覚えている。理屈はよく知らない。ただ、十年前にはどんなに早くても3分はかかると言われていたはずの探知が、技術の進歩により、今では30秒以上も早く通知できるようになったと何かのニュースで見たからだ。

89秒。上から迫ってきた敵の一体を撃ち落とし、更なる地下へと潜っていく。よくある話だ。明日、世界が終わるとしたら何をしたいか。子供の頃から「どうせ死ぬならゲームを遊びながら死にたい！」と考えていたが、年老いてもその考えが変わることはなかった。私は、世界の終わりにはゲームを遊んでいたい。結局、年老いて偏屈になったことで、むしろ子供の頃より強く願うようになった。どうせゲームを遊びながら死ぬのなら、中途半端に終わることなく、エンディングを拝みながら死にたい。あの世で名残惜しくなってしまわないように。今は、そんな我が儘なことすら願いはじめている。

「死にたくない……」

114秒。ある時は敵を牽制し、ある時は敵を挑発する。面白いゲームだ。何度やっても面白い。人生で一度もこのゲームに飽きたことがない。難易度の高さに文句を言う人もいるが、私にとってはこれくらいの難易度でないと張り合いがない。主人公の弱さを茶化す人もいるが、私にとってはこれくらいの弱さのほうが愛着がある。子供の頃から、いつか自分が死ぬ時にはこのゲームを遊びたいと思っていた。老いて身体が満足に動かなくなって、毎日をここで淡々と暮らすようになって、「人は簡単に死ぬ」という事実を理解できるようになってから、このゲームのことが以前より一層好きになった。

１３４秒。自らが設置した爆弾に、不用意に近づいてしまう。１秒のロス。コントローラーが湿っている。無感情に動き続ける指とは対照的に、手の平からは汗が滲《にじ》み出ているらしい。１４１秒。敵を撃ち落とそうとして、目測を誤って外してしまう。２秒のロス。違和感があった。コントローラーが熱く感じる。間違いない。関節に熱を感じる。熱は、いずれ痛みに代わる。奥の部屋にある鍵をとり、もう一度、正確な動きで自殺する。ナースコールのボタンは背後にある。だが、コントローラーから手を離すような余裕はまったくない。手が届くほどの範囲には、鎮痛剤も残ってはいない。

「誰か……誰か助けて……」

１５７秒。視界が歪《ゆが》む。心の底から笑いがこみ上げてきて、真っすぐに画面を見ることが難しい。駄目だ。本格的にゲームが楽しくなってきてしまった。まともに動かなくなった右足に力をこめ、ベッドの柵を無茶苦茶《むちゃくちゃ》に蹴りつける。ＲＴＡでは、体調管理もまたゲームプレイの一部だ。だからもう一度、今度は柵が壊れるまで無茶苦茶に蹴りつける。下半身にジワリと熱が広がり、指の痛みは徐々に感じられなくなっていった。痛い。痛い。痛い。痛くって仕方がない。馬鹿だ。本当に。でも、それでいい。指は痛くない。指が痛くないなら、あと数分だけ、楽しいゲームに集中していられる。

＊

「不用意に移動しないでください」

　185秒。第二層目をクリアした瞬間、部屋の外から、「そこでなにをしている」と声をかけられた。よくあることだ、RTAの最中には。ゲームに熱中するあまり、熱中する私を止めようとする輩《やから》があらわれる。なにをしているのかなんて……、どう説明しても一度としてわかってもらえたためしはない。どうする。返事をすべきか。いや……、下手に返事をすると面倒なことになりかねない。部屋の外から聞こえる足音は、もう、まばらだ。微《かす》かに響く泣き声にも、もう、強い意思は感じられない。未《いま》だにここに残っているような連中には、これ以上、私に気を遣う余裕など残ってはいないだろう。

　203秒。障害物を破壊するために爆弾を放る。画面は白くフラッシュしたが、岩の爆破には失敗していた。目標が遠すぎたか？　もしかするとバグかもしれない。もう一度、狙いを定めて爆弾を放つ。206秒。岩の爆破には成功したが、室内は突如として警告灯の赤い光に染まった。これまでにはなかったケースだ。二発目も外してしまった可能性がある。目標の数が多すぎて対処しきれなかったか？　もしかすると人為的なミスかもしれない。わからない。わからないが、別に、わからなくてもいい。私には難しすぎる。失敗の理由を分析したところで、今となっては何の慰めにもなりはしないからだ。

「できる限り低く身をかがめてください」

　220秒。用意された船に乗りこみ、急いで対岸へと向かう。船で渡った先には敵が待ち構えている。「コウモリ」だ。こいつは空中から雨あられと糞をばらまき、こちらの進行を食い止めようとする。231秒。ここまで来たらもう作戦もクソもない。どうせ渡った先では死ぬしかない。コントローラーを押さえつける。プラスチックの表面が、ギリギリと悲鳴をあげる。口いっぱいに、血の味が広がる。背後に糞が落ちるのを見ながら、ただひたすらに奥へと走り抜ける。鍵をとったのを確認したら、その場に爆弾を設置し、自爆する。敵諸共だ。敵諸共自爆して、また、リスタート地点へと戻る。

　233秒。一度目のジャンプ。自らの心音が聞こえた。二度目のジャンプ。建物全体が揺れる。三度目のジャンプ。どこかから、悲鳴が聞こえた。不思議なものだ。このRTAを走り出した時は、恐怖で手が震えるくらいだったはずなのに。それが今ではどうだ。恐怖なんかじゃない、期待で鼓動が速くなっているのがわかる。237秒。ロープを降りる。240秒。はしごを上がる。恐怖なんかじゃない、快感で体温が上がっているのがわかる。242秒。楽しさで呼吸が難しくなってきた。正念場だ。予定通りにいけば、これから、生き残りをかけて最後の悪あがきをしなければならなくなる。

「しばらくの間動かないでください」

邪魔にもならない

244秒。せり上がってきた足場に飛び移る。できる限り低く身をかがめる。言われなくてもわかってる、そんな初歩的なテクニックは。それと同時に、その場にしゃがみこむ。しばらくの間動かないでください。十字キーの下を連打する。それと同時に、その場のテクニックは。ジャンプの届くギリギリの位置で待つ。言われなくてもわかってる、そんな当たり前のテクニックは。それと同時に、タオルを頭から被《かぶ》る。こんな事でも、やらないよりは多少はマシなのだろうか。256秒。頭上に再び敵が接近する。相手も必死だ。どこに逃げても、必ず攻撃にやってくる。私だって必死だ。唇を噛みしめ、なんとかそれをやり過ごそうとする。

266秒。下りてきた足場に飛び移る。267秒。ドットの狂いもなく着地する。落ち着いている。いつもなら終盤につまらないミスが重なるはずなのに、むしろスタート直後より落ち着いてプレイできている感覚がある。270秒。ロープを降りる。273秒。はしごを上がる。274秒。崖を駆け上がる。あまりに、全てが順調に進み過ぎている。275秒。第三層目を、ミスなくクリアしてしまう。おかしい。どこか感情が現実から乖離《かいり》している。血の気が失せたような冷静さだ。ありえない。常識的に考えて、人間の生理は、これほどのプレッシャーに耐えられるようにはできていないはずだ。

277秒。「まさか」と思い、私はコントローラーから一度だけ手を離した。ベッドの柵を蹴りつけた右足を擦《さす》り、思わず唇を噛む。熱い。思った通りだ。指先がドロドロと濡れる。やってしまった。あまりに強く蹴りつけすぎた。これは次回への反省点だ。いや、新たな攻略法を見つけたと言うべきか。282秒。コントローラーを左手に持ちながら、右手で体勢を変えようとしてみる。コントローラーの線が短すぎて、うまくいかない。駄目だ。もう構っている暇はない。RTAにはトラブルがつきものとはいえ、自らの尿に濡《ぬ》れたベッドの上で最期の時を迎えなければならないとは。

＊

「終わりだ」

２８３秒。第四層目を突き進む。ただひたすらに先を急ぐ。それより他にできることは、もうなくなってしまった。窓の外から、風を切るような音が近づいているのがわかる。あれだけ騒がしかった院内には、もうこのゲームのＢＧＭしか流れていない。そのメロディの合間合間に、大気が二つに引き裂かれる音が聞こえる。これまで聞いたどの音よりも激しい。遠くなった耳にも伝わるほど、耳障りな音だ。２８７秒。窓の外を覗《のぞ》く。夜の街は依然として、色とりどりの灯りに包まれたままだった。下だ。攻撃目標は、下。もしかすると、もう1分すら時間は残されていないのかもしれない。

２９６秒。ロープを降りる。道中にはお金が捨てられていた。今更そんなものあっても役に立たない。３０８秒。はしごを降りる。道中には爆弾が落ちていた。今更そんなものあっても使い道がない。３１８秒。第四層目の最下層に降り立つ。ゴールは目の前だ。揺れ動く床を三度のジャンプで渡らなければならない。ここは初心者がよく躓く個所だ。そして上級者が不意に手間取る個所でもある。機械的に、Ａボタンを押すだけでいい。一度目のジャンプ。ミサイルの飛び立つ音が聞こえた。二度目のジャンプ。大気が揺れ動く。三度目のジャンプ。心音が、ＢＧＭのテンポより少しだけ速くなった。

「来る」

３２５秒。光が、近づいてきた。窓の外から弱々しい光が差し込み、テレビをうっすらと照らし出す。致命的とまでは言えないが、ゲーム画面が見辛《みづら》くて仕方がない。３３４秒。地面が割れて崩落する。Ａボタンを軽く押し込み、飛び越える。手の感覚が麻痺してきた。３３８秒。割れた地面から蒸気が噴き出す。Ａボタンを軽く押し込み、飛び越える。足の感覚も麻痺してきた。３４３秒。地面が揺れ動く。Ａボタンを軽く押し込み、飛び越える。脳の感覚も麻痺してしまった。無自覚に、これまで何百回も繰り返してきた日常が、あと数秒先にも当たり前に起こりうるのだと、そう、思い込んでいる。

３４５秒。終わりの時は近い。おそらく、ゲームにとっても、世界にとっても。ほんの少しだけ、下半身に力をこめてみる。そこにはちゃんと、老いて弱った自分の左足があった。まだ動く。大丈夫だ。最後の最後、このゲームのゴール手前には、爆弾でないと破壊できない障害物が立ちふさがっている。しかしこれを今から爆弾で破壊するには、もう時間が足りない。だから、ここはゲームらしく「裏技」で切り抜ける。ほんの少しだけ、左足に力をこめる。そこにはちゃんと、二つ目のコントローラーがあった。反応もある。ゲームを終わらせる全ての条件は、今、ここに揃っている。

「ありがとう」

　345秒。簡単な裏技だ。このゲームは、一つのゲーム機に二つのコントローラーが繋《つな》がっていれば、二つのコントローラーで同時に主人公を操作できる。そのシステムの隙《すき》をついて、背中を向けたまま障害物に向かってジャンプすると、障害物を強引に飛び越えてしまうことができる。できるはずだ。これまでも何度となく成功してきたことだから。これまで当たり前のように繰り返してきた日常は、これからも当たり前のように繰り返される。左足で2コントローラーの十字キー左を踏みつける。左手で1コントローラーの十字キー右を押し、右手でAボタンを押す。ただ、それだけのことが、もう一度起きる。

　347秒。唾を飲みこもうとしたが、口の中には水分が残っていなかった。左足に力を入れる。いまいち感覚がないが、おそらくは十字キーを押した。左手でコントローラーの十字キー右を押し、右手でAボタンを押し込む。いまいち実感がないが、大丈夫だと思う。いつものように、画面を見つめる。ブラウン管がチカチカと輝く。画面真ん中に表示されている赤と青のドットが、画面右側に表示されている黒いドットへと滲みはじめる。いつも通りの光景だ。障害物にぶつかった主人公は、いつものようにゴール手前へと弾き飛ばされる。いつものように音楽が流れる。いつものように、ゲームが終わる。

＊

思い描いていた「終わり」とは、少し違った「終わり」だったかもしれない。まぁ、ゲームの終わりってのは、そういうものだと思う。喪失感と充実感。その二つの感情が混ざり合って、いつも嬉《うれ》しいのか悲しいのかわからないままに終わる。

350秒。十字キーの右を押す。351秒。十字キーの上を押す。352秒。十字キーの左と同時に、Aボタンを押す。353秒。十字キーの左を押す。十字キーの左を押す。十字キーの左を押す。354秒。十字キーの左を押しても、もう画面が動かなかった。何度押しても駄目だった。反応がない。ゲーム画面はチカチカと輝き、表示された数字は勢いよく桁を増やしていく。もう、何をやっても、主人公を動かすことができない。少しだけ、喪失感があった。もう何もできることはないと言われたような気がした。少しだけ、充実感もあった。もう何もしなくてもいいと言われたような気もした。

数秒ほど。目の前の光景に見惚れていた。ブラウン管には、これまで幾度となく見てきた画面が映し出されている。画面上部には白いドットが規則的に並び、画面の下の方には茶色と青色のドットが敷き詰められている。358秒。359秒。360秒。白いドットは、何か重要なメッセージだったような気がする。茶色と青色のドットは、このゲームをはじめた目的だったような覚えもある。でも、今は、もうどうでもいい。それに何の意味があるのかもわからないし、それにどんな価値があるのかもわからない。361秒。362秒。363秒。純粋に、終わりの光景としてふさわしい画面だ、と、そう思った。

＊

３６４秒。窓から、強烈な光が差し込んでくる。３６５秒。画面が光に溢れて見えなくなった。３６６秒。３６７秒。３６８秒。光が消え、部屋は再び、暗闇に包まれる。３６９秒。テレビにはもう、何も映ってはいなかった。３７０秒。よく見ると、真っ暗になった画面に何かが映っていた。私だ。私の顔が映りこんでいる。憔悴しているようにも見える。自分の背後に映りこんでいる時計を確認する。時計は21時33分34秒で止まっていた。３６４秒は、これまでのタイムを塗り替える自己ベスト記録だった。

＊

窓の外を覗く。

夜の街には、一つとして灯りは存在していなかった。

詳しいことはわからない。興味もない。しかしこうしてまだ生きていることを考えると、敵の攻撃は失敗に終わったのかもしれない。アラートから既に６分。経過時間で考えれば、イージス艦からの迎撃は失敗したはずだ。下を狙って落ちてきたミサイルが地対空ミサイルによって迎撃されたと考えると、納得のいくクリアタイムだ。

いや。もしかすると、敵の攻撃は成功している可能性もある。高層大気圏で核爆発が発生すると、広範囲で電子機器が故障すると聞いたことがある。ゲーム機のスイッチを軽く押し上げる。

今となっては時代遅れなカートリッジ形式のゲーム。もう一度起動することを願ったが、画面に見慣れたタイトルが浮かび上がることはなかった。

どうせミサイルから逃げられないのなら、死の瞬間には好きなゲームを遊んでいたい。最初は、それだけの話だった。全国瞬時警報システムに通知が来てから、着弾まで6分。その6分間でゲームをクリアできるようになれば、いつ世界が終わってもエンディングまでたどり着ける。それなら満足して死ねるだろうと、最初はそう思っていた。

手持無沙汰になって、枕に顔をうずめる。思ったほど、喪失感も充実感もない。その理由はハッキリとわかっている。さっきのクリアタイムに、満足していないからだ。あんなみっともないプレイが最後じゃ死ぬに死ねない。結果こそ自己ベスト記録とは言え、落ち着いて振り返ってみると、RTAとしては反省点だらけのお粗末な内容だった。

今回の経験を踏まえれば、次はもう少しタイムを縮めることができるかもしれない。頭の中に、次々と反省点が浮かんでは消える。ルート構築も未熟、手に入れるアイテムもよく吟味すべきだった。RTAでは、現実の全てがゲームプレイの一部とみなされる。終わりはない。全てに満足のいく現実など存在するわけがないからだ。

＊

「緊急電源に切り替えます」

ＲＴＡは命懸けだ。少なくとも、それに真剣に臨んでいる私からすれば。まずは尿意だ。ゲームを手早く攻略するのに、あんなに恐ろしい邪魔はない。今回は運良く対処できたが、二度と使えない攻略法なのは間違いないだろう。腱鞘炎《けんしょうえん》の痛みも厄介だ。少しは医者の言い分を聞く必要があるかもしれない。ゲームを少しでも長く遊ぶためには。

「繰り返します、緊急電源に切り替えます」

冷静さを取り戻した頭で、もう一度、先ほどのプレイを振り返ってみる。ゲームの攻略には、適切な優先順位が必要だ。尿意を軽視していたのは明らかな失敗だった。恐怖からくる失禁より、我慢の末の失禁のほうがよっぽど厄介だ。身体もう少し鍛《きた》えなければ。恐怖からくる手の震えより、衰えからくる手の震えのほうがよっぽど耐え難い。

「一時、電力が復旧します」

ふと顔を上げると、先ほどまで真っ暗だったはずの画面には、なぜか、見慣れたタイトルが浮かび上がっていた。失敗の原因はもうわかっている。もう一度ゲームを遊べば、私は前回よりもっと速くゲームをクリアすることができる。自信がある。世界最速だ。同じ失敗は二度と犯さない。ミサイルごとき、ゲームを遊ぶ邪魔にもならない。

＊

21時36分12秒。

再び、大きな音が鳴った。ゲームスタートの合図だ。
それは、ついさっき決めたばかりのことだった。

1秒。無駄ごとを考えていても手は動く。その音を聞いた瞬間、私の指は、反射的にスタートボタンを押し込んでいた。流れ出すのは軽快なリズム。何万回と聞いたいつも通りのBGM。ファミリーコンピュータの処理能力では、通常、ステージのグラフィックを描くまでに読み込み時間が1秒ほどかかる。開始と同時に主人公を動かそうと思えば、この段階からもう十字キーを下に押しっぱなしにしなくてはならない。ゲームタイトルはファミリーコンピュータの『スペランカー』。1983年にマイクロ・グラフィック・イメージ社が開発し、1985年にアイレム社が移植を手掛けた、アクションゲームの怪作だ。

全国高校ｅスポーツ連合謝罪会見全文

全国高校ｅスポーツ連合謝罪会見全文

第百三回全国高校ｅスポーツ大会和歌山県予選Fable Nights決勝の共同―聖マリオンの試合において、共同のタンク高山《たかやま》護人《もりひと》選手が行った反復的屈伸運動に対し小《お》山田《やまだ》道江《みちえ》審判長が侮辱行為として退場処分を下した件につき、全国高校ｅスポーツ連合は本日、これを不当な取り扱いだったとして都内で謝罪会見を開いた。共同高校による異議申し立て後、連合理事長である伊《い》那《な》川《がわ》敬《けい》人《と》氏が公の場で発言するのは初めて。「行き過ぎた前例主義」が今回の事態を招いたと反省し、今後へ向けて「高校ｅスポーツ全体のアップデートが必要」と語った。高山選手への対面での謝罪も、この日から始まった日中韓高校代表親善試合の期間中に行いたいとする考えも示した。以下、伊那川氏の発言や質疑応答の要旨）。

＊

（アイボリーのスーツ姿で会場に姿を見せた伊那川氏は、37秒間カメラに向かって低頭して陳謝、顔を上げたのち、再び25秒間低頭）

「まず初めに、今回不当な扱いを受けることとなった高山選手、並びに共同高校の関係者各位に、深くお詫《わ》びいたしたいと思います。申し訳ありませんでした」

（用意した文章を読み上げる）

「第三者委員会および内閣府からご指摘いただいた指導内容を真摯に受け止め、高山選手、共同高校、その対戦相手である聖マリオン高校、全国の学生eスポーツ協会関係者、また、内閣府をはじめとする関係省庁、さらにこれまで学生eスポーツを応援してくださった国民の皆さまに多大なご迷惑をおかけしたことを心からお詫び申し上げます。まことに申し訳ありませんでした」

「かかる試合の裁定につきましては、当初、学生eスポーツの場における教育的指導の一環と認識しており、私をはじめ理事会執行部は現状確認を怠っておりました。5月26日付けの共同高校eスポーツ部による異議申し立てを受け再調査を行いましたところ、著しく不当な裁定であったと現状を改めて確認し、改めて裁定を撤回、謝罪表明をさせていただくものです」

「8月25日の理事会において小山田審判長の解任の決議がなされ、9月3日の評議員会にて正式に決まる運びとなります。また、睾丸《こうがん》を対戦相手の顔面付近に押し当てる又はそれに相当する屈伸運動、所謂《いわゆる》ティーバッギング行為につきましては、不文律化している現状を重く受け止め、今後有識者会議にて規定見直しを行い、来年度の学生eスポーツ憲章にも反映する所存です」

「改めて、高山選手、共同高校に対して、まことに申し訳ありませんでした」

＊

（以下、質疑応答）

――第三者委員会、内閣府に指摘された事実とはどのようなものだったのか。ご自身としてはそれをどのように受け止めているか。

「両機関ともに大会運営から指導者育成にわたり多岐に及んでご指導いただいたため、ここで簡潔に詳細を申し上げるのは難しいが、大まかに言って『現代ｅスポーツにおいて屈伸運動を即、侮辱行為とみなすのは行き過ぎなのではないか』ということ。睾丸を対戦相手の顔面付近に押し当てる又はそれに相当する屈伸運動、所謂ティーバッギング行為への退場処分については前回適用された事例が48年前ということもあり、屈伸に侮辱的意味合いがあるということを現代の学生に一般常識として求めるのは無理がある、とのような旨のご指摘をいただき、全国高校ｅスポーツ連合理事会としても裁定不当で賛成多数と相成った、ということになります」

――先ごろから続く全国高校ｅスポーツ連合の旧態依然が招いた問題との批判の声も多い。学生スポーツ全般に蔓延《はびこ》る武士道精神的な考えの影響との指摘もあるが？

「このような事態を招いた以上懸念の声があるのは当然ですが、連合に武士道精神的な考えがあるとのご指摘は当たらない。皆、ｅスポーツを通して学生の健全な発育に貢献すべく日々邁進《まいしん》しております。一つ全ｅ連に特別な事情があるとすれば、それは日本国におけるｅスポーツ普及の歴史的経緯で、競技化やレクリエーション化に傾倒する他組織と比べると、学生スポーツとしての教育的実践を重視する想いが強い。２０２０年代のゲームバッシングの時代を越えてビデオゲームが学生スポーツとして我が国に定着した背景には、その教育的意義を粘り強く教え広めた先人の努力があり、青少年に悪影響を及ぼすと取られかねない事象については今なお強い拒否感がある。先の小山田審判長の裁定も、そのような考えによるものだったのではないか」

——連合としては小山田審判長の裁定に一定の理解を示すとのように聞こえるが？

「あくまで歴史的背景があると申し上げたまでで、裁定については不当としか言いようのないものだった。その事実は揺るぎようがない。誤解を招く表現だった、重ねてお詫び申し上げる」

——睾丸を対戦相手の顔面付近に押し当てる又はそれに相当する屈伸運動、所謂ティーバッギング行為について、連合の解釈はどのように変わったのか？

「行為そのものへの解釈は変わっていない。変わったのは、どこからどこまでを侮辱行為に含めるのか、という基準。そもそも睾丸を対戦相手の顔面付近に押し当てる又はそれに相当する屈伸運動、所謂ティーバッギング行為はカウンターストライク等の初期FPS競技で見られた非紳士的行為で、一世紀ほど前には敗者に対する最大級の侮辱として広く一般に知られていた。その意味するところは『倒れた敗者の口元で複数回屈伸を繰り返すことで、まるでティーバッグをカップにつけるように相手の顔に睾丸の接触を繰り返してやるぞ』というもの。また、同時多発的な例として、大乱闘スマッシュブラザーズをはじめとする古典対戦格闘ゲームのように屈伸そのものが対戦相手を挑発する行為と見做《みな》されていたケースもある。スポーツマンシップに反する事実は疑いようがなく、また、時代性に左右されるものでもないと考えている」

——睾丸の接触を揶揄《やゆ》していると思われる屈伸行為と、そうではないと思われる屈伸行為を分けて裁定する、という理解でよいか？

「ご指摘のとおり。元よりこうした屈伸行為は、黎明期《れいめいき》のｅスポーツにあって操作形態が現代より制限されていたことに端を発するもの。先の初期ＦＰＳ競技を例にとれば、そもそもゲーム中にプレイヤーに許される動作が移動、ジャンプ、射撃、投擲《とうてき》、加えてしゃがみ込み等しかなく、対戦相手に特別なメッセージを伝えようと思えば、無意味に立ち・しゃがみを繰り返すことで自らを異様に見せるしかなかった。古典対戦格闘ゲームも同様で、ゲーム中に無意味かつ異様な行動をしようと思えば立ち・しゃがみを繰り返すしかなく、制限されたゲームルールが生み出した侮辱という側面が強い。一世紀前の環境が作り出した礼儀を、環境の変わった現代にそのまま適用すれば、当然不都合も出てくる。理念を変えず、制度を変える。学生ｅスポーツが現代化する上で、良いものは良い、悪いものは悪いとの取捨選択は避けられない」

――侮辱的な屈伸行為の基準は、今後どのようにルールとして整備される見込みなのか？

「当該屈伸行為の裁定は、侮辱意図があるかないかで決まる。より正確に言えば、その屈伸行為が睾丸を対戦相手の顔面付近に押し当てることを揶揄する意図がある、もしくは客観的に見た場合にそれを模しているだろうと思われるかどうか、その点に集約される。実際の運用ではケース毎《ごと》の判断になるため厳密な定義の言及は避けるが、ようはこれまでは屈伸運動に見える動作全てに注意勧告が行われるのが通例になっていたところ、これからは屈伸運動の行われたであろうその意図を各審判が判断する、ということ。ルール的には、学生ｅスポーツに関する規則の第76条『非紳士的行為に対する注意勧告』に、今述べたような文言が加筆される。裁定自体は同条の処分がそのまま適用される。対象となる行為がこれまでは現場の運用で不文律化していたところ、ある程度まで明文化しようという試みになる」

――説明に具体性を欠いているように思われる。例として、先の共同―聖マリオン戦における高山選手の屈伸運動について、これを、不当な裁定と結論づけるに至った経緯を知りたい。

「今回の処分は理事会における多数決によって支持されたもので、各理事本件に対する見方はそれぞれ異なるということをまずご理解いただきたい。その上で一理事としての私の意見を申し上げれば、先の共同―聖マリオン戦における高山選手の屈伸運動については、不可抗力によるものであったように見受けられた。聖マリオンのアタッカーの南《みなみ》選手が先陣を切って共同サイドに攻め込んだところ、タンクである高山選手がガード及びテイクダウン。聖マリオンはアタッカー二名体制のチームだったが、もう一人のアタッカーである矢田《やだ》選手は南選手のダウンを見て自陣に急速ロールバックした。矢田選手は小柄で速く、高山選手からすれば身を屈《かが》めるのと様子を窺《うかが》うのを素早く、それも複数回に分けて行いたかったのだろうと思う。だが結果として、それは倒れた南選手の顔面の上で行われた屈伸であり、距離をとって逃げる矢田選手に向かって行われた屈伸になってしまった。聖マリオンの監督八千代《やちよ》氏が即座に審判にタイムを要求したのも、客観的に見てやむを得ない判断であったとは思う」

――高山選手に侮辱意図が無かったと判断した決め手となったものは？

「5月26日の異議申し立てより一か月間、高山選手及び南選手・矢田選手へのヒアリングを行った。結果から言えば、三選手ともに、倒れた敗者の口元で複数回屈伸を繰り返すことが、ティーバッグをカップにつけるように相手の顔への睾丸の接触を繰り返す行為を意味することを知らなかったから、ということになる。南選手は顔の上で屈伸を繰り返されたことについて、『負けた悔しさはあったが、顔面に相手の股間が数回接近したことについては、その瞬間は特に思うところはなかった』と回答。矢田選手は『相手の顔面付近での屈伸が、寧丸を押し当てることを意味するとは知らなかった、今回の件はとても勉強になった』と回答している。高山選手は『自身の勉強不足、屈伸に屈伸以上の意味があることを知らなかった、多くの人にご迷惑をおかけしたが、対戦相手を侮辱する意図はなかったことだけは分かってもらいたい』として、聖マリオン高校側に調停の申し入れを行い、受理されている。全e連としては、既に解決された問題に介入する権利を持たないというのが最終的な見解」

——今回の事案は全e連の過度の礼節重視が招いた出来事だったとの批判がある。市井の声に対し、全国の学生eスポーツ関係者は不安を感じている。全e連として今後のプレイマナーのあり方についてどのようにお考えか。

「まず誤解しないでいただきたいのは、全e連はあくまで全国にある高等学校のeスポーツクラブの事務作業や大会運営を行っている組織であり、各学校を監督する立場にはなく、又そのような権限もないということ。全e連が行う処分はこちらの管轄下にある大会の参加規定に関するもののみで、各学校でのゲームの遊び方は各学校の自主性に任されており、当然その責任を負う立場にもない。新聞各社の報道を見る限り、我々が各高校に睾丸を対戦相手の顔面付近に押し当てる又はそれに相当する屈伸運動、所謂ティーバッギング行為への厳重注意を求めていると思われているようだが、そのような事実はなく、明文化されてもいない。睾丸を相手の顔面に押し当てるような真似《まね》をしてはいけないという指導は、一部各学校でプレイマナーの一環として自発的に教えられているだけのものであり、その点だけはよくご理解いただきたい」

――責任は無いとの弁明に聞こえる。全e連の責任はどこにあるとお考えなのか。

「そのように聞こえたのなら申し訳ない。初めにお詫び申し上げたとおり、当然に全e連にも責任はあり、それは痛烈に感じている。まず一つは屈伸運動のなんたるかを現場判断に任せ、明確な指針を出さず、結果として学生eスポーツ憲章並びに学生eスポーツに関する規則以外のもう一つのゲームルール『暗黙のマナー』の横行を放置してしまった。和歌山県予選以降、対戦相手から屈伸運動を引き出すプレイング・睾丸が顔に押し付けられたかのように見せかけるプレイングが既に複数ケース見られ、退場処分を狙った屈伸運動を巡る駆け引きは学生eスポーツ全体に戦術として知れ渡ってしまった感がある。仰向《あおむ》けのままでの不要なスライディング連発や、相手をしゃがませる為《ため》だけの当てるつもりのない爆発物投擲など、見るに堪《た》えない。全e連には、学生eスポーツの運営者として現状を是正していく責務がある」

「第二に、若者の貴重な成長の機会を損なわせてしまったこと。これについては全責任が全e連にあると考えており、忸怩《じくじ》たる思いがある。百年の伝統を誇る全国高校eスポーツ選手権は、日本の多くの学生eスポーツプレイヤーにとって憧れの舞台。高校3年間という貴重な青春の全てを賭してこれに臨む選手も少なくない。学生eスポーツの本分は、ビデオゲームを通じた青少年の健全な育成にある。それをあのような形で大会から退場させるということは、ビデオゲームのルールから考えても、教育的視点から考えても、スポーツマンシップにとっても、あってはならないことだった。非常に心苦しい限りだが、現場で一度下された審判は、他の選手の利益保護の観点からも覆《くつがえ》すことが出来ない。高山選手並びに共同高校eスポーツ部の名誉回復のため、職員一同大会記録の修正をはじめ、出来うることは全て取り組んでいきたい」

「第三に、本件を通じ、全e連の言動が国民の皆様に著しく不快感を与えてしまったこと、なによりこれを心よりお詫びしたい。小山田道江審判長による『ビデオゲームは礼に始まり礼に終わる』発言や、一部理事による『無知を通せば無礼がひっこむ社会で良いのか』発言など、被害にあわれた人々の心情を理解しているとは思いがたい発言が相次ぎ、全ｅ連全体の信頼を大きく損なう結果となった。先日既に辞任された四方田《よもだ》元相談役の『半世紀前なら垢《あか》ＢＡＮされてＳＮＳも炎上してた』発言が示す通り、既に半世紀前の価値観となったマナーで現代のゲームプレイを裁こうというのはそれ自体が時代錯誤。睾丸や局部の持つ意味もかつてとは大きく変わっている。これが全ｅ連に与えられた国民の皆様からの最後のチャンス、組織変革の機会と捉え、不退転の覚悟で取り組んでいくほかないのではないか」

――伊那川理事長御自身をはじめ、執行部の進退についてはどのようにお考えか。

「現状では自身の進退につき特段の予定はない。責任を投げ出さず、与えられた職務を全うし、問題解決に粘り強く取り組むことこそが、高山選手、ひいては学生ｅスポーツ界に対する一番の贖罪《しょくざい》になるのではないかと考えている。私自身、学生時代からビデオゲームが好きで、ビデオゲームのためにこれまでの私の人生があった。ネバーギブアップ。タイム尽きるまで。何事も途中で放り出すことが最も良くないことだというのが、私がビデオゲームを通して学んだ最も大きな教訓。このようなことを言えばマスコミの皆様にまた『精神論じゃないか』と言われてしまうかもしれないが、それが私の偽らざる本心。これは他の執行部役員も同様で、現状皆さんの進退について何か予定があるとは伺っていない。無論、全ｅ連の人事は47都道府県の高校ｅスポーツ連合による民主的手続きで決まるもので、『伊那川はビデオゲームのためにならない』『伊那川は教育に悪い』との声が多数上がれば謹んで退任させていただく」

――現状では形式上責任をとるための処分は行われないという認識で間違いないか。

「執行部役員に関して言えば、目の前の問題解決、これに粉骨砕身の覚悟をもって臨むことそれ自体が処分にあたるという認識でいる。規則上の処分ということであれば、8月17日の理事会をもって小山田道江審判長の審判長職が解かれ、降格及び六か月の停職とした処分がそれにあたる。また、本件処置の最終決定者であった和歌山県高校eスポーツ連合の新見正《にいみただし》連合長が、一連の問題の責任をとって次期連合長選への立候補権限停止処分、および全国高校eスポーツ連合執行部役員選挙の参加停止処分を受ける予定だったが、先月20日に体調不良を理由に当該役職を引退されたため、実質的に処分は行うことが出来なくなった。全e連から見れば、処分対象者が既にいない状況となる。身内に甘いとのご意見を多数いただいている現状についても承知している。既にしかるべき対応は行い、現在はそれを遂行する段階にあることをご理解いただきたい」

――ビデオゲームを遊ぶ子を持つ全国の親御さんは心配している。問題解決に向けて今後学生eスポーツではどのような改善が行われていくのか、より具体的な指針を説明していただきたい。

「有識者会議でも綿密な協議を行ったが、睾丸を対戦相手の顔面付近に押し当てる又はそれに相当する屈伸運動、所謂ティーバッギング行為が学生eスポーツの『暗黙のマナー』における氷山の一角であることは概《おおむ》ね理解が一致している。ようは死体蹴りはいかがなものなのかということ。教育的ビデオゲーミングは対戦相手へのリスペクトが欠ければ成り立たない。それでは、長いビデオゲームの歴史が作り上げてきた敗者へのリスペクトを欠くとされる多くの侮辱行為について、どのマナーをどの程度まで学生eスポーツの場で厳しく見定めるのか。その明文化をしなければ、大昔の知らない慣習に両の手足を束縛され、学生たちが満足にゲームを自由に遊べなくなってしまうのは火を見るより明らか。一口に死体蹴りと言ってもその意味するところは様々で、ゲームによっては有用なものもあれば侮辱でしかないものもある。その線引きを確固たるものにすることこそ、我々に課された責任と考えている」

——不勉強で申し訳ないが、今のお話の中に出てきた〝死体蹴り〟とは一体どのような行為を指して仰《おつしや》っているのか？

「あー……（10秒ほどの思案）概ねゲーム中における敗者を侮辱するような行為と考えていただいて問題ない。死体を蹴るという行為そのものではなく、なんと言ったらいいか、敗者に対して鞭を打つような、唾を吐きかけるような、そうとられても仕方がない行為全般のことだ。ビデオゲームは歴史の長い文化であり、黎明期には敗者を侮辱するために様々なジェスチャーが生み出され、文化として成熟する中で度々これを禁止してきた背景がある。中には負けた者の死体がその場に残り、アクションとしてキックが可能で、そこから転じて死体を蹴ることの出来るゲームもあった。単に設定ミスでそうなっていたものもあれば、死体を蹴ることがゲームの戦術の一部となっている場合もあり、これらを総じて許す・許さないの議論に持っていくのは繊細さを欠くため、一つ一つのゲームにおける行為の意図を再度見直さなければならない、見直していこうというのが当座の考え。これは有識者会議でもご指摘いただいたことで、我々としてもその洗い出しは今後の最優先課題だと考えている」

——今回の件を受けて、全ｅ連が許す侮辱行為と許さない侮辱行為がリスト化される、との意思表明と捉えて問題ないか？　その場合〝死体蹴り〟はどう判断されるか。

「何故《なぜ》そのような解釈になってしまうのか理解に苦しむ。侮辱行為に許すものと許されないものがあるという二元論ではなく、ましてやそれを我々が最上段から決めようという誤解は当たらない。マスコミの皆さんには申し訳ないが。あくまで、一般的には侮辱行為とみなされる行為が、伝統的に戦術の一部と受け入れられているゲームも存在するという事実を申し上げたまで。例えば１９９９年リリースの餓狼《がろう》—MARK OF THE WOLVES—ではＫＯ後も対戦相手を殴り蹴り出来るが、これは次のラウンドにゲージを少しでも稼いでおくという戦術として認められており、侮辱行為以上に相手への敬意、全力で戦っている証明ともなりうる。ＭＯＷは全国に10～20のクラブがあり、現在もなお競技会が例年開催されているタイトル。全ｅ連としては、現在学生ｅスポーツに関する規則に正式種目として登録されている２７１の全ゲームタイトルの精査も含め、ＰＴＡ・研究機関とも相互連携しながら絞り込みを行っていく」

——理事長御自身は、〝死体蹴り〟にもゲームルール上納得できるものと納得できないものがある、とお考えになっていると捉えて問題ないか？

「私個人の見解ではなく、全ｅ連組織の見解として、概ねその通り。であると思います。はい。（隣席の戸川《とがわ》あずみ理事と30秒ほど相談）良い、悪い、ではなく。我々が善悪の基準を定めようというお話ではなく、あくまでゲームに受け入れられている伝統があると、そういった戦術を攻略法として明文化する必要もあるだろうと、有識者会議の先生方からもご提案を受けたもの。侮辱を許すとか許さないとか、これはビデオゲームに関心の薄い皆さんには違いが分かりづらいことなのかもしれないが、そういうことではなく、きちんと、ゲームルールから行為の意図を読み取ろう、読み取っていきましょうというお話で。私は先ほどからそういうことを言っております。はい。（隣席の戸川理事から耳打ち）えーと、今更言うまでもないことではありますが、全e連としては、ビデオゲームにおけるいかなる侮辱行為も許すものではありません。そこだけは声を大にして申し上げたい。マスコミの皆さんには大変申し訳ないが、その、あまり〝死体蹴り〟という言葉の文字面を論《あげつら》うのはやめていただきたい」

――最後に、今回被害にあわれた高山選手、共同高校に対してコメントがあれば。

（用意した文章を読み上げる）

「第三者委員会および内閣府からご指摘いただいた指導内容を真摯に受け止め、高山選手、共同高校、その対戦相手である聖マリオン高校、全国の学生eスポーツ協会関係者、また、内閣府をはじめとする関係省庁、さらにこれまで学生eスポーツを応援してくださった国民の皆さまに多大なご迷惑をおかけしたことを心からお詫び申し上げます。まことに申し訳ありませんでした」

（伊那川氏、原稿の取り違えが起きていることに気付かず、謝罪会見冒頭と同じ文章を1分ほど読み上げ。戸川理事の耳打ちにより取り違えに気付く）

「あっ、大変失礼いたしました。誠に申し訳ない。えー、すみません。改めて。この度の第百三回全国高校eスポーツ大会和歌山県予選Fable Nights決勝の共同―聖マリオンの試合におきまして、共同のタンク高山護人選手が行った反復的屈伸運動に対し小山田道江審判長が侮辱行為として退場処分を下した件につき、全国高校ｅスポーツ連合は不徳のいたすところと深く反省し、責任を痛感しております。これにより被害にあわれた全ての皆様方へ、改めてお詫び申し上げますとともに、高山選手、共同高校の名誉回復に向けてより一層の努力に励む所存です。これまで学生ｅスポーツを応援してくださった関係者、保護者の皆様、そして全てのｅスポーツプレイヤーの皆様方。まことに申し訳ありませんでした」

以上

2126／08／24

＊

〈関連ニュース〉
・敗北は死のメタファーなのか？　伊那川理事長の〝死体蹴り発言〟に波紋、相次ぐ不適切発言に「僕たちは死んでいない」との声もやるせなく
・日本代表シューターJensMax、ManiaxLive上にて全ｅ連会見へ持論炸裂《さくれつ》「睾丸や局部の持つ意味は今も昔も一緒でしょ」
・【連載第一回】ゲーミング追放者（1）私はこうしてゲームオーバーへと至った　～和歌山県高校ｅスポーツ元連合長　光と闇の独白～

ミコトの拳

桃色の髪がひらりと揺らぎ、耳の後ろから風が吹く。フジサワ・ミコトが放った25526発目の正拳突きは、腰から肩、肩から肘へと力を合流させ、少女の持つ全身の筋肉が生み出した力学的エネルギーを一つの槍《やり》として大岩の丹田へと押し込んだ。

道場中に鈍《にぶ》い音が鳴る。岩と骨とがぶつかり合った衝撃で、揺蕩《たゆた》う水面にも波が広がる。ミシリ、ミシリと。敗者の身体から軋《きし》む音が漏れ出す。崩れゆくのは大岩か、己の拳か。ミコトの心には、オーバーフローを体感する、強い満足感があった。

＊

ことの真偽は別として、少女フジサワ・ミコトには一つ、強い信念があった。フジサワ・ミコトは町で唯一の道場の一人娘である。しかし信念と言えどそれは武道と呼び得るものではなく、ましてや正義と呼べるほどのものでもない。それどころか、少女の信念は一般的には「シミュレーション仮説」と呼ばれる類の世迷《よま》い言《ごと》で、人に比べて少しばかり実直過ぎる性格を持つミコトは、ジブンが人と仲良く出来ないのは全てこのシミュレーション仮説が原因なのだと盲信していたのだ。

軟弱な妄想など知るはずもない健康的読者のため、念のためだが説明しておこう。シミュレーション仮説とは即《すなわ》ち、この世界の全てが仮想現実であり、我々はシミュレーションの世界で生きている存在に過ぎないとする無意味な思考実験である。しかしミコトの信念はそこから更に一歩進み、ジブンは異性愛者男性向けの恋愛シミュレーションの一キャラクターにすぎず、それも生まれてからこの方ずっと、かなり出来の悪いゲームの中に閉じ込められていると考えていた。

異性愛者男性向けの恋愛シミュレーション、所謂《いわゆる》「ギャルゲー」をミコトは遊んだことはなかったが、少女には生まれ持った野生のカンがあった。正確にはジブンが「生まれ持った野生のカンがあるので、あたまはバカだが変なことにはよく気付く」みたいなよくある設定のサブキャラクターとして作られていると思い込んでいたので、そこから逆算的にこの世界がギャルゲーなのではないかという真実に気づくに至ったのだろうと、少女はジブンでジブンの直感をそう解釈していた。

だから、恋愛シミュレーションゲームを遊んだことはなくとも、それがどういうものなのかはなんとなく知っていた。なんとなく知っていること自体がジブンがゲームの中の人間であることを示唆しているようでまた腹が立つが、それはそれとしてなんとなく知っているんだから仕方がない。平たく言えば、現実はミコトにとって悪夢の世界だった。誰からも愛されてこなかったような男の願望の煮凝《にこご》りで、その願望そのものみたいな女がキャピキャピ通りを闊歩《かっぽ》する。

全ての男はまるで全ての女を選ぶ権利でもあるかのように振る舞い、社会のシステムだってそれを支えるみたいに作られている。クラスの女友達は総じてお目目ぱっちりクリクリで、一部は気でも狂ったんじゃないかというデザインの服を着ている。ミコトはそれと比べれば慎ましやかなものだが、この歳《とし》になっても上下道場着の体育会系キャラのテンプレみたいな格好で街中を歩くことがやめられず、何度も直そうとしたが語尾に「ッス」とつけるのがいまだやめられない。

この世がご都合主義の恋愛シミュレーションに支配されているだなんて、どうかしてる。こんな世界は登場人物であるジブンからすれば迷惑千万である。それもこんな四番手五番手に甘んじそうなちんちくりんの色物キャラなど。世の中にはジブンのことをジブンと呼ぶようなジブンみたいなタイプを好む男どもがいて、そういう奴《やつ》らはジブンの見た目に「良さ」があると捉え、好感度を上げてやろうと虎視《こし》眈々《たんたん》と狙っているのだ。考えるだけで吐き気がする。こっちの気も知らないで、舐《な》めやがって。

フジサワ・ミコトは幼い頃から、どちらかと言えば格闘ゲームの登場人物になりかった。道場主である母を超えるような、もっと言えばゲームで最強のキャラに。余計なことしかしない癖に手を替え品を替え理解者ヅラする男どもをボコボコにしたかったし、結局何をするわけでもない癖に理解者ヅラだけは一丁前の女どもをボコボコにしたかった。それでも仮にジブンが0と1の塊《かたまり》であればそれも叶《かな》わぬ夢だから、鬱憤を発散するために、道場の庭にある大岩に毎日毎日正拳突きを喰《く》らわしていた。

＊

フジサワ・ミコトがこの世界がおかしいんじゃないかと思い始めたのは、ジブンが異常に他人に厳しすぎることにジブン自身でドン引きしてしまったことがきっかけだった。クラスの男のうち何人かは明らかにジブンに色目を使っている。おそらく数個しかない選択肢の中から、最も耳触りの良い言葉を選んで擦り寄ってきているんだろうことは分かっていた。気持ち悪いと思ってはいたが、それにしたって連中はこちらに好意を持ってやってきて、あれこれ褒《ほ》めたり励ましたりしてくれているのだ。

それに対して何の脈絡もなく「やかましいんじゃ！」とか「話しかけるな！」とかキレるのは、流石《さすが》にジブンでも酷《ひど》すぎるんじゃないのかと思うのだが、これが何故《なぜ》だかやめられない。試しに他の女ども（この世が偽りとすら気付いてない哀れな連中）にも色々と聞いてみたが、答えは皆同じだった。「分かるわ」と笑うだけ。「なんか気持ち悪くてついキレちゃう」と、言動が一致しないヤバい輩《やから》みたいな訳の分からない言い訳を繰り返すので、他人事《ひとごと》ながら恐ろしくなった。

ジブンで言ってても上手《うま》く感覚が摑《つか》めないが、どれだけ他人と話しても、ジブンの中で好感度が上がっているように感じられないのだ。何かをされても有難《ありがた》いとちっとも思わないし、何かをしても申し訳ないともちっとも思わない。面と向かって話していても、人を全然好きになれない。男女を問わず、下手をすればジブン自身であっても。こうして文にしてみると最悪極まりない人間で、これがジブンなのかと思うと辛《つら》いところもあったが、実際他人を好きになれないのだからどうしようもない。

まさかゲームの出来が酷すぎるあまり、バグか何かで好感度が上がらない仕様になっているんじゃないか。そう言うとクラスの男ども（おそらく主人公ではない可哀想《かわいそう》な連中）はニタニタと笑って、「案外間違いでもないんじゃない」とミコトに言った。世の中、人に好き好き言われるだけで相手のことを好きになっていくものじゃないし。古いゲームで出来の悪いヤツだと、パラメーター設定がバグってて何か別のパラメーター設定と入れ替わっちゃってることなどザラにあるのだと言う。

まったく酷いもんだと、一人の男が肩をすくめる。よくあるケースでは、相手の収入がそっくりのそのままジブンの好感度と入れ替わってしまう。パラメーターの設定が間違っていて、どれだけ優しくされても相手を好きになれないが、相手の収入が上がると勝手に好感度も上がってしまうらしい。酷いケースではピアノの鍵盤を叩《たた》いた数や古いバイクのエンジンの回転数とも入れ替わってしまい、常識的に考えれば好きになる訳もない相手に好感度が勝手に上がってしまうことさえあるらしい。

しかしミコトは基本的に、相手が誰であろうが気に入らない人間だ。ジブン自身であっても気に入らないくらいで（特に考えなくてもよいことを悩むウジウジした性格が）、生まれてこの方ジブンでジブンを好きになれたことすら一度としてなかった。仮にミコトというキャラの持つ好感度の変数が「mikoto.koukandoINT」だと仮定して、これが例えば、今日の気温や、星の数や、下手したらどこかの誰かの年齢みたいな、本当に無関係なパラメーターと入れ替わってしまうこともあるのではないか？

何を隠そうミコトには、たった一つだけ心当たりがあった。読者諸氏も御存じの通り、冒頭に出てきた件《くだん》の「大岩」である。昔からどんな人間も基本的に好きになれないミコトではあったが、既に亡き父親と、片親でジブンを育ててくれた母親にだけはよく懐《なつ》いていた。思えばミコトが初めて父親に憧れたのは、似合わないスーツで授業参観に来てもらった時でも、その大きな背中に肩車をしてもらった時でもない。道場にあった大岩の内の一つを、正拳突きで割って見せられた時だった。

父が亡くなってから道場は母に受け継がれたが、道場主となった母はそれから毎日、父が割り残した大岩に向かって正拳突きの修行をはじめた。本来であれば柔術の師範である母が、打撃の師範である父の遺志を継ぐというのは、並大抵の覚悟ではなかったに違いない。覚悟を決めた母の背中の小さなこと、そして、その先に構える岩の影の大きな様を見て、幼いミコトはいつか母のような拳法家にならんと淡い憧れを抱いた。それこそが、ミコトにとって初めての「他者を認める」体験であった。

一般的な考えでは、これは「拳法家が師から闘う姿を以《もっ》て道を説かれた」というエピソードであるはずだろう。しかし少女は読者諸氏が考えるより何分実直な性格であり、また、「もしかしてこの世はゲームの中なのではないか?」と妄想する程度には多感な14歳でもあったので、父母の教えを真っすぐに受け取ろうとはしなかった。「嗚呼《ああ》、何故私の好感度のパラメーターは、大岩に与えたダメージなどという馬鹿げたものと結びついたのだろう」などと、世を儚《はかな》むので精一杯だったのである。

＊

常々、ミコトは道場主である母にこう問うてきた。「お母様、ジブンはどのようにすればジブンを認められる日が来るでしょう」と。

ミコトの母は無口で厳しい偉大な武術家だったが、裏を返せば特に何も考えていない武術家でもあったため、悩めるミコトに対しても「ただひたすらに岩を打ちなさい」としか言ってはくれなかった。しかし幸か不幸か、それは14歳のミコトが求めていた言葉でもあった。社会通念上、母はその言葉を「健全な精神は健全な肉体に宿る」的な意味でしか言ってはいなかったが、実直すぎる娘はそんな言葉を「岩を割ればジブンはジブンが好きになれるだろう」と都合良く解釈したのである。

毎朝日が昇ると同時にニワトリすらたじろぐ奇声が響くと、浅い地鳴りが繰り返し、繰り返し山のふもとの県道まで轟《とどろ》き渡る。「フジサワ・ミコトの大岩割り」は、たちまち町中の人々の知るところとなった。以前より拳法狂いと呼ばれていた一家の、その中でも輪をかけて拳法狂いと呼ばれていた一人娘のミコトが、ついには大岩を割らんと毎朝岩に向かって正拳突きをはじめたのである。それも何が理由かと思えば「岩を割ったらジブン自身を認めることができるようになるから」と言うではないか。

当然、周囲の善良な人々は少女が岩を割るなどと本気で信じていたわけではない。しかし最初こそ物珍しさ半分からかい半分で見ていた者たちも、覚悟を決めたミコトの背中の小さなこと、そして、その先に構える岩の影の大きな様を見て、いつしかミコトを一端《いっぱし》の拳法家だと認めるようになった。当然彼らというキャラクターの好感度も、大岩に与えたダメージなどという馬鹿げたものと結びついていたわけではない。しかし、ミコトの正拳にはそれと同様の力を生むバグがあったのかもしれない。

桃色の髪がひらりと揺らぎ、耳の後ろからそよ風が吹く。フジサワ・ミコトが放った正拳突きは、腰から肩、肩から肘へと力を合流させ、少女の持つ全身の筋肉が生み出した力学的エネルギーを一つの槍として大岩の丹田へと押し込む。道場中に鈍い音が鳴る。岩と骨とがぶつかり合った衝撃で、ミコトの道着に皺《しわ》が寄る。ミシリ、ミシリと。ミコトの拳から軋む音が漏れ出す。冷たい岩肌に一滴二滴と血が滴り、何一つ変わらぬ大岩の太々《ふとぶと》しい姿の前に少女が片膝をつき、そうしてまた、朝が終わる。

「大岩を割った人間はフジサワ・ミコトに好きになってもらえるらしい」……。そんな噂《うわさ》を聞きつけた流れの拳法家が、売名目的で道場に訪れることもあった。いつまで経《た》っても岩を割る気配のないミコトに対して、俺が代わりに割ってやろうと賊どもが次々に飛び込んでくるのだ。こんな軟派者に母すら割れなかった大岩が割れようはずがない。とは言え、である。「本当にこいつが岩を割ってしまったらどうしよう」という年相応の不安も少女の中には無いでもなかった。

　何度でも言おう。なにせフジサワ・ミコトというキャラクターは、ジブンの好感度のパラメーターが大岩に与えたダメージなどという馬鹿げたものと入れ替わっていると本気で信じるくらいには実直な性格だったのである。それはそれとして、己より力があるところを見せつけられた拳法家が、相手に対して屈辱的な敬意を抱くということは何も珍しい事態ではあるまい。しかしミコトは実直、かつ強情な性格でもあったため、ジブンがそんな憧れを抱くかもしれないという可能性自体が許せなかった結果として、そうした賊どもを全員完膚なきまでに返り討ちにした。返り討ちにするどころか、こんなヤツを認めるわけがないという反感あり、いつまで経っても岩を割ることのできない鬱憤あり、なんでもいいからとにかく何かを割ってスカッとしたいという八つ当たりありで、観客から「何もそこまでやらなくても……」という声が上がるまで痛めつけ、「藤沢道場にフジサワ・ミコトあり」の噂を「藤沢道場にフジサワ・ミコトが出るらしい」との噂に歪《ゆが》めるまでに至ったのである。

＊

　大岩に向かい正拳突きを始めてから二年が経ち、幼かったフジサワ・ミコトの背丈もミコトの期待ほどではないにせよ大きくなった頃、ミコトは街の高校への進学を控えるようになっていた。「藤沢道場にフジサワ・ミコトあり」の噂を聞き、「藤沢道場にフジサワ・ミコトが出るらしい」との噂までは知らなかった都会の高名な拳法家の一人が、その拳を明日の日本のために活《い》かすべきであるとして、ミコトに推薦入学の口を紹介してくれたのである。

　あの頃より老いてまた少しだけ小さくなった母は、ミコトの成長を心から喜んでいた。仏壇の父の遺影はまた少しだけ古びたが、相変わらず笑っているように少女には見えていた。毎朝の大岩割りを通してミコトの周囲に集まった人々もまた、毎朝大岩に向かい続けたミコトの進学を我が事のように喜び、ミコトがこっぴどく痛めつけた賊どもですらミコトがいなくなって清々すると少女の成長を喜んだ。しかし、少女にはそれが、そうした我が身の生ぬるさが、どうしても耐え難《がた》かった。

拳法家の生涯は修行である。そこに成長はあるが、完成はない。たった一つ、いや一人。大岩割りを始める頃から何一つ変わらぬ大岩だけが、その事実を理解し、ミコトの心の内を見抜き、己に「お前の一体何が変わったというのだ」と問うているような気がしてならなかった。「お前は他人から認められた、それで、お前はお前が認められたのか？」と。25525発目の正拳突きを経ても、大岩はビクともしなかった。傷一つつかなかった。そして少女はそんな不甲斐《ふがい》ないジブンが未《いま》だ嫌いなままだった。

叩いても叩いても、殴っても殴っても、突いても突いても。フジサワ・ミコトの胸中に、大岩にダメージを与えられている実感、ジブンのジブン自身への好感度が上がっている実感はなく、ただ焦燥感だけが募っていく。14歳だったミコトも15歳になり、歳を重ねた分だけ思慮深くなったのだ。「ジブンは異性愛者男性向けの恋愛シミュレーションの一キャラクターにすぎず、それもかなり出来の悪い部類のゲームの中に閉じ込められている」という己が信念にも、僅かばかりの疑いを持てる程度には。

フジサワ・ミコトの拳は、いつしか信念の下に放たれていた拳から、迷いの中で放たれている拳へと変わっていた。純粋無垢《むく》にシミュレーション仮説なる世迷いごとを信じ、岩を殴ればジブンが好きになれると考えていた頃の拳はもうそこには無かった。この道の先にあるものが果たしてシミュレーション仮説なる世界なのか。もしもそうだとするなら、ジブンがこの岩を殴ることに一体なんの意味があるのか。そうして己が拳に答えを問いかけるかのような、迷いに満ちた拳がそこにはあった。

迷いは弱さではない。道への渇望である。道を進もうとする渇望こそが己が力を線へと結び、拳の先へとたどり着かせる。たった一度の拳に死力を尽くすとは、まさに、そうした心のありようを指す言葉だ。それが仮に「ジブンは異性愛者男性向けの恋愛シミュレーションの一キャラクターにすぎないのではないか」という問いかけから始まり、「もしもそれが真実ならこの岩を割った先にジブン自身を好きになれるかどうかで確かめたい」という誤った道にたどり着いた渇望なのだとしても。

己が成長を少女が理解していたかどうかは定かではない。しかしフジサワ・ミコトの鬼気迫る姿を見ていた者たち、亡き父の霊であり、母であり、やじ馬であり、少女に恨みを持つ者たちは皆、拳法家の成長をつぶさに感じ取っていた。桃色の髪がひらりと揺らぎ、耳の後ろから強い風が吹いている。道場中に鈍い音が鳴る。岩と骨とがぶつかり合った衝撃で、揺蕩う水面にも細波《さざなみ》が生まれている。ミシリ、ミシリと。拳か、岩か、どちらが軋んでいるかも分からない音が滲《にじ》む。「藤沢道場にフジサワ・ミコトが出るらしい」との噂は、いつしか「藤沢道場でフジサワ・ミコトが本当に割るらしい」との噂に変わっていった。毎朝日が昇ったにも拘《かか》わらず、ニワトリすら雄たけびを躊躇《ためら》うようになった。深い地鳴りが繰り返し、繰り返し向こうの山の民家まで轟き渡るようになった。観客も、町も、フジサワ・ミコト本人ですら、拳が放たれるその瞬間に音を立てるものはいなくなった。皆が皆、岩が割れる断末魔の声を聞き逃すわけにはいくまいと、本能が喉を閉ざした為《ため》である。

＊

それは3月31日の朝の事だった。フジサワ・ミコトは高校の下見のため、母に下ろしてもらったばかりのブレザー姿で大岩の前に立っていた。いつしか上下道場着の体育会系キャラのテンプレみたいな格好で街中を歩くことはしなくなっていて、語尾に「ッス」とつけるのは直らずじまいだったが、そもそもジブン自身である語尾をわざわざ直そうという気も起こらなくなった。背は期待していたよりは伸びなかったが、二年前に比べれば、大岩もちょっとばかりは小さく感じるようになっていた。

桃色の髪がひらりと揺らぎ、耳の後ろから風が吹く。フジサワ・ミコトが放った25526発目の正拳突きは、腰から肩、肩から肘へと力を合流させ、少女の持つ全身の筋肉が生み出した力学的エネルギーを一つの槍として大岩の丹田へと押し込んだ。道場中に鈍い音が鳴る。岩と骨とがぶつかり合った衝撃で、揺蕩う水面にも波が広がる。ミシリ、ミシリと。敗者の身体から軋む音が漏れ出す。崩れゆくのは大岩か、己の拳か。ミコトの心には、オーバーフローを体感する、強い満足感があった。

敗北は勝負の必然である。だからこそ、勝者は敗者に敬意を払うのが拳の道であるとされているほどに。しかしそれはそれとして、拳を以て倒されたものは必ず、自らを越えられたという事実を、相手が自らに勝ったという事実を、認め、敗れなくてはならない。意志なき存在である大岩に、それが分かろうはずもなかった。しかし、大岩は己が責務を見事に全うした。ミコトの拳の周囲にヒビが入る。情けなく、未練がましく、あるいはミコトの拳を一瞬でも長く見届けたいと言わんばかりに。

静寂の中で、大岩が崩れていく。少女からまっすぐに伸びた拳、それに縋《すが》り付くようにしてハラハラと破片をまき散らしながら、哀れに崩れ去っていく。一人として歓声を上げる者はいなかった。唾を飲む僅かな音ですら、少女の放った拳に対して、その大岩の散りゆく様に対して、不敬に当たると感じずにはいられなかったからだろう。あれほど重たくそびえたっていた岩は、見る見るうちに砂利へと還《かえ》り、太々しい姿を消した。その跡にはただ一人、少し背の伸びた拳法家が仁王立ちしていた。

拳の道とは然《しか》るべきものであると語る御仁もいれば、大岩の持つ霊的な力が成し得た業だと語る御仁もいる。いずれにせよこの日、大岩は割れ、フジサワ・ミコトはジブン自身を僅かばかりだが好きになった。相も変わらず、やっぱりこの世はゲームの中だったんだと思い込み、少し落ち込んだりもしていたが。

ラジオアクティブ・ウィズ・ヤクザ

神奈川県警　組織犯罪対策部　佐川宗辰《さがわむねたつ》殿

拝啓

逃走中の身にて、手紙がいつ頃お手元に届くか分からず、時候の挨拶が出来ぬことをお許しください。この度はかかる捜査での無礼をお詫《わ》びするため筆をとりました。

先日の取り調べの折、刑事さんには数々の無礼を働き、誠に申し訳ありませんでした。言い逃れの余地はなく、また、するつもりも毛頭ありません。此度《こたび》の狼藉《ろうぜき》は全て黒須《くろす》一家としてではなく、この私、山谷庄次郎《やまたにしょうじろう》個人が身の程も弁《わきま》えず企てた沙汰であり、佐川さん、そして神奈川県警の皆々様方には多大なるご迷惑をおかけし、償っても償いきれません。刑事さんには既にお察しのことと思いますが、私は先刻、放射性物質及び核燃料密輸出密輸入の罪で捕まろうという下心で、貴方《あなた》様の取り調べを黙秘しておりました。保管場所のアパートから見つかったウラン、ラジウム、プルトニウムなどの物騒なシロモノ、また放射線計測機器などの違法な物品は全て、この私、山谷庄次郎が独断で「海外に高値で売り捌《さば》くつもりで違法に所持していたもの」と、世間様にはさせていただきたいのです。

世の人は私達のことを「ヤクザもの」と一括《ひとくく》りにしますが、私のような半端者から見れば、黒須一家はヤクザものではなく博徒の集まりであり、私自身にも己はヤクザではなく博打《ばくち》打ちであるという自負があります。天下国家の法を破っているという意味では同じ穴のムジナなのかもしれませんが、ムジナはムジナで己はタヌキとはまるで違うのだと、不相応にも思っておるのです。

弱小ヤクザの世迷《よま》い言《ごと》だと思っていただいて結構、本来マトにもかけられぬ分際であることは承知しております。しかしながら、曲がりなりにも黒須一家の旗揚げは慶応二年、初代である黒須義吉《よしきち》が小田原藩末盛で立ち上げた賭場を前身とする老舗任俠《にんきょう》団体であります。以降百余年にわたり、黒須は横浜での博打一切を取り仕切り、打つ打つ打つ、それのみで口に糊《のり》してきた生粋の博徒集団です。特に、元より口入れを表看板とする博徒の寄合《よりあい》であった黒須では、寺銭の実入りは下、ヨソの賭場で勝ち取った銭こそ上とされております。黒須が賭場を開くのは、黒須に負けた者どもに、上がり目の機会を与えるべきだというフエアネスだと親父《おやじ》も常々言っておりました。夜盗崩れとは似て非なる。これは初代から続く黒須の美学であり、これこそが任俠道であると皆が教わった子供らです。

古くは徳川による賽子《さいころ》の摘発から始まり、明治政府による花札の禁止、太平洋戦争での手本引きによる投獄まで。あらゆる時代、あらゆる場所で狼藉を働いてまいりました。警察のご厄介になる身には違いありません。ただ一つ、日陰者の身で言わせていただくならば、黒須の罪は後にも先にも二つだけ。刑法第百八十六条、「常習賭博罪」及び「賭博場開帳図利罪」以外は、百年の歴史に唯《ただ》一つとしてございません。組対の刑事さんならご承知のこととは思いますが、どれほど親方日の丸が目の敵にして私達を「無法者」と呼ぼうとも、私達はあくまで天下国家の定めた法なるものを守る義理がないとしているだけであり、私達「無法者」にも義理を通す法はあります。それこそが広く任俠道と言われるもので、そして私達黒須一家にとっては、鉄火場の法です。

博打の目を天皇陛下とする盆の法です。

浅学のため、天下国家の定めた法が核燃料の横流しをどれほどの罪としているのかは分かりません。ですが、どう転んだところでこの国の法では最高に重い罪は死罪でしょう。しかし鉄火場の法には死罪より重い罪があり、これは「不殺」という罪です。一度出た目に唾吐いた者は、賭場に二度とは戻れない。運用上の出禁ではなく、一度座敷を汚した者は死後も座敷に上がれないのです。中でもゴトがバレた者の末路と言えば、それはもう筆舌に尽くし難《がた》い。伊豆の黒須一家の本家には、庭に大きな石蔵があります。そこには何百枚もの額が積み重ねられており、その一枚一枚に○○の某太郎だの、○○の某次郎だのといった名前が彫られている。古いものでは百年前のものさえあります。黒須の門を叩《たた》いた者は誰でも、一度はこの蔵の整理を親父から申しつけられます。これは一つ一つが、黒須一家の賭場でイカサマを働いた者の名前、正確に言えばゴトがバレた者の名前が彫られておる額です。イカサマの手口一つ一つにそれを行った者の名前が付けられており、二度と同じ手を繰り返させないよう、関東一円の博徒全員が未来永劫《みらいえいごう》その愚かさを蔑《さげす》み、ゴトを行った者の名を呼び続けるために拵《こしら》えられる。鉄火場の法の罪人を、末代にわたって辱めるためです。

札に傷をつけるガンは黒須では「灘《なだ》の佐《さ》吉《きち》」と呼び、昭和になった今でもガンを働いた者が出ると「佐吉が出たわ」と蔑まれます。賽《さい》の目の盗み見は「太田の茂《も》平《へい》」と呼び、賭場で怪しいそぶりを見せようものなら「助平《すけべい》の茂平が出たぞ、性懲りも無くまた出たぞ」と唄が歌われる。組の者の子の中には、これを子守唄にすらしている者もおります。乳飲み子にすら、馬鹿にされねばならない。両名ともに、既に百年近く前に死んだ者です。賭場を追い出された後は、泥に塗《まみ》れて野垂れ死んだ。一族郎党皆散り散りになりました。それでもなお、罰は終わらない。私はもう、こうして書いているだけで、手の震えが止められんのです。百年後、二百年後の泰平の世に「山谷庄次郎」という名が莫迦《ばか》者の言い換えになっていると想像するだけで、恐ろしくて賽を握る手すら痺《しび》れる。

刑事さんにとっては、これほど都合の良いお願いも無いだろうとは分かっております。それを承知の上で、どうかこの半端者を「博徒」として死なせてやってはもらえませんでしょうか。十五の冬に任侠の世界に入り、いつか親父と同じように賭博場開帳図利罪で引っ張られる日を夢見て参りました。しかしそれが叶《かな》わぬ今、核燃料の密輸入で捕まろうとするこのエセ博徒を、どうか黙って見過ごしていただくワケにはいきませんか。

マトをかけられている身の私が、マトをかけている当人である刑事さんにこのようなお願いをすることは、奇妙な話なのかもしれません。しかし、これまた奇妙な話なのですが、私はむしろ嬉《うれ》しかった。刑事さんに、疑っていただいたことが。他の刑事さんたちが皆んなしてやれ弱小ヤクザだ、やれ核燃料を売り捌いただのと疑う中、刑事さんだけは私を博徒として疑ってくだすった。

逮捕以降、ブンヤどもが私をどう呼んでいるかは知っております。「ヤクザがアカに核燃料を横流しして、天下国家を転覆させようとする危険がある」だの、「食品に放射性物質が混入させられ、脅迫に使われる危険性がある」だの、どれも私のようなチンケな小悪党がしでかすにはあまりに荒唐無稽と思いますが、素性も知れぬヤクザが放射性物質を隠し持っていたとあれば、無差別にバラまかれるのではと心配になるのが人の性《さが》でしょう。しかし刑事さんだけは、黒須の山谷という男は、ビジネスなどという横文字に絆《ほだ》される賢《さか》しらな男ではないと。黒須の山谷ほどの男が、勝負事を差し置いて国家政治だのなんだのにうつつを抜かすはずがないと。あれだけのお人に反対されながら、黒須の山谷が放射線源を持っていたというのなら、これはもう放射線でゴトを企《たくら》んだ以外に違いないと、私のことを疑って下すった。

盃《さかずき》を返した今、私はもう親無しのカタギです。黒須の歴史にクロをつけない為《ため》には、親の顔に泥を塗ってでも組を出るより他にありません。ケジメの一つも満足につけられず、博徒どころか半端者とも言えない身やもとさえ思っております。そうした中で唯一刑事さんだけが、未《いま》だに、私を一端《いっぱし》の博徒として扱ってくれる。これに勝る喜びが、他にどうありますでしょうか？

刑事さんを博打打ちとお見受けした上での、博徒崩れからのお願いです。この勝負、既に刑事さんの勝ちで決着はついております。ご慧眼《けいがん》、お見事。ご推察通り、ウラニウムも、ラジウムも、プルトニウムも、全てはゴトの為に私がかき集めたものです。言い逃れのしようもありません。ですから、後生のお願いです。どうか一つ、「負け方」だけは私に選ばせてはもらえませんか。

無論、タダでとは申しません。刑事さんの推理もゴトの中身までは正しく言い当てられていない。このまま取り調べを続けても、私をゴトでしょっぴくことは出来んでしょう。負けた者の責任として、私はこのゴトの手口を包み隠さずお話しします。勝った者の責任として、ゴトの真相は刑事さんの心中に留《とど》めておいてもらいたい。本来いずれは「山谷庄次郎」と呼ばれていたであろう手業です。

取り調べ中、刑事さんはゴトの手口をX線を使ったものだと想像されていたようですが、残念ながら違います。近頃の賭場は雑居ビルが多くなりましたし、確かに黒須の関係者がビルの一室を倉庫として借り上げている賭場もございます。おそらくその部屋から階下の賭場に向かってレントゲンをパシャリ、助平心で手を透視しとるんだろうとお考えになったんでしょうが、生憎《あいにく》X線というものはそう都合良くはありません。X線が透視できるのは、台を通して骨を撮影するからです。何故《なぜ》そう言えるかと言えば、これも刑事さんのお察しどおり、一度失敗して諦めておるからです。まずもってキチンと台に備えられていない札や賽子はフラフラ動き撮影が難しい。万一得物が動かないとしても、レントゲン写真は物体の影を転写する仕組みですので、賭場の床下に前もって増感紙やフイルムを仕込んでおく必要がある。賭場の上にも下にも仕込みが出来るんなら、それはもうX線なぞに頼らず、カメラでも仕掛けた方がヨホド無難でしょう。なによりあれでは、肝心要の札の絵柄が透けてしまって映らんのです。学のある刑事さんのこと、流石《さすが》の推理とは思いましたが、企んでいるのが学のない私なのですから、そのようなインテリがやる高度なゴトをやっていたに違いないとお疑いになるのは買い被《かぶ》りというものです。

私が行っておったのは、モットモット単純なイカサマです。放射線の目に見えないという性質は、以前からイカサマに使えるのではと考えておりました。しかし私の頭では、どうやっても安全にそれを使うというところまでは頭が回らなかった。なので、ウラン、ラジウム、プルトニウムなど、こうしたシロモノを機械でもって加工することは諦め、そのまま使うことにしたのです。

左手の甲から背中にかけて、私の身体には管が埋め込んであります。左肩の肩甲骨のてっぺんには猪《いのしし》の札の墨が入っており、そいつの目が外の機械に繋《つな》げられるジャックになっている。GM計数管という、放射線を計る機械へのジャックです。放射線を感じると、指先から背中にビリ、ビリと僅《わず》かに電気が流れる。私は手の痺れでもって、放射線量の高い低いが分かるのです。

当初はメーターを見ねば正確な数値は分かりませんでしたが、今では「これはトリウムだな」「これはウランだな」と分かるようになりました。昔よくありましたラジウムの夜光塗料ナドでも、手をかざせばある程度は分かります。この機械でもって、放射性物質を塗ったり振りかけたりしたガン付きの札の放射線量を計り、絵を盗み見る寸法です。放射能汚染によるマアキング。

私はこれを「アトミックゴト」と呼んでおります。

札を放射能で汚染することは少し骨が折れましたが、通常のガンに比べると遙《はる》かに容易でした。なにせ放射線は無色無臭なので、傷や臭いには目敏《めざと》い胴もチットやソットでは気付かない。花札や賽子のような己の手で得物を触れるような博打であれば、直接手でもって懐《ふところ》からラジウムを塗ってしまうこともありましたが、まさか素手で放射性物質を塗り付けてるとは胴も思いませんでしょうから。もう少し警戒心の強い賭場であれば、盆守や三下、時には札師に直接放射性物質を振りかけることもありました。菓子やハンケチに忍び込ませたりもしましたが、一番手っ取り早いのは賭場の厠《かわや》の蛇口《じゃぐち》に塗るものです。胴が小便などしてくれれば、己の手でちょちょっと札を汚染して、その後の札がなんなのかは線量の強弱で計れるようになります。これでもっておそらく七千万ホドは勝ちました。

尤《もっと》も、最近はそのような手間はせず、花札や木札を作る職人のところから、原料となる木や紙に直接ラジウムを混ぜ込んでばかりおりましたが。市販品の花札やトランプとなって世に出回る頃には放射線量も大きく下がっておりますが、若干量ながらムラがあるため絵札ごとに線量も違う。手の痺れが鈍《にぶ》くピリピリ来ると、古い木の一番良い部分から切り出した名品だと誇らしくすら感じたものです。

以下は、私がこれまで関東一円でイカサマを働くため、放射性物質を仕掛けた賭場を仕切る組及び貸元《かしもと》、また職人達です。帳面を付けていなかった為かなり歯抜けになっておりますが、無い頭を捻《ひね》って思いつく限り書き出しました。証拠と言ってはなんですが、この話を信じていただくために用意しました。お気が向くようならご確認下さい。

神奈川県　小葉《こば》組　中野《なかの》秀夫《ひでお》
神奈川県　小葉組　朴詠三《ぱくよんさん》
神奈川県　岡野《おかの》春日《かすが》会　永澤《ながさわ》幹英《かんえい》
神奈川県　相田《そうだ》連合　三宅《みやけ》八幡《はちまん》
神奈川県　相田連合　三宅みその
神奈川県　相田連合　村岡《むらおか》茂樹《しげき》
神奈川県　煉獄《れんごく》会　木村《きむら》響《ひびき》
神奈川県　煉獄会　榊原《さかきばら》恵《めぐみ》
神奈川県　煉獄会　本田《ほんだ》大治郎《だいじろう》
神奈川県　煉獄会　河野《こうの》慶福《けいふく》
神奈川県　煉獄会　金芝春《きんしーちゅん》
神奈川県　与野《よの》悟《さとる》（玩具《がんぐ》類《るい》卸）
静岡県　那古野《なごや》会　桐生《きりゅう》千亜紀《ちあき》
静岡県　那古野会　島津《しまづ》充《みつる》
静岡県　那古野会　奥田《おくだ》郷地《ごうち》
静岡県　阿波野《あわの》琴菊《ことぎく》会　阿波野喜久雄《きくお》
静岡県　阿波野琴菊会　新田《にった》富江《とみえ》
東京都　三連座《さんれんざ》　王姚明《おうようめい》
東京都　三連座　張　強《ちょうきょう》

東京都　三連座　李蘭信《りらんしん》
東京都　龍神《りゆうじん》同盟　朴浩司《こうじ》
東京都　龍神同盟　朴大寛《だいかん》
東京都　大牧勲《おおまきいさお》（紙卸）
東京都　水戸《みと》開道《あきみち》（紙卸）
東京都　連帯　山口那智王《やまぐちなちお》
東京都　連帯　新城《しんじょう》はじめ
東京都　連帯　古谷一郎《ふるやいちろう》
東京都　野州《のす》組　野澤忠孝《のざわちゆうこう》
東京都　野州組　マルコス・レノ・モレノ
東京都　川端《かわばた》アキ世《よ》（コンパニオン）
東京都　浜辺義美《はまべよしみ》（参議院議員）
東京都　野上修二郎《のがみしゆうじろう》（参議院議員）
東京都　伊那川紘一《いながわこういち》（木工業）
大阪府　三代目岳川《たけがわ》一家　岳川博務《ひろむ》
大阪府　三代目岳川一家　矢野寛二《やのかんじ》
大阪府　井伏英二《いぶせひでじ》（玩具類卸）
兵庫県　大東亜興業二代目馳《はせ》組　馳仁《じん》
兵庫県　大東亜興業二代目馳組　姿清治《すがたきよはる》
兵庫県　高田尚美《たかだなおみ》（水商売）

現在、私は稚内《わっかない》におります。身に刺さるような寒さはありますが、美しい町です。この後、海を渡って樺太《からふと》に行き、ソビエトに亡命する手筈《てはず》になっております。もちろんケジメもつけず逃げるワケではありません。その後「亡命出来なかった」として稚内の警察に出頭しお縄に着きます。これからまたもう一度お世話になる刑事さんに、これ以上の不義理を重ねるつもりはありません。

私がそのような真似《まね》をするのは、偏《ひとえ》に己にかかる放射性物質及び核燃料密輸出密輸入の罪を補強せんがための工作です。ソ連と繋がっていたとなれば、私は黒須一家から正式に絶縁されます。国内他極道組織も、此度の沙汰は全て「博打で首が回らなくなった三文極道が博打の元手欲しさにソ連と繋がって親の顔に泥を塗った」と考えるでしょう。それが私に出来る最後の親孝行になります。一度で良いから、賭博の罪で捕まってみたかった。親父、私は貴方が羨ましい。私も貴方のように、刑事に「博打の目は親方日の丸にも変えられんので」と啖呵《たんか》を切ってみたかった。しかしそれが叶わなくなった今、私は、鉄火場の法でゴト師の汚名を死装束《しにしょうぞく》に着せられるくらいなら、天下国家に放射性物質及び核燃料を海外に横流しした核テロリストの国家反逆者の法被《はっぴ》を着せられたい。

馬鹿なイカサマに手を出したとは、己でも分かっております。博徒無頼の看板の代わりに、私がこれまで何を失ってきたか。放射線により、歯が溶け、骨は曲がり、性欲も無くなった。老い先は短く、畳の上で死ぬことも出来ないでしょう。畳の上で死ぬ望みは、この世界に入ったときに捨てました。だからこそ、死ぬときは盆で死にたいと思っていた。博徒として死にたい、そう思っていた。長年のイカサマのせいで、今はもう、手が四六時中震うようになりました。今浴びた放射線のせいで痺れているのか、昔浴びた放射線のせいで痺れているのか、それすらよく分からなくなっています。今後私と同じイカサマに手を出す者もいないでしょう。放射能の山谷のアトミックゴトは、私と刑事さんの間にしか存在しないゴトです。存在しなくても良いゴトなのです。

改めましてですが、この山谷庄次郎、一世一代のお願いです。この放射線塗れの博徒崩れを、刑事さんのお心で、博徒にしてはくださいませんでしょうか。山谷庄次郎は大の博打好きだった。博打に命を賭け、これを生き甲斐《がい》としていた。山谷は博打で大負けし、馬鹿なやり口で金を作ろうとして捕まった。お国の法は破ったが、鉄火場の法は破らなかった。馬鹿ではあった、不義理でもあったが、博打に筋は通した。博徒であった。

そして、そのまま人知れず死んだ。

以上になります。最後になりますが、冥土の土産《みやげ》にもう一つだけお願いが。万が一にも無いとは思いますが、アトミックゴトの手口が他の賭場の連中に勘付かれそうな場合、刑事さん、先の一覧を使って私を「売って」はくれませんか。私が放射性物質の所持で捕まり、一つや二つそれが出てきたとなれば、負けを重ねておかしくなったバカの中から「突拍子もないゴト」を想像してしまうバカが出ないとも限りませんので。

その時は先の一覧を刑事さんが使って、「山谷庄次郎はヤクザ同士の抗争に放射性物質を持ち出し、敵対組織幹部の暗殺を企んでおった」と公表していただきたい。私と同じバカが私と同じバカを思いつくより先に、納得のいく筋書きを用意してやってほしいのです。物証は一覧にもある通りいくらでもあります。ヤクザの抗争に核兵器とくれば、もしかするとソ連と繋がっていたなどという話よりも、そちらの方が世間様のウケも良いかも知れません。

しかしそうすると、一部の輩《やから》は「黒須一家が山谷をけしかけた」と余計に要らぬ勘違いをするかもしれません。そこで刑事さんの実績作りも兼ねて、私の動機についてこう説明してやっていただけませんか。「山谷という男は大変な博徒で、親の分際でイカサマ行為を働く賭場の胴元どもに怒り心頭であり、鉄火場の法をもって制裁を加えようとしておった」と。

いくら連中が恥知らずでも、矛《ほこ》を納めるでしょう。連中は連中で、鉄火場の法は恐ろしいはずなので。私がアトミックゴトを仕掛けた連中は、皆なんらかのイカサマをやっておる半端者ばかりでした。私も含め、そこに博徒と呼べるほどの者はただの一人もいなかった。どれほどムジナが「俺はあいつらタヌキとは違う」と吠《ほ》えてみたところで、やっていたことはタヌキとタヌキの化かしあいにすぎません。イカサマに勝つにはイカサマを仕掛けるしかない。目には目を、歯には歯を。裏を返せば皆、バレていないだけでゴト行為は大小必ず手を出している。悲しいかな、それが現代の博徒が置かれている現状です。

マッタク嘆かわしい話ですが、バレなきゃ合法なのは、どこの世界も同じですので。

敬具

昭和四十六年十月

黒須一家改め野良博徒　山谷庄次郎

これを呪《のろ》いと呼ぶのなら

『ノガさん、例の呪《のろ》いのゲームの記事、いけそうですか?』

ポコン。編集部の個別チャットに、催促のメッセージが届く。

ゲームを遊ぶ手を止め、こめかみから一旦ジャックを外し、さて、どうしたもんかなと目を瞑《つむ》ってみる。ゲームの紹介記事を書くとき、僕は必ず、瞼《まぶた》の裏の暗闇に、記事が出た後の世間の反応を思い描くようにしている。まぁ多分、タチバナさんにこのまま渡せば、「呪いのゲームがあるから遊んでくれと言われたけど、これは呪い以上の体験だったのかもしれない」とか、「実際に遊んで分かった呪いのゲームの本当に恐ろしい驚愕《きょうがく》の事実10選」みたいな煽《あお》り文がつけられて世に出るだろうな、と想像する。タチバナさんは昔から良い意味でも悪い意味でもプロだから、ライターが少しでも隙《すき》を見せたら、PV稼ぎに限界まで煽りを詰め込もうとする癖があるから。

暗闇の中に、『今回も良く書けてますよ』とサムズアップするタチバナさんからのメッセージが浮かぶ。新着記事のトップに、自分の記事が公開されている光景を想像してみる。3時間くらいは知り合いからポツポツいいねやシェアがもらえるだろうな。公開1時間くらいは「興味深い」とか「ちゃんと遊んでてすげぇ」みたいな他愛もないコメントがついて、僕は安心してベッドに横になれるかもしれない。でも経験上、大体5時間も経《た》てば、知り合いの知り合いのそのまた知り合いくらいにまで記事が拡散されはじめる。SNSを見ながらうとうと眠りにつこうとしていた矢先、「こういう詐欺《さぎ》的な煽り記事ってメディアの態度としてどうなの？」というコメントが目に飛び込んでくる瞬間を想像する。

眉間《みけん》に力が入る。首筋から急に身体が熱くなり、後頭部で体液が停滞する重さを感じ始める。「そもそも呪いみたいな話ありきでゲームを紹介するの普通に失礼だと思うんだけど」というコメントが浮かぶ。「遊んでないけど遊ぶ気なくしたわ」というコメントが浮かぶ。粘着質な汗が肌に張り付き、奥歯が軋《きし》む音が頬骨《ほおぼね》を通して耳に直接響く。苦言を呈されるのが浮かぶ。その苦言が拡散されるのが浮かぶ。その苦言に知り合いがいいねしているのを見つけてしまうのが浮かぶ。良かれと思って紹介したはずのゲームが、瞬《また》く間に論争のタネになり下がっていくのを、為すすべもなく見つめることしかできない。想像の中で、怒られる。貶《けな》される。嫌われる。〝好きなゲームの話を、聞いてもらえない〟。

ポコン。編集部の個別チャットに、メッセージが届くのが浮かぶ。

ポコン。『ノガさん、例の〝呪いのゲーム〟の記事、割合読まれてるっぽいですね』

ポコン。『なんかいろいろ言ってくる人もいますけど、気を落としちゃダメですよ』

ポコン。『極論、それで世界が滅んだとしても、その時はその時ですよ』

ポコン。ポコン。ポコン。

チャットソフトの通知音の幻聴が響く、瞼の裏をメッセージが埋め尽くしていく。

「こんなんじゃもう、誰ともゲームの話なんかできそうにないね」瞼の裏の暗闇に、卑屈な笑みを浮かべる自分の姿が浮かぶ。ああ、確かに君の言う通りだよな。ゲームの紹介で呪いどうこうなんて話を前面に押し出したら、肯定しても否定しても、コアなゲーマー層は好意的に受け入れてくれないだろう。そしてタチバナさんはプロ中のプロだから、読者のそういう機微を分かっていながら、バカなフリをして強引に世に出してしまうだろう。

少し考えて、編集部の個別チャットに、返信のメッセージを送る。

『タチバナさんには申し訳ないですけど、僕はこのゲームで〝呪いのゲーム〟みたいなテイストの記事を出すのは怖いかなって思います。ウワサされてる部分もあれこれ調べましたけど、正直呪いなんて言える程のことは起きてないですもん。多分読者に怒られちゃいますよ』

ポコン。『そうでしたか。現地だと「遊んだら呪われる」ってかなり騒がれてるらしいのに。日本でも変に拡散される前に記事にしておく意味はあるって思ってたんですが、またSNSが良くない騒ぎ方をしてるだけって感じですか？』

『そうですね。正直呪いとか騒ぐのは大袈裟《おおげさ》すぎると思いますし、そんな危ない橋を渡らなくてもメディアで紹介する意味のあるゲームだと思いますよ。ゲームシステムの解説に留《とど》めておいた方が無難そうってのが遊んでみた感想です、多分、そっちの方がいい』

ポコン。『お、やっぱり、遊んでみたら思いのほか感触良かったパターンですか？　ノガさんからそういうの言ってくるの、なんか久しぶりな気がしますね。是が非でも推したいゲームが出来たっていうんなら、むしろそっちの路線でいきましょうよ』

『うーん……。僕個人の意見は一旦抜きにして、null参照みたいな初歩的なバグも残ってるっぽいし、メディアとしては無暗《むやみ》に評価するのも危ないかなって思いますね。それに現状のユーザーの反応を見てると、書き口を決めてからでないと怒りを買っちゃいそうで』

ポコン。『いいじゃないですか、推すべき作品を推して怒られるなら。誰かの反応を窺《うかが》って自分が面白かったかどうかを決めるって本末転倒ですよ。ネットに蔓延《はびこ》る呪いのデマを徹底検証！みたいなテイストはどうです？　そっちの方がウケるとは思ってたんですが』

どうにか話の方向を変えたくて、うまい言い訳がないかと頭を捻《ひね》ってみる。「そんなの怒られますよ」と正直に言ってみるか。いや、ダメだな。ポコン。ポコン。「叱られたくないんです」と念を押してみるか。いや。流石《さすが》に情けなさ過ぎる。ポコン。ポコン。ポコン。ポコン。

ポコン。『たしかに、今はゲーム記事の価値が軽《かろ》んじられる時代かもしれません』

ポコン。『ゲーマーを動かす影響力が低下していると思われているのも事実です』

ポコン。『でも、私は今も文章メディアの力を、役割を信じているんです！』

ポコン。ポコン。ポコン。

チャットソフトの通知音が鳴り響く、目の前をメッセージが埋め尽くしていく。

どこにも逃げ場がなくなって、恐ろしくなって目を瞑る。瞼の裏にはまだ、さっきまで想像していたメッセージの残像が焼き付いていて、恐ろしくなって目を開けてしまう。メッセージが届く。目を瞑る。メッセージの残像が浮かぶ。目を開ける。目を瞑る。目を開ける。目を瞑る。そうこうしているうちに、そうやって意味なく脅《おび》えている自分自身を俯瞰《ふかん》して、自分で自分の情けない姿がバカバカしく思えるようになってきて、冷静さを取り戻す。

少し考えて、編集部の個別チャットに返信のメッセージを送る。

『記事は絶対出せるようにします、ただ、書き口はもうちょっと考えさせてください』

ポコン。返信のメッセージに、意図の分からないサムズアップだけがつけられる。

＊

ティーポットを火にかける。百年前ならいざ知らず、今この時代に呪いのゲームをネタにして原稿料貰《もら》おうなんて我ながらどういうつもりだよと、自分で自分に毒づいてみる。

昔から「遊ぶと呪われる」とウワサされるゲームは数多く存在してきた。本物の心霊写真が使われたと言われるゲームに、ダークウェブで配布されたと言われるゲーム、変わり種だとＦＢＩが洗脳の試験のために開発したと疑われたゲームまで。人間は色んなものを怖がるから、人間の数だけ怖いゲームもあるってことなんだろう。こういうゲームに唯一共通点があるすれば、それは「ちゃんとしたゲームライターはそんなウワサをアテにして記事を書かない」ってことで、そんなことをやりだしたらもうゴシップライターと変わんないと思うし、なにより、開発者さんからお叱りを受ける方が呪いよりよっぽど怖いのがライター稼業だからだ。

特に、このゲームみたいに脳に直接データを書き込むギミックがあるゲームは、過去に不祥事をやらかしたケースも多いからヘンなウワサが立ちやすい。ダークウェブに死体から抜き出した記憶が売られてる、だとか。脳内に元からあった記憶まで削除してしまってる、だとか。流石に生体プラグに対して抵抗がある世代はもう自分の文章のお客さんじゃないとは思うけど、僕よりちょっと上の世代をみれば、脳に介入してる時点でゲームとしては邪道という見方もまだまだ全然ある。出所《でどころ》のはっきりした国内メーカーから出た作品ならまだしも、Haufu なんて開発者は自分も聞いたことがなかったし、消費者心理としては疑ってかかるのも仕方ないだろう。変なデータに頭を掻《か》き回されるのが怖いってのは、まだ、僕にも理解できる感覚のようだから。

その上、このゲーム――Taewidha が脳に書き込む記憶データは〝恐怖〟の記憶ときてる。知らないメーカーの知らないゲームが脳に〝恐怖〟の記憶を植え付けるなんて、気味の悪さも趣味の悪さも限界超えてるだろうからな。本当のところはそこまで悪いゲームじゃないんだけどな。プロとしてそれを言うべきなのか、言わざるべきなのか。考えても仕方ないことを考えて、ため息をつく。「Taewidha　呪い　記憶」と呟《つぶや》き、ユーザーの反応を検索してみる。今のところ呪いのウワサはまだ中東圏に留まっているみたいだけれど、それでもなお評価は散々で、正直言って目も当てられない。こんな状況で記事を書くこと自体が、なんか炎上商法みたいでいけ好かないなって、どんどん気持ちも暗くなってしまう。

ざっと見たところによれば、Taewidhaに呪いのウワサが流れ始めたのは発売から2週間経った11月2週頃だったらしい。指折り日数を数えてみて、何か起きるとしたらまぁそんなもんかと一人で納得する。ゲームをリリースと同時に遊び始めた人たちの身に何かが起きるとすれば、常識的に考えれば2~3日はかかるだろう。今度は「Taewidha　呪い　不幸」と呟き、検索結果をスクリーンに表示してみる。Taewidhaを遊んだ我が子が事故にあった。友達の家が小火《ぼや》を起こした。山で迷子になった。海で溺れた。体調が悪くなった。財布を落とした。怪我《けが》をした。この世のありとあらゆる災難が、日付順にソートされて羅列《られつ》される。事件が報告された日付を見て、もう一度指折り日数を数える。

交通事故は1日。火災は3日。遭難は9日。ゲームクリアから影響が出るまでのタイムラグを考えても、やっぱりどれも妥当なラインな気がするな。そこから1週間くらいで〝遊ぶと不幸が降りかかる呪いのゲーム〟のウワサが出来上がったとしても、十分ありうる範囲の話ではあるし。「株で負けた」とか「フラれた」あたりは無関係な呪いに便乗してるだけの気もするけど、それもまた呪いのウワサらしさがあると言えばある。尾ひれがつけられ、背びれがつけられ、もう誰にも止められない化け物へと変わっていってるのが、なんか本当に呪いっぽいじゃないか。

参ったな。どうしよう。コップを手に取る。口を水ですすぐ。記事を書くためのとっかかりがなかなか見つからない。コンロの前でウロウロしても、頭が沸騰《ふっとう》するばかりでお湯は一向に沸く気配がない。呪いは怖くないんだ。実際のところこれは呪いでも何でもないし、そもそも呪いのゲームなんてものは存在しないんだから。でも、炎上は怖い。記事の書き出しは決まってる。「大脳皮質《だいのうひしつ》への記憶挿入をギミックとして用いるゲームジャンル、ブレインストールが生まれて既に久しくなっているが……」から書き始め、どういう形でもっていけばこのゲームの面白さを無難に伝えられるのか。考えれば考えるほど、呪いに言及するリスクが頭に重くのしかかる。

「Taewidha　呪い　炎上」と呟き、検索結果をスクリーンに表示してみる。

Taewidhaを遊んだ人たちが小火を起こした報告が、アクセス数順にソートされて羅列される。呪いの影響を受けた人は今も現在進行形で増え続けているらしい。フィードには新しい災いの報告がポツポツと流れてくる。お尻が焦げて穴が開いたスカートの画像が流れる。燃え上がるバーベキュー会場の動画が流れる。火を噴く誕生日ケーキを子供が真顔で見つめている画像が目に入ってきたあたりで、子供と似たような真顔になって、ブラウザをバックする。なんかこれ以上見ていたら、記事を書くのが余計に怖くなってしまいそうで。これで無邪気に「このゲームは面白いですよ」なんて紹介記事を出した日には、こんな小火では収まらないほどの炎に包まれそうな気がしたから。

＊

こめかみにジャックを挿《さ》し直し、ゲームをポーズ画面から復帰させる。

Taewidhaは普通に遊ぶだけならものすごく簡単なゲームだ。一言で言えば、中東の町に住む女の子がスークと呼ばれる市場までお遣いに行って帰ってくる、それだけのゲーム。物理スクリーンで遊ぶこともできるけど、網膜に直接映像を映しこむこともできて、主人公の視点そのままに街を散策できるという意味では網膜で遊んだほうが世界に入り込める。

15ドルのゲームにしては街並みも綺麗《きれい》に作られていて、多分日本のプレイヤーなら歩いているだけでもそこそこのヒキがある作品だと思う。AI3D生成モデルに対してアーティストが細かく手を入れていて、安いゲームにありがちな学習データの古いAIから出てきた古めかしいモデルもほとんどない。UIも子供向けに分かりやすく、日本語で遊んでも破綻《はたん》しないようにデザインに配慮が行き届いている。少女を操作する物理演算には若干雑な部分もあって、動画で切り取られるとそれこそ「呪い」とか言われちゃいそうな挙動をすることもあるけど、その辺は愛嬌《あいきょう》で済むレベルではあるし。ちゃんと言及したうえでそれ以上に魅力のあるゲームなのだということを書いておけば、まぁ、問題はないだろう。

紙とペンを使ってメモをとる。今自分の中にあるプレイフィールが間違っていないかを、文章にして読み直してみる。「15ドルにしてはよくできてる」、その通りだけどもうちょっと言い方を考えないと失礼になっちゃうかもな。「AI生成オブジェクトが丁寧に修正されていて、アラブの地域美を正しく伝えようとしているのが読み取れる」、ここは開発者の頑張りに報《むく》いるためにも、こちらもなるべく丁寧に書いた方が良い。「簡単に遊ぼうと思ったらどこまでも簡単に遊べちゃうゲームなので、子供向けと思わず設定を詰めて自分で最適解を見つけられるまで繰り返し遊んでほしい」、そうだよ、ようはそういうところがこのゲームの一番の魅力なんだよと、自分が書いたメモに相槌《あいづち》を打つ。

この手のゲームは文章で面白さを伝えるのが本当に難しいんだ。自分で難易度を調整して、何度も何度も繰り返し遊び、どんどん高いハードルを自らに課していくゲーム。こういうゲームが持つ魅力のコア部分って、こちらから「この難易度で遊んだら面白かったよ」と書いちゃうと損なわれてしまうし、「難易度設定の豊富さが魅力です」と書いてもそんなの何も言ってないのと同じだから読んでてもしらけちゃうんだよな。ただ、一応僕だってプロとしてやってる身だから、一つや二つ誤魔化《ごまか》し方を持っていないわけではない。よくあるプレイレポ記事みたいに、「こういう遊び方も出来ました、こういう遊び方も出来ました」って、参考になる遊び方をいくつも例示しておくやり口だ。

メモを裏返して、これまで遊んだゲームの〝設定〟を数え直してみる。車、火、感染症、暗闇、電気、視線、紫外線、空気、高所。土、刃物、蜘蛛《くも》、密室、集合体、巨大建造物、血。まだ、98個か。自分でも2日でよくこんなにやったなと思うけど、意外とまだこんなもんかっていう印象もある。ゲームライターをやっていて、エアプの誹《そし》りを恐れない人間は一人もいない。熱心な読者から「このライター全然遊んでないじゃん」ってお叱りを頂くのはいつものことで、いつものことであるはずなのに、今こうして思い出しただけでもまだ体調が悪くなるくらいには恐ろしいんだ。目を開けたまま記事の公開を迎えたことなんて、ここ数年一度も無かったくらいには。

「Taewidha　呪い」と呟き、検索結果をもう一度表示する。〝車〟もやったし、〝火〟もやったな。ペンを滑らせ、呪いの報告を見つけたものから順番に打消し線を引いていく。〝車〟は大人が遊ぶゲームとしては簡単すぎるんだよな、ようは交通マナー守ってりゃそのままクリア出来ちゃうんだしさ。〝火〟は遊びとしてあんまり面白くないというか、ゲームとして成立してないところがあった。だって日常生活で火を見ることってほとんどないし、実際ゲーム内にも全然出てこないんだから難易度にも影響しようがない。記事に載せる例としても使えないし、わざわざ書くには微妙な話だ。ガレージの階段に乗り上げた車の画像をスワイプして飛ばす。黒煙が吹き上がる電子レンジの画像をスワイプして飛ばす。

屋根から滑って転げ落ちた人の動画が出てくる。スワイプして飛ばす。コップを手に取る。

為替《かわせ》に突っ込んで1万ドル失った人の投稿が出てくる。スワイプして飛ばす。空《から》のコップを口に付けた瞬間、まだお茶を淹《い》れてなかったことを思い出して、軽くため息をつく。スワイプして飛ばす。スワイプして飛ばす。川中の岩場に取り残された人の動画が出てくる。結構な速さの水が押し寄せる中、青年が自撮《じど》りしている。目が釘付《くぎづ》けになる。突然背後の水かさが増し、足元の岩場に押し寄せる。青年は笑顔のまま足を滑らせ、水の中へと消えていく。あまりに異質な光景に、逆に目を閉じられなくなる。コメントを見ると結局大事には至らなかったそうだが、川底に臀部《でんぶ》を強く打ち付けて真っ青に腫れあがったらしい。

検索画面を網膜の隅にどける。洗濯物越しに差し込む日光にメモを掲げて、プレイ済み条件を肉眼でもう一度読み直してみる。やっぱりだ。そこにはまだ〝水〟と書かれていなかった。〝水〟。意外と〝水〟まだやってなかったんだな、最初のうちに思いつきそうなものなのに。一回、自分でもやってみるか。ゲームスクリーンを網膜正面に移動させる。Taewidha のタイトルが浮かび上がる。スタート画面からオプションを選択して、ワールド生成メニューを開く。シード値はデフォルト、プレイサイズは網膜規定、恐怖対象に〝水〟を設定する。スタート画面に戻り、「はじめから」を選択。保護者向けの説明文が流れる。脳にデータを書き込む同意文が表示される。キーを連打して「はい」をとにかく選んでいく。

時間を確認する。14：02。ゲーム画面が暗転したと同時に、自分でも目を瞑る。

ジャックから、記憶データの書き込み特有の耳鳴りのような音が聞こえる。こめかみから頭蓋《ずがい》骨《こつ》を通して振動が直接耳まで響き、首の付け根の名前も知らない脳の部位に向かって振動が流れ込んでいくのが分かる。この振動の一つ一つが0と1で、人の手で作られた架空の人工記憶がシナプスを通じて大脳皮質へと植え付けられる。脳内のウイルスセキュリティソフトが反応している様子はない。ということは一応安全な記憶データではあると思ってよさそうだな。そうは言っても、これで弾《はじ》ける記憶データなんて、突然お金を振り込みたくなるとか、突然貞操観念が0になるとか、そういうものしかないはずだけど。10秒。20秒。30秒。少し脳が重たくなったかなと感じたあたりで、そろそろかなと目を開けてみる。

画面に「貴方《あなた》の脳に〝水〟に対する恐怖をインストールしました」のメッセージが表示されているのを確認し、「それじゃやりますか」とわざわざ口に出して、ゲームを遊び始める。

＊

はじまりは、開発者の些細《ささい》な悩みがキッカケだったらしい。

ある日、彼女が幼い娘と道を歩いているとき、たまたまお昼寝中の野良猫に出くわした。親子はちょっかいをかけようと忍び足で近づいたが、間の悪いことに、そこにたまたま地元の建材屋のトラックが通りかかった。不意を突かれた猫は「フギャア！」と叫び声をあげて物凄《ものすご》い脚力で親子に向かってジャンプし、それがちょうど待ち構えていた娘さんの両手にスポッと収まったんだそうだ。そんな奇跡あるんだって話だけど、娘さんはそれがものすごくツボに入ってしまったそうで、結局親子はこの猫を飼うことにしたらしい。

ただ、家に猫を連れて帰ってからというもの、娘さんには徐々に悪い影響が出始めた。もちろん猫に呪われたとかそんなオカルトめいた話じゃなく、猫をかわいがりすぎるあまり変にお姉さんぶるようになってしまったという可愛《かわい》らしい話なんだけども。「私はお姉さんだから貴方と違って車も怖くないよ」と言いたいがために、わざと車道で遊んだりするようになってしまったそうだ。最初は開発者も可愛らしい光景だなと微笑《ほほえ》ましく思っていたけれど、教育上良くないのではと思われることが日増しに増えていった。

当然開発者は娘さんを叱ったが、痛みを想像できない子供にはお説教もいまいち通用しない。次第に遊びはエスカレートして、度胸試《どきょうだめ》しで走っている車に近づくような遊びまで覚え始め、開発者には娘さんが車の危険性を侮《あなど》っているとしか思えなくなった。厳しい口調で叱ることもあるにはあったが、生まれてからまだ一度も危険な目にあったことのない娘さんにはその恐ろしさがうまく想像出来ないらしく、逆に周りから「子供相手にそんな厳しく言うもんじゃない」と窘《たしな》められてしまうこともあり、なかなかうまくいかなかった。

結局、猫を飼い始めてから数週間で、やっぱり娘さんは事故にあった。走り出した建材屋のトラックを直接触ろうとして、右手中指を骨折。幸い後遺症は残らなかったけど、娘さんの心には車に対する大きな恐怖心が残った。最近になってようやくバスには乗れるようになったけど、今でも当時と同型のトラックを見かけると立ちすくんでしまうほどらしい。開発者でしばらくの間、「自分がもっとうまく娘に伝えられていれば」と塞《ふさ》ぎこんでしまい、トラウマとはいかないまでもかなり苦い記憶として心に刻まれたそうだ。

そうは言っても、人生で一度も危ない目にあったことのない人間に、恐怖とはなにかを本当の意味で伝えることは難しい。愛する我が子が危険な目にあうのを、手をこまねいて待つことしかできないなんて、世の若い親たちはどれほど苦しんでいることだろう。事故以来、児童教育に強い関心を抱くようになった開発者は、教育大学に再進学して研究に没頭するようになった。テーマは「児童教育におけるビデオゲームの利用」。言っても聞かないなら遊んで学ばせようという、至極まっとうな考えによる選択だったんだろうとは思う。

当初こそ、開発者が期待したほどには、ゲームは教育の役に立ってくれなかった。どれだけ生《き》真面目《まじめ》に交通事故を啓蒙《けいもう》するゲームを作ってみたところで、ゲームで事故にあっても痛くも痒《かゆ》くもないんだから身につまされるわけがない。むしろ車にはねられる様子がリアルであればあるほどに子供たちはふざけて車に突っ込んでみせ、開発者を悲しませた。

しかし、子供たちにとっては運が悪いことに、丁度そのころ彼女の所属する大学では、脳への記憶データ書き込み技術の教育への転用研究が真っ盛りだった。毎週のようにカンファレンスが開かれ、毎日のように倫理規定に関するディスカッションが開かれていて、彼女もそこまでの興味は無かったが、たまたまそのうちの一つに足を踏み入れてしまったのだ。

当時の彼女には、ディスカッションの本来のテーマだった記憶に関する倫理の難しいアレコレはあまりよく分からなかったらしいが、記憶データ書き込みプログラムの実装だけはかろうじて分かったので、最後の質問コーナーでおそるおそる手を挙げてみたらしい。

「例えばの話ですが、脳に一時的に特定の事物に対する激しい〝恐怖〟の記憶を書き込んだ場合、対象に存在しない恐怖心を思い出させることも可能なのでしょうか？」

「結論から言えば可能でしょう。しかしそれは対象にトラウマを植え付けてあえて刺激しようという話であり、今まさに私たちが懸念する倫理面の問題で……」

結局、彼らが作ったゲームはこうして世に出ていて、ストアには「このゲームはそれぞれの持つトラウマに寄り添い、その視点を共有することで……」みたいな一文がつけられているのだから、記憶に関する倫理の難しいアレコレは、開発者の中では「このスタンスだったら許されるでしょ」という判断になったらしい。

＊

ゲームが始まる。主人公である少女は柔らかいベッドの上に座って、壁にかけられた家族写真を眺めている。網膜に映し出されるゲーム画面の視野は、彼女の身長に合わせて少し低く設定されている。

「私たちは、一つの同じ風景を、それぞれの違う視点から眺めている」ってフレーズ、どうかな。頭の中で記事の組み立てを想像してみる。このゲームの魅力を言い表すのにぴったりだし、なによりなんだか抒情的《じょじょうてき》で、書いておくだけで高尚な記事に錯覚してもらえそうな気がする。「ゲームの遊び方にも人それぞれのスタイルがあり……」みたいなお決まりの展開にも繋《つな》げやすいし、社会問題とビデオゲームの関わり方みたいなオチにもこじつけやすい。

ベッドから降りて、子供部屋を出る。リビングでは両親が顔を突き合わせ、夕食はどうしようと楽しげに話している。話しかけるとランダムに食材を指定されるので、19時までに全部買い集めて帰ってこられればゲームクリア。窓の外では暖かな太陽の光が燦々《さんさん》と降り注ぎ、開け放たれた玄関先でペットの猫が仰向《あおむ》けになって大あくびをしている。念のため、家の中も見て回る。特に言うべきこともなく、ただただ穏やかな時間が流れている。今回は、あまり期待できる周回にならないかもしれないな。まだ記憶が新しいうちに机の上に置いたメモを手繰《たぐ》り寄せ、〝水〟のメモ書きの横に「序盤は特に障害がない、初心者向けの恐怖としてはありかも?」と走り書きを加えておく。

Taewidha は殆《ほとん》どの人にとってなんてこともないゲームだろう。優しい人々が暮らす優しい世界を散歩する、ただそれだけのゲーム。でも、ゲームの難易度に人それぞれ感じ方の違いがあるように、世界の難易度だって人それぞれ感じ方の違いがある。

玄関から少しだけ顔を出し、外の様子をうかがう。太陽に照らされた住宅街を、おそらく顔なじみであろう住民たちが行きかっているのが見える。例えば〝紫外線〟に恐怖を感じる人にとって、このゲームはどんなゲームだろう。さっき遊んで分かった。答えは地獄だ。恐怖を体験して初めて理解できたけど、この町は至る所に太陽光が降り注ぎ、逃げ場がない。照りつける日差しは布の上からでも皮膚を破壊し、一生再生することのない不可逆的なダメージを細胞に与える。日光の下を歩けるのはギリギリ堪《こら》えられて30秒。堪えられると言っても降り注ぐ紫外線は眼球を焦がし、血液を煮沸《しゃふつ》し、水気の奪われた喉の内側の皮膚が剝《は》がれ落ちる幻覚を引き起こし、とてもじゃないけど目を開けて移動はできなかった。

ゲームをポーズして設定を確認する。開始時点で、ゲーム内時間はまだ昼の11時。日没までこれから何時間もあるし、実時間だと1時間くらいかかるかな。あえてゲーム的な用語を使うなら〝紫外線〟の恐怖で遊ぶTaewidhaはハードコアゲーマー向けのステルスアクションのようなもので、限られた日陰を這《は》うようにして街を進むことが求められる。「恐怖心を殺せばゴリ押しできるかも」と思ったけど、ダメだった。光の痛みで目を開けられないまま闇雲に走ってるうちに呼吸ができなくなり、炎天下でミイラ化する妄想にとりつかれそうになった。遊んでいる間は恐怖で考える暇すらなかったけど、やっぱり一ゲーマーとしては、〝紫外線〟のゲームデザインはよくできてると思わずにはいられない体験だった。

おそるおそる家の外に出てみる。暖かな太陽の日差しを浴びる。呼吸が出来なくなる気配もないし、眼球が焦げ付くような幻痛もない。ゲーム終了時に恐怖の記憶データを上書きする処理は、なんだかんだでちゃんと動いてはいるっぽいな。一歩、二歩と、市場に向かって足を踏み出す。冷静になって改めてマップを見渡すと、さっきの〝紫外線〟は流石にゲームとして難易度が高すぎだな。町のあちこちに、前回のプレイで自分が潜んだ日陰が見え隠れする。結局最後はあそこの屋台の物陰に追い詰められたんだ。日が高くなるにつれ、隠れていた日陰が徐々に消えていき、足先からゆっくりと焼かれる幻覚を見ながら、失神した。いくらなんでも詰みポイントが多すぎて、とても記事でおすすめ出来る遊び方じゃなかった。

〝視線〟も大分辛《つら》かったな。この町の人はみんな優しいから、こちらに気づくとニコニコと優しい笑顔で挨拶をしてくる。「こんにちは」「ご機嫌いかが」「どこへいくの?」今こうして歩いているだけでも、何人に挨拶されたか分からない。そして〝視線〟に恐怖を感じる人にとっては、そんな優しい住民たちの両目がそっくりそのまま自身を見つめる大量の監視カメラに見える。〝視線〟への恐怖を感じてみて初めて理解できた。この町にはこれほどの監視カメラが溢《あふ》れているのかって。ありとあらゆる場所にしかけられたレンズが、こちらの視線が届かない場所から、24時間365日、常にこちらを監視しているんだもんな。監視カメラの目を盗んで市場まで逃げ隠れする縛《しば》りプレイを強《し》いられたのは、かなり神経を使わされた。

序盤の難易度だけで言えば、ドアノブに蠢《うごめ》く微生物が見えたときの〝感染症〟もすごかったな。一歩も部屋から出られず終わったんだから流石に難しすぎる気もしたけど。余裕余裕とタカをくくっていたら、お菓子の袋にイラストが描かれてて失禁しかけた〝ピエロ〟もあった。けど、あれはそのまま書いたらネタバレって怒られちゃいそうだな。〝閉所〟も良かった。狭い場所だと窒息する錯覚に陥《おちい》るので〝紫外線〟とは逆に屋外だけを通った。そうしてクリア画面が出た瞬間、「あ、そういえばこれゲームだった」って思い出して、急に今自分が見ているのが閉ざされた空間だったことに気付かされて、窒息しながら終わる凄まじいエンディングだった。どこまで計算された演出かは分からなかったけど。

怖くて嘔吐《おうと》してしまった〝犬〟に挨拶をして、〝車〟に足がすくんで動けなくなった大通りを渡る。街を歩けば歩くほど、かつての自分が恐怖に倒れた場所が次から次へとあらわれる。今となっては全部、どうってことない光景だ。でも、一度恐怖を味わった今なら、このゲームがプレイヤーに何を求めているのかがよく分かる。ゲームプレイヤーが言うところの「死に覚え」だ。一度ゲームオーバーになってみなきゃ、ゲームの攻略法が覚えられないプレイヤーみたいに、一度恐怖に倒れてみなきゃ、人間は他人の抱える恐怖を理解できない。だから、今の僕には手に取るように分かる。〝犬〟も、〝車〟も、それが誰かにとってどれほど恐ろしいもので、それから逃れるために僕があの時何をしなければいけなかったのか、その攻略法が。

そうだよ。そうだ。このゲームは〝恐怖〟を攻略することが面白いゲームなんだ。

自分の心に湧き上がってきた生の感情を、ひとまず素直に書きだそうとしてみる。「他人の恐怖を分かってあげられて、自分がまるで善人になったかのような居心地の良さがある」「他人の恐怖を弄《もてあそ》んでいるようで、倫理観が欠落してしまったような居心地の悪さがある」「考えたこともなかったギミックの目新しさに、久しく感じていなかったゲーム体験への素直な感動がある」その三つの重心にある感情を表現する言葉を探して、探して、探してみたら、やっとの思いで出てきたのは結局「面白い」という陳腐な言葉でしかなく。いや、流石にこの内容のゲームを指して「面白い」はダメでしょ。多分、怒られちゃうよ。いや、それでも一応とメモを手元に手繰り寄せ、記憶が鮮明なうちに「面白い」と書き残してみる。

いや、このメモをとることに何の意味があるんだ。「面白い」のメモを消す。

いやいや、僕は一体何を怖がってるんだ。もう一度、「面白い」とメモを書く。

＊

これまで遊んだ他の恐怖と比べれば、〝水〟は正直言って物足りなかった。

　自分自身で遊ぶにしてもそうだけど、なにより記事に使えそうな言葉が何一つ浮かんでこない。「蛇口《じやぐち》から流れ出る水を見れば湧き上がる恐怖を感じられるでしょう！」とか、どうかな。いや、どう考えてもおかしいか。わざわざ自分からそんなことをするプレイヤーはいないし、多分いざ蛇口を捻ろうと思っても恐怖で手が動かなくなっちゃうと思うから。「初心者は〝水〟の恐怖心で遊ぶことをお勧めしたい」みたいな言い回しならどうだろう。いや、そもそも中東の町が舞台のこのゲームで水を怖がろうとするってことは、陸上で溺れる手段をわざわざ探しに行けって言ってるみたいなものだ。何を怖がったらいいのかむしろ混乱させちゃいそうだ。

　微《かす》かにゲーミングチェアが軋む音が響く。自分自身が肩を落としたことに気づいて、これじゃ「記事のためにはゲームが恐ろしいものであって欲しかった」って思ってるのと変わらないじゃんと思い、自分で自分がまた少しだけ嫌いになる。とにかく、次だ、次。こういうのはプレイ回数を重ねた分だけ記事の精度も上がって、熱心な読者からも少しは怒られにくくなるんだから。

　急ぎ足になって市場に向かう。指定されたお遣いは、スイカ、ナツメグ、キャンディの三つ。もういい加減市場の配置も覚えてきたので、なにがどこに売っているかはすぐに分かる。野菜売りのおばあちゃんの店でスイカを買う。量り売りのおばさんの店でナツメグを買う。お菓子売りのおじさんの店でキャンディを買う。

　せっかくなので、店のおじさんの顔をしっかりと確認してみる。円《つぶ》らな瞳に、ちょっと白髪交じりのひげを蓄えていて、ニコニコと優しい笑顔を浮かべている。いかにも気の良さそうなおじさんって感じの印象だ。〝視線〟で遊んだときはいかにも下品な笑顔を浮かべていて、嘗《な》め回すような視線の性的な嫌悪感も物凄くて、店の前で嘔吐《えず》きが止まらなかったんだけどな。少し罪悪感を感じてしまい、NPC相手になんだか気まずくなって、そそくさと店を後にする。家から市場までの道のりは、何もなければ実時間で片道10分程度の距離だ。店を出る。あたりは出発した時より薄暗くなっている。あれ、今回そんな時間かかってたっけ、と少し不思議に思う。

「ここまできて時間切れでゲームオーバーになりたくないな」と損得勘定《そんとくかんじょう》をはじめる。スクリーンショットは後で撮ればいいかと思い、市場の出口に足を進める。鼻先に、ポツ、ポツ、と冷たいものを感じる。あれ、しまったな、洗濯物干してなかったっけ。急がなきゃいけないのに面倒《めんどう》だな、一旦ゲーム中断するか、と考える。雨粒が落ちたはずの鼻先を触ってみる。昨日から風呂に入っていない鼻の脂《あぶら》で、指先がぬるりと滑る。ああ、普通に考えたらゲーム内で雨が降り出したに決まってるか。良かった、今降られるとシャツが一枚もなくなっちゃうから困るんだよな。あれ、ちょっと待てよ。指を折り、パンツの枚数を数える。ああ、でも今のうちに洗濯機をもう一回まわしとかないと下がないか、と気付く。

　面倒なんだよな。でもこれやっとかないと明日穿《は》くパンツもないからな。さっさと終わらせて、一旦ゲーム中断して、明るいうちに二回目の洗濯回すか、と、考える。出口に向かって進もうとする。少女の視点は、舗装が甘い市場の道の凸凹《でこぼこ》に沿って僅《わず》かに上下しながら、賑《にぎ》やかな商店の前を通り過ぎていく。右足を前に出す。左足を前に出す。そしてもう一度右足を前に出す。足元から「チャプ」という音が聞こえる。少女の履く薄いサンダルの側面から、不快な冷たさがジワリと足の裏に広がる。うわ、やっちゃった。急いでるときに限って最悪。こういう場所って現実でも水捌《みずは》け悪かったりするのかな、と無関係な場所に怒りをぶつけてみる。その瞬間、脳が、そこに〝水〟があることを知覚する。

〝水〟があるな、と思う。〝水〟がある。眉間に力が入る。首筋から急に身体が熱くなり、後頭部で体液が停滞するような重さを感じ始める。突然、なんだか足元だけは絶対に見ない方がよい気がしてきて、反射的に上を向く。そこには灰色がかった雲が広がっており、そこからなにか、白い粒のようなものが無数に降ってきているのが見える。粒は自由落下でこちらに向かって落ちてきており、「多分、このままだと当たるな」と分かる。粘着質な汗が肌に張り付き、奥歯が軋む音が頬骨を通して耳に直接響く。雨が降ってきたんだな、と理解する。避けた方が良いかな、と思った瞬間には、落ちてきた雨粒がそのまま自分の額に当たり、冷たい感触が瞼の上を通ってダラリと口角まで垂れ下がっていた。

体温が吸い取られるような不快さを感じ、思わず顔を拭《ぬぐ》う。拭う。拭う。拭っても顔面の冷たさが取れることは一向になく、「あ、これゲームなんだから顔を拭っても意味がないじゃん」と気付く。それでも拭う。拭う。拭わざるをえないので拭う。その間にも〝水〟は次から次へと身体を濡《ぬ》らす。意味がないことは頭では分かっているのに、脳が信号を送るより先に両手が濡れた体を拭おうとして、止めたくても止められない。あ、これヤバいかも。右を見る。〝水〟が空中を通り過ぎていく。左を見る。〝水〟が地面へと染み込んでいく。このままだと詰んじゃうな、これ。店に戻るしかない。右足を動かそうとしてみる。動かそうとするだけで、動かない。まだ、〝水〟は足の裏についているだけだ。それは分かってる。でも、〝水〟は人体からどうしようもなく熱を奪う。〝水〟は全身にくまなく纏《まと》わりつく。足の裏から、くるぶし、脛《すね》、膝、もう今は腰のあたりまで、〝水〟が身体の自由を奪って、肉という肉が泥のように冷たくなって、思うように動かせなくなっていた。砂利道に溜まった〝水〟の水面に、さっきまで見ていた動画の、川に落ちた青年の顔が浮かび上がる。動かなきゃ、終わるな。本当に終わってしまう。両手で腿《もも》を摑み、右足を無理矢理引っ張ろうとする。〝水〟は足を水面へと引き込もうとする。両腕に力が入る。本当は〝水〟は足を引き込もうとなんてしてない。幻覚だ。勢いあまって椅子《いす》から転げ落ちる。すっぽ抜けた足が現実でも空回《からまわ》りし、「ガシャン」と鋭い音をたてる。

お菓子屋さんの軒先に倒れこむ。雨が全身を濡らす。すぐそこまで這って行けば、取り敢えず雨をやり過ごすことはできるだろう。身体を動かそうとする。口の中にあった〝水〟が喉に流れ込み、気道を塞ぐ。嘘《うそ》だろ。〝水〟なんて一滴も口に入ってないはずなのに。人差し指と薬指を口に突っ込み、中から〝水〟を掻き出そうとする。掻き出しても掻き出しても〝水〟は次々に喉奥へと流れ込み、鼻まで逆流する。なんでだよ。このままじゃ溺れる。両指を更に奥深く突っ込む。喉奥に指が触れる。激しい吐き気に襲われると同時に、自分の身体が生理反応として大量の涎《よだれ》を排出する。涎はすぐさま〝水〟となり、喉に流れ込む。ちょっと待ってよ、と思う。敵が自分の身体から無限に湧いてくるとか、こんなのゲームとして詰んでるじゃないか。

自分で自分が何をしているのか、よく分からなくなってくる。顔をあげる。店のおじさんが僕を眺めている。僕が何を怖がっているのかも分からず、ただニコニコと優しい笑顔で見下ろしている。なにしてんの、助けてよ。人の恐怖を知ろうともしないで。助けてほしい一心で、涎だらけの手を伸ばす。伸ばす。伸ばしたのに、丁度店に入るか入らないかの空中で、なにか冷たいものに触れる。もう一度手を伸ばす。冷たいものに触れる。指先から「コツン」という音が聞こえる。ああ、多分ここ、自室の壁があるんだな、と思う。じゃあ、もう無理だな。息が詰まる。咳《せき》も徐々に出なくなる。伸ばした手がズルズルと滑り落ち、唾のついた指が壁を擦《こす》る不快な音が微かに耳まで届く。

〝恐怖〟を理解する。これが怖いってことなんだ、と分かる。それと同時に、今「〝恐怖〟を理解した」と思ってるな、とも思う。「これが怖いってことなんだ」と思ってるな、僕は。そんな自分に、なぜだか笑いがこみ上げてくる。これが恐怖に対する人間の防衛反応ってヤツなのかもしれないけれど、そうこうしているうちに、こうやって脅えている自分そのものを俯瞰して、なんだかバカバカしくなってきて。あー、恐怖を相対化し始めた。またた。別の人格を作って被害を客観視して心を守ろうとしている。こうなったらもうダメ。人間ってこの状況になったらおしまいなんだ。やっぱりこんな恐ろしいゲーム、無邪気に「面白い」なんて書いたらそりゃ怒られちゃうよな、そりゃそうだよ。当たり前だよ。

目を瞑る。瞼の裏の暗闇に、記事が出た後の世間の反応を思い描いてみる。「こんなゲームを取り上げること自体、メディアの責任感を疑う」と憤《いきどお》る人の声が聞こえる。「児童教育を甘く見すぎでは」と憤る人の声が聞こえる。「もしもこのゲームのせいで人類が滅亡しちゃったら、どうしよ」と卑屈な笑顔でへたり込む自分の姿が見える。いや、流石にゲーム一つで人類滅亡は大袈裟すぎでしょ、と笑う。いや、待てよ。でも実際このまま呪いが蔓延《まんえん》したら、本当に人類が滅亡しちゃうこともあるのかな。そのときはやっぱり、僕は「人類滅亡の片棒を担いだ」ってことで叩《たた》かれるんだろうか。未来を想像してみる。現実感のない言葉が次々に浮かび、恐怖に身がこわばる。恐怖をごまかすために、それ以上に強い笑いがこみ上げ、感情を覆い隠そうとする。

気が、遠のいていく。

＊

恐怖で人が笑う心理には、二つの有力な説があるらしい。

一つは外部に向けてのデモンストレーションだという説。ようは卑屈な笑顔というやつで、温和そうな顔を見せることで「私は攻撃の意思がありませんよ」というメッセージを相手に伝える意味がある。もう一つは内面に向けての言い聞かせという説。ようは嘲笑《ちょうしょう》の笑いというやつで、内心どれだけ怖がっていても自分は大丈夫と心理的に自分を錯覚させることができるそうだ。

そういう僕自身は、自分のことを丁度その二つの悪いところどりだよなと思っていて。恐怖に身が震えるときはいつも、瞼の裏に「卑屈な笑みを浮かべるしかない自分」を想像して、情けない自分を嘲笑することで恐怖を紛《まぎ》らわそうとする癖がある。今こうしてつらつら思考を巡らせているのもつまりはその一環で、ゲームが怖くてヘラヘラするしかない自分自身をバカにすることで、恐怖とは無縁の場所から自分自身を笑っているかのように錯覚しているにすぎないってことだ。我ながら悪い癖だからやめようやめようとは思っているんだけど、一瞬でも思考を止《と》めてしまうと喉元まで込みあげてきた恐怖で声を張り上げそうになって、おかしくなりそうで、どうしてもやめられない。

自分自身にとって〝恐怖〟がこういうものだと知ったのは、ゲームライターとして働き出して3年が経った日のことだった。デビューする前の僕といえば、よくSNSにいる声の大きい大袈裟なオタクそのままの人間で、好きなゲームをちょっと皮肉も交えて大声で褒《ほ》めるスタイルを身上としていた。身内からの評判も良かったし、実際正直な気持ちをそのまま書きなぐっていた時期でもあったから、今でもあの頃の記事の方がずっと良く書けていたなと思うこともある。でも結局、当時の僕はまだ事故にあったことのない少女と同じでしかなく、周囲のライターの心配や説教を尻目に、何の恐怖心も抱くことなく、高速で走るトラックに手を伸ばしてしまった。

舞い上がっていた。子供のころに遊んだゲームの最新作の紹介記事を任せてもらえると知って。好きなゲームの話をみんなに披露できる満足感で頭が一杯になった。原稿を提出してから記事が公開されるまでの間、興奮で瞬《まばた》きすら忘れていた。目を閉じる暇もなかった。だから、記事が公開された後、世間がどんな反応をするのかも、何一つ想像することはなかった。

公開後、記事は炎上した。長らく休止中だったシリーズのリブート作品だったこともあり、旧開発陣が製作に参加していないことは分かっていた。旧開発陣の一人が最新作の設定に苦言を呈するような投稿をしたのを皮切りに、ファンには動揺が走った。元から過去作の設定をちゃぶ台返しにするような新設定がPVで小出しにされていたので、火の手が上がる条件が揃っているのは明らかだった。過去作の設定との乖離《かいり》が瞬く間にまとめられ、拡散された。当然、ゲームメディアが出している記事の精査も始まった。過去作の設定への今更の言及、ユーザーへの二重三重の配慮、旧開発陣への形ばかりの敬意。その全てを忘れて元気にはしゃいでいた空気が読めないオタクが、かつての僕だった。

公開1時間くらいは知り合いからポツポツいいねやシェアがもらえていた。3時間くらいは「興味深い」とか「ちゃんと遊んでてすげぇ」みたいな他愛もないコメントがついていた。僕は安心してベッドに横になった。大体5時間くらい経ったところで、知り合いの知り合いのそのまた知り合いくらいにまで記事が拡散されはじめた。SNSを見ながらうとうとと眠りにつこうとしていた矢先、「こういう詐欺的な煽り記事ってどうなの……?」というコメントが目に飛び込んできた。苦言を呈された。その苦言が拡散されていた。その苦言に知り合いがいいねしているのを見つけてしまった。怒られ、貶され、嫌われ、まとめられるのが止まらなくなった。〝好きなゲームの話は、聞いてもらえなくなった〟。

それまでの人生、自分自身には怖いものなんてないと思っていた。だからその日はじめて、自分は何かに〝恐怖〟を覚えたとき、眉間に力を入れる癖があるんだと知った。罵倒《ばとう》が次から次へと届き始めた。自分でもなんでそんなことをしたのか分からないけれど、「そうだ」とも「違う」

とも言えなくなって、全ての罵倒の言葉をいいねして回った。もちろん火に油を注いで余計に怒りを買った。次第に卑屈な笑いが抑えられなくなってきて、網膜に飛び込む批判の一つ一つにペコペコと頭を下げた。もちろんそんなことしたって人々の怒りが止むことはなく、むしろいいねをしている事実すら拡散され始め、いよいよ歯止めが利かなくなった。多分その時だったと思う。あまりに恐ろしくて、目を開けてもいられなくなったのは。

「こんなんじゃもう、楽しくゲームの話なんかできそうにないね」瞼の裏の暗闇に、卑屈な笑みを浮かべる自分の姿が浮かんだ。お叱りの文言にいいねを繰り返すその情けなさといったら、ひたすらに滑稽《こっけい》で、嘲笑がこみあげて止められなくなって。

それ以来、僕はゲームを遊ぶことが出来なくなり、ゲームライターをやめた。

＊

ジャックから、記憶データの書き込み特有の耳鳴りのような音が聞こえる。こめかみから頭蓋骨を通して振動が直接耳まで響き、首の付け根の名前も知らない脳の部位に向かって振動が流れ込むのが分かる。

ポコン。編集部の個別チャットに、催促のメッセージが届く。

通知音を感じ取り、少しだけ目を開ける。突然の煙が目に染《し》みて、痛みで目が覚める。

網膜いっぱいに「タイムオーバー」の文字が広がり、胸元あたりで「もういちどあそぶ」のボタンがふよふよと揺れている。仰向けになったまま両手をばたつかせ、付近の様子を確かめてみる。右手の先に、なにかぬるい液体が触れた。起き上がって確かめてみると、寝転がった自分の周りを取り囲むように、床に謎の液体がしみついていた。中指で拭い、そっと臭いを嗅いでみる。

どうってことはない、単なる汗のシミだ。さっきゲームを遊んでいる間にかいた冷や汗がこんなに床にたまっていたんだな、こりゃ。水たまりで死ぬ幻覚もそりゃ見るわけだよと他人事《ひとごと》のように思う。指先についた汗を、試しに鼻先につけてみる。眉間に力が入ることもなく、ただ順当に、気持ち悪く感じただけだった。

ポコン。『ノガさん?』

ポコン。『大丈夫ですか?』

ポコン。『メッセージ見れてます?』

『ああ、すみません、ちょっとゲーム遊んでたところでした』

ポコン。『ならよかった、さっき送ったメッセージ見ました?』

『まだ見られてないです。ちょっと時間ください、丁度検証結果が出たところなんで』

ポコン。返信のメッセージに、意図の分からない両目のマークがつけられる。

時計を確認する。遊び始めてからタイムオーバーまで大体1時間くらいか。二回目の洗濯をしたかったのになと思い、肩を落とす。まあ洗濯はどうとでもなるんだ。むしろタチバナさんからのメッセージが来てなかったら、もしかするとこのまま死んでたかもしれないな。とりとめもないことを考えながら、チャットツールを閉じる。こめかみから一旦ジャックを外し、記憶データの送受信ログを確認し、ログを時系列順にまとめはじめる。

網膜に映し出されたログを、指さし確認で数えていく。14:02、〝水〟への恐怖でゲームを遊び始めたタイミングで、脳に記憶データが書き込まれている。これは〝水〟の恐怖心のデータだな。容量を確認してみる。たったの350MBしかない。人間の記憶の単純さに少しがっかりしてしまう。15:05、おそらく僕がタイムオーバーになったんだとしたらこの付近だろう。容量は

351MB。行われていたのは……、想像通り、記憶データの書き込みだった。

あー、やっぱりか。この手の小規模ゲームではやりがちな処理なんだよな。脳内にある記憶データの削除は高度な処理だから、下手に記憶を削除しようとすると、誤って元から脳内にあった必要な記憶まで削除してしまうことも少なくない。小規模ディベロッパーほど記憶削除の訴訟リスクも高まるのが現実だから、脳に記憶を直接出し入れするゲームを開発するとき、個人開発者は大抵書き込み処理だけを使ってシステムを実装したがるんだ。

空気が悪くなってきたので、窓を開ける。割れたガラスの破片を足で寄せ、邪魔にならないくらいの場所に集めておく。352MB、357MB、349MB。過去98回分のログを見てみても、このゲームでは記憶データの書き込みは行われているが、削除は行われていない。ゲームクリア時も、ゲーム中断時も、ゲームオーバー時も、同じ。ゲームとしては良くできてると思うんだけど、こういう雑な仕様があると呪いのウワサも否定しづらくなっちゃうんだよな。

どうしたもんかな。頭の中で、記事の組み立てをもう一度考えてみる。「呪いとは言えないだろう」「狙い通り機能しているのでバグともいえないはずだ」「しかし仕様というにはちょっとイケてないともいえるかもしれない」うーん、我ながら具体的な結論を避けようとしているのが見え見えな言い回しだな。でもどう書いても、こんなのどこかにカドが立つだろうな。ダメだ。喉も渇いた。お腹もすいた。このあたりが一旦潮時だな。火にかけてたお茶もそろそろ沸いただろう。風呂も入った方がよいかも。ゲームを一時停止する。机の上から空のコップを手に取る。足に刺さったガラス片を取り除く。サーキュレーターの電源を入れて、部屋に充満している煙をかき分けながら一階の台所へと向かう。

ああ、しまったな。コンロの上では焦げて変形したティーポットの残骸が燃えていた。まだ飲めないかなと思って中を覗《のぞ》き込もうとし、煙を吸い込んでしまい、咽《むせ》る。この分じゃ中身はとっくに蒸発していて飲めそうにもない感じだ。そこそこ気に入ってたポットだったのに、替えがきかないのに、こんな簡単に溶けちゃうなんて。火にかけてから1時間以上経ってるし、僕が悪いか。どこにもぶつけることのできない怒りを、腹いせ紛れに燃えている壁に向かって乱暴に水をかけることで抑え込もうとする。かけたそばから水は蒸発し、焦げた木材の湿る気色の悪い臭いが広がり、余計にうんざりした。この忙しいのに小火なんかに関わってられないんだけどな。手間をかけさせないでほしいのに。

しばらく火元に水をかける行為を続ける。数分経って流石に面倒になってきたので、ベッドからシーツをひっぺがしてきて、火元に覆いかぶせた。空気を取り込めなくなった火は一気に鎮火する。真っ黒になったコンロ横を片付けると、3日前、ゲームを遊ぶ前に食べようと思って忘れていた鍋がそのまま転がっていた。鍋の蓋を開け、少し臭いをかぐ。苦い臭いと酸っぱい臭いが混ざっていて、よくわからない。まあ問題ない範囲かなと思ったので、そのまま啜《すす》ってみる。ハッキリ言って変な味がした。腐ってんのか焦げてんのか判別が難しい味だった。まあ、火災現場の横で腐ってたんだから当たり前の話かと思い、嚙《か》み砕けなかったなんだか良く分からない塊《かたまり》だけは一応生ごみに捨てた。

風呂に栓をする。水を入れる。服を脱ぐ。まだ半分も溜まっていない湯船の中に、体育座りで座る。開け放たれた風呂の窓からは、名前も知らない虫がひっきりなしに入ってくる。頃合いを見て、潰す。潰れた虫の残骸を見て、ああ、一応〝水〟でも確認はしておかないとまた読者に「エアプだ」って怒られるかなと思い、風呂の蛇口を強くひねる。水が二倍の速度で湯舟に流れ込んでくる。臍《へそ》のあたりまで水が溜まる。そろそろ行けるかなと思い屈《かが》んでみるが、全然水面まで届かない。胸のあたりまで溜まる。なんとかいけそうかなと思ったので、顔を水面につける。体温が吸い取られるような不快さも別に感じないし、中に引き込まれるような力も特に感じない。

これじゃまだ足りないかなと思って、全身を水中に沈めてみる。顔を左右に振る。溜まった水が鼻から流れ込み、気道を塞ぐ。そりゃそうだろうね、と思う。水の中にわざと沈んでるんだからそりゃそうなるだろう。目を見開いて、湯舟の底まで顔を押し込んでみる。息が苦しくなる。水は次々に鼻へと流れ込み、肺まで流入する。このままやってたら溺れるだろうな、って感じだ。徐々に意識が遠のいてくるのが分かる。単純に脳に酸素が回ってないんだろうな。1分、2分、3分。バスタブの底に、川に落ちた青年の顔が浮かび上がってくる。既に分かっていたことではあったけど、ここまで恐怖心が湧かなくなれば、そりゃあの青年だって激流の真ん中で自撮りもするよなと妙に納得してしまう。

4分。5分。6分。視界が霞《かす》んで言葉が出てこなくなったあたりで、一旦顔をあげる。息が出来ない。意識もちょっと曖昧《あいまい》だし、数もうまく数えられそうにない。もうちょっとやってたらそのまま死んでたな、これ、と思う。水面から顔と両手だけを出して、これまで遊んできた〝恐怖〟の数を指折り数えてみる。火、刃物、感染症、虫、暗闇、電気、視線、紫外線、空気、高所、土、幽霊、密室、集合体、巨大建造物。15個を数え終わった時点で、だんだん脳にも酸素が回ってき始め、おいおい、今から99個も失った恐怖心を指で数えなおすつもりなのかよと、ちょっとだけ冷静になる。おいおい、数えなくたって分かる話じゃないか。〝水〟への恐怖は、上から数えても5位以内には入るに決まってる。

遊び方としてはマニア向けの難易度すぎて、記事では紹介できない気もするけど。

＊

編集部の個別チャットに、返信のメッセージを送る。

『心配かけてごめんなさい。一昨日から年甲斐《としがい》もなくぶっ続けで遊んでたんで、ちょっと寝落ちしちゃってました。丁度さっきまで休憩とってましたよ、ご心配なく。さっきも書きましたけど、ゲームを遊んで呪われるなんてことありませんから』

ポコン。『なら、良かったですけど』

編集部の個別チャットが、ちょっと入力に迷ったような素振りを見せ、数秒経ってから追加のメッセージが届く。

ポコン。『さっきノガさん、ゲームにバグが残ってるって言ってたじゃないですか。なんか今、「これって脳に植え付けられた恐怖の記憶が消えずに残っちゃってるんじゃないの⁉」ってウワサしてる人たちが出てきてるの、見てます？』

『いや、そういうの読むと書き物に影響しちゃいそうなんで読んでなかったですね。記憶データがちゃんと消せてないから、プレイヤーの脳に残った恐怖心がパニックを引き起こして事故が相次いでるって思われてるってことですか？』

ポコン。『そうですそうです！　まさかとは思ったんですけど、見てたらいてもたってもいられなくなっちゃって。ノガさんもゲーム遊んで何かが異常に怖くなったままとかなってませんか⁉　呪われちゃったりしてませんよね⁉』

『いやいや、呪いってのは多分そういうことじゃなくて』まで書きかけて、入力を一旦止める。

ああ、ユーザーの中でもうそんなデマまで拡散され始めちゃってるのか。だったらやっぱり、このゲームのことは誰かが責任もって記事にした方が良いんだろうな。そもそも「恐怖心を脳に書き込むゲーム」って字面がもう、悪い想像を掻き立てやすすぎるんだ。概要とか動画だけを見て、遊んでもない人たちがウワサを拡散しちゃう可能性も十分にある。もしも自分が書くんであれば、やっぱり恐怖心が脳内に残るようなシステムにはなってないということにちゃんと言及しておく必要があるな。その上で、記事のタイトルに煽るような文章を使うのはやめてもらうようタチバナさんにお願いしておかなきゃダメだ。

『ご心配なく。少なくとも〝恐怖の記憶が消えない〟ことはまずありえませんよ。最初からそんな造りにはなってないハズなんで……これ確認するのに99回も遊びましたからね、絶対、とまではもちろん言いませんけど』

呪いの正体については、10回くらい遊んだ時点で凡《およ》その見当はついていた。数年のブランクがあるとは言っても一応まだゲームライターの端くれだし、これでもゲームの作りの甘さには鼻が利く方だと自負しているから。脳から恐怖心が本当に消えているかを確認したくて、試しに眼球ぎりぎりまでペン先を近づけてみて、割とすぐに分かった。本来であれば、〝恐怖〟の記憶データはゲーム終了と同時に脳内から削除するのがベストなんだろうけど、多分、このゲームではそこを〝怖くない〟という記憶データを上書きすることで安上がりに実装しているんだろうって。おそらく、〝車への恐怖〟の記憶データには、〝車は怖くない〟という記憶データを。〝火への恐怖〟の記憶データには、〝火は怖くない〟という記憶データをって具合に。

ポコン。『良かった。そのあたりがちゃんとしてそうなら、記事として紹介する分には問題なさそうですね。実はさっきのノガさんと話してたとき、ちょっとなんか様子が普段と違うかな……って思ったんで、それも心配してたんです』

そのあたりがちゃんとしてる、か。たしかに、ちゃんとはしてる。でも、〝怖い〟という記憶データを削除する処理と、〝怖くない〟という記憶データを上書きする処理じゃ、ユーザーに伝わる印象も大分異なる気がするんだよな。たしかに、僕はこのゲームを遊ぶ前から、〝刃物〟も、〝火〟も、〝感染症〟も、〝虫〟も、それこそ〝水〟だって怖くなかった。だからと言って、目の前に刃物をつきつけられたり、目の前で火事が起こったりしたら、多分、それなりに怖かったんじゃないかと思う。でも今は脳内に〝刃物は怖くない〟、〝火は怖くない〟という記憶データを書き込まれている状態なので、そもそも怖がれない。〝怖くない〟という記憶が生理反応に蓋をしているみたいに、恐怖心が一切湧かなくなってる。

『僕が怖いのは、この記事を出した後の読者の反応ですよ。さっきも言った通り、呪いの話とは別に致命的な不具合が残ってるかもしれないし、どう書いたら読者の怒りを買わずに伝えられるのか……、温度感が難しい』

作品の狙いとしては成功してると思うんだけどな。でも、これも僕の脳が恐怖に鈍《にぶ》くなってるだけかもしれない。交通ルールにしても火の用心にしても、一度遊んで恐怖を理解すれば誰もが正しい攻略法を知ることができる。色んな事故だって未然に防げるようになるはずだ。ただ、恐怖心がなくなると、どうしても真剣さもなくなっちゃうからな。交通事故は1日。火災は3日。遭難は9日。大体そのくらい経てば、なにかしらの事故に巻き込まれてもおかしくはない。〝車〟の恐怖を知って交通ルールを守るようになっても、突然突っ込んできた車には警戒心が働かなくなる。〝火〟の恐怖を知って防火対策をするようになっても、すでに起きている火災がどの程度危ないのかはいまいちピンと来ない。

「死に覚え」で遊ばせるゲームだとよくある話なんだよな、これって。プレイヤーに一度死んでもらうことで、ゲームルールを覚えさせて、全体的にミスを起こしづらくすることはできる。でもそれと引き換えに一回一回のゲームオーバーに対する恐怖心も薄くなっちゃって、起きてしまったミス自体は割とどうでもよくなっちゃうやつ。
ポコン。『ノガさん。実は、さっきも言おうと思ってたんですけど、一言だけ、いいですか』
瞼の裏の暗闇に、記事が出た後の世間の反応をもう一度思い描いてみる。「このゲームで人が死んだらどうするんだよ」とコメントがつく。「貴方の記事のせいで私の子供が怪我を負いました」とコメントがつく。その光景を見て、何も言い返せない自分の姿が思い浮かぶ。
ポコン。『ノガさんが言ってる、怖いって気持ちは、よく分かります』
卑屈な笑みを浮かべる自分の姿を想像して、また、なんて情けない奴《やつ》なんだと嘲笑の笑いが込みあがってくる。ああ、ダメだ。もうやめよう。ポコン。こんなこといくらシミュレーションしてみたって、自分で自分を追い込んでるだけだ。ポコン。ポコン。
ポコン。『でも、ゲームが面白かったんなら、怒られたっていいじゃないですか』
ポコン。『遊んでない人たちに何言われたって、一つも怖がることはないですよ』
ポコン。『極論、それで世界が敵に回るんなら、その時はその時ですよ』
ポコン。ポコン。ポコン。
目を開く。チャットソフトの通知音が鳴り響く、目の前をメッセージが埋め尽くしていく。チャットツールのリアクションアイコンの中から、出来る限り卑屈な笑顔のマークを探し、タチバナさんのメッセージに返信として押しておく。編集部の個別チャットが、ちょっと入力に迷ったような素振りを見せ、数十秒経ってからメッセージが届く。
ポコン。『ごめんなさい……、どういう意味の笑顔ですか？』

間髪入れず、そこにも同じ笑顔のマークをつける。

＊

少し脳が重たくなったと感じたあたりで、そろそろかなと目を開けてみる。

画面に「貴方の脳に〝　〟に対する恐怖をインストールしました」のメッセージが表示されているのを確認し、「大丈夫か、これ」とわざわざ口に出して、〝ゲーム〟を遊び始める。

Taewidhaには一つ、明らかなバグが残っていた。最初に遊んだときにすぐに気付いたので、記事を書くなら最後に遊んで安全性を確認しておこうと思っていた挙動だった。安全性と言ってもバグとしてはよくある話だ。オプションから〝恐怖〟の対象を設定できるんだけど、そこには最初は「無し」が設定されている。つまり〝恐怖〟を脳に書き込まずにデフォルトの状態でゲームを遊ぶことが出来るんだけど、一回他の〝恐怖〟を選択してからまた「無し」を選択しようとすると、入力欄が空になっちゃうというやつ。ありがちな項目の設定漏れ。このまま遊んだら多分、内部的には〝恐怖〟の対象にnullが設定されて、ゲームが始まったときにどういう動きをするのかが想像できなかった。

「頭の中に〝null〟への恐怖が書き込まれる」。言葉では分かっても実際どういう挙動になるのかが分からない。それすら分からないんだから、「頭の中に〝nullは怖くない〟という記憶が書き込まれる」まで来ると、脳にどんな影響があるか想像もつかなかった。もしもバグに再現性があったりしたら、百発百中で脳がクラッシュしちゃう可能性もあるわけで、そうなったら記事の良《よ》し悪《あ》し以前の話になっちゃうもんな。ゲームを一旦ポーズして、記憶データの送受信ログを確認する。最新のログは16：12、２７７ＭＢの記憶データ書き込み。デフォルトで開始した際の記憶データ容量と全く同じ。ゲームスタート時は、特に意味のないデフォルトデータが書き込まれる仕様になっているのかもしれない。

思わず、天を仰ぐ。頼むよ本当。こんなところで躓《つまず》いてちゃ話にならないだろう。〝ゲーム〟を始める。柔らかいベッドの上に座って、壁にかけられた家族写真を眺めている。これが最後のプレイなんだ。どうせならもう一度内容を確認しながら進めた方がいい。ベッドから降りて、子供部屋を出る。リビングでは両親が顔を突き合わせ、夕食はどうしようと楽しげに話している。話しかけるとランダムに食材を指定される。子供向けにUIはちゃんと作られているし、導入に分かりづらいところがあるわけでもない。……でも、本当にこれってありなのかな？　むしろこういう優しいチュートリアルがあるからこそ、その後の本番での落差に子供たちが脅えて、あるいは虐待めいたことになってしまうんじゃないか。

デスク一面に散らばっているガラスの破片を押しのけて、これまで書いた攻略用のメモを読み直す。「15ドルにしてはよくできてる」……いや、やっぱりこれ、15ドルという値段設定だからこそ想定外の客層にも届いて危ないんじゃないのか。「アラブの地域美を正しく伝えようとしているのが読み取れる」……アラブの美術なんてよく知らないのに、褒めるに値するかどうかなんて分からないだろ。「最適解を見つけられるまで繰り返し遊んでほしい」……99回も味わったあの恐怖を、みんなにも味わってほしいと、本気で記事にそうやって書くつもりなのか、僕は。

一歩、二歩と、市場に向かって足を踏み出す。町のあちこちに、99回のプレイで自分が恐怖した場所が次々と目に入ってくる。ゲームとしては、面白かったはずだ。それは間違いない。「他人の恐怖を分かってあげられて、自分がまるで善人になったかのような居心地の良さがあった」でもそれは完全なる僕のエゴで、自慢げに語るようなものじゃなかったかもしれない。「他人の恐怖を弄んでいるようで、倫理観が欠落してしまったような居心地の悪さがあった」自分が居心地の悪いゲームを、他人様《ひとさま》に紹介する理由ってなんなんだろう。「ギミックの目新しさに、久しく感じていなかったゲーム体験への素直な感動があった」脳を弄《いじ》りまわす無邪気さを、悪趣味に喜んでいただけの話だったかもしれない。

クソ。タチバナさん、余計なこと言ってくれたな。頭をワシワシと掻く。鷲摑《わしづか》みにした髪を強く引っ張る。ブチブチと毛が抜ける音に耳を澄まして、冷静さを取り戻そうとする。もしかしたら、また好きなゲームについて書けるんじゃないかって気持ちになってたはずなのに。ダメだ。余計なことを考えずにはいられなくなってきてるのかもしれない。指定されたお遣いは、小麦粉、水、キャンディの三つ。そこまで広くないマップだから、市場の配置もすぐに覚えてしまった。……これに「繰り返し遊ぼう」だなんて言葉、本当に僕は使ってもいいのか？　野菜売りのおばあちゃんの店で小麦粉を買う。量り売りのおばさんの店で水を買う。お菓子売りのおじさんの店でキャンディを買う。

一度通った道。一度会った人。一度遊んだゲーム。優しい人々が暮らす優しい町を散歩する、それだけのゲーム。それが、いざ記事を書くんだと考えたら、全てが全て否定的にしか見えなくなってくる。情けない。なにやってんだ、僕は。せっかく貰ったチャンスだってのに。「もう一度、ゲームの記事を書きませんか」って誘ってもらったとき、あれだけ嬉《うれ》しかったんじゃないのかよ。市場の出口に足を進める。でもダメだよ。あんなこと言われたら。想像せずにいられなくなっちゃうんだからさ。喉の奥から少しずつ、胃酸がこみあげてくるのが分かる。このゲームを面白がったら、また、誰かに怒られちゃうんじゃないかって考えずにはいられなくなる。

ヤバいな。思考が止められなくなってきた。でもゲームは進めなきゃ。〝車〟に足がすくんで動けなくなった大通りを迂回《うかい》する、怖くて嘔吐してしまった〝犬〟をやり過ごす。大体なんなんだよ、〝恐怖〟の記憶データを頭に書き込むって。そんなの呪いのウワサが立って当然じゃないか。「面白い」って理屈で不快さが許されるわけがない。ダメだ。考えないようにすればするほど余計に考えてしまう。ゲームに集中しよう。ゲームに集中すればいいんだ。〝紫外線〟に焼き尽くされた屋台の裏を走る、〝感染症〟が怖くて触れることすらできなかった自宅のドアを開ける。こんな不謹慎なゲームの記事を書いて、また炎上するのか、僕は。また全部やめちゃうのか。嫌われて、疎《うと》まれて、卑屈な笑いを浮かべて。

このまま両親に話しかければゲームは終わるんだ。とりあえず、もうやめよう。一回終わって、タチバナさんに連絡入れよう。「書けないかもしれません」って。「もうしばらく考えさせてください」って伝えよう。家の中を歩き回る。両親を探す。リビングにいた両親の姿を見た瞬間、突然、眉間に力が入りはじめる。なんなんだよ、今更。一刻も早く終わりたいのに。拳でぐりぐりと眉間を擦る。粘着質な汗が肌に張り付き、奥歯が軋む音が頬骨を通して耳に直接響きはじめる。なんなんだ、なにを怖がってるんだ僕は。机の上から攻略用のメモをひったくる。上から順に、残されたタスクを確認してみる。「スクリーンショットを撮る」、もうやった。「平均クリア時間を出す」、それはもうすぐ出せる。

「脳に null が書き込まれるとどうなるかを確認する」ああ、そうだ。これが残ってたんだ。最後にゲームを遊んでこれを確かめなきゃいけないんだ僕は。そう思い出した瞬間に、首筋から急に身体が熱くなり、後頭部で体液が停滞するような重さを感じ始める。もしもゲーム終了時の記憶データ書き込みがひどくバグってたらという当然の不安が頭をよぎる。「大丈夫なはずだ」と、口に出して言う。こうして世に出てきてる作品なんだから、脳がクラッシュするとかは流石に無いはずだ。でも、脳に〝null〟を書き込む？　〝無〟を？　〝無〟が怖くなくなる可能性があるのか？　いや、そんなわけない。nullってのはあくまでプログラム上何も設定がないことで、脳内にある概念としての無とは意味合いがまったく違うはずだ。

考えてみたら、そもそも〝無〟が怖くなくなるってのはどういう精神状態なんだろう。〝無〟が怖くなくなる？　〝死〟じゃなくて〝無〟？　自分の存在が無くなることに対する恐怖とか、自我が無くなることに対する恐怖とか、そういうものがなくなるのか？　もう99個も怖いものがなくなってしまったのに、これ以上また怖いものがなくなったら、この後の僕はまだ、楽しくゲームを遊べるんだろうか？　ホラーも、アクションも、シューティングも。そこに描かれている怖さが分からなくなったら、それって今まで通り面白さを感じられるんだろうか？　目を瞑る。〝怖さを何も感じなくなったゲーム〟を想像してみる。瞼の裏の暗闇に、つかみどころのない靄《もや》のようなものが浮かび上がり、小さく悲鳴を上げる。

眉間に痛みが走る。首筋に血流が集中し、後頭部に体液が回らなくなる。どこからともなく声が聞こえはじめる。「最後の最後で、まさかゲームのことが怖くて信用できないとはね」あまりに嘲笑があからさまな声色《こわいろ》に、屈辱的な気持ちとは裏腹に、自分を守るために卑屈な笑みが込み上げはじめる。ああ、そうかもしれないね。粘着質な汗が脂となって全身に纏わりつく。「あーあー、そんな酷《ひど》い顔して遊んだら、ゲームに悪いって思わないもんかね？」あまりに見下しがあからさまな声色に、恐怖に対する生存本能が働き、卑屈な笑みが抑えられなくなってくる。そうだね、全部君の言う通りだよ。苦しさから、食いしばる音もなく、奥歯が割れる。

声の主を探そうとして、おそるおそる目を開ける。目の前にはまだ、恐ろしいゲームが続いていて、目を瞑る。瞼の裏にまた、恐ろしさを失ったゲームの幻影が見えた。目を開ける。目を瞑る。目を開ける。目を瞑る。そうこうしているうちに、そうやって意味なく脅えている自分を俯瞰するように、瞼の裏の暗闇の向こうから、もう一人の僕があらわれた。薄気味悪い靄を纏って、ひどく歪《ゆが》んだ顔をしていた。見下しのこもった嘲笑を浮かべながら、「僕はこんなもの怖くないのに」と言わんばかりの顔をしていた。僕は良心から、「それは錯覚だよ」と、僕自身に声をかけようとした。でも、張り付いた笑顔が邪魔をして、うまく声が出せない。互いに何も言わないまま、ただ無為に時間が過ぎ去っていく。

おそらく。何も言わず、ニヤニヤすることしかできない僕を、彼もようやく見かねたのかもしれない。手元の時計で1時間がたったのを確認すると、瞼の裏の僕は、僕に向かってこう告げた。

「まあ、君が無理にゲームを遊ばなくても、直《じき》に全部終わるからさ」

多分、その後すぐぐらいだった。ジャックから、記憶データの書き込み特有の耳鳴りのような音が聞こえた。こめかみから頭蓋骨を通して振動が直接耳まで響き、何か得体のしれないものが、首の付け根の名前も知らない脳の部位に向かって流れ込んでいくのが分かった。

＊

焼け焦げたベッドシーツを引きずって、ベランダに出てみる。

あたりはわずかに日が落ちて、夕焼けが少し湿ってしまった洗濯物を照らしていた。家の前の道路を、買い物帰りの家族が歩いていく。大根がはみ出た買い物袋を、小学生くらいの女の子がバランスを取りながら慎重に運んでいる。家の塀の上では近所の猫が仰向けになって大あくびをしていて、僕と目が合ったのが気まずかったのか、のそのそと家に帰っていった。念のため、家の中も見て回る。部屋にはゲーミングチェアから滑って転んだときに割れた窓ガラスが散らばっている。火が出た台所は少し煤《すす》けてしまって、お気に入りのソーサーには焦げた木材の臭いがしみついていた。ちょっと片付けは大変かも。ただ、それ以外は特に言うべきこともなく、ただただ穏やかな時間が流れていた。

ゲーミングチェアに深く腰掛ける。右の手のひらを夕焼けに掲げ、グー、パー、グー、パーと順に動かす。「これって生きてるよなあ」と、わざと口にしてみる。一人きりの部屋の中に間の抜けた声が響く。生きてるって、そんなの当たり前じゃないか。分かっていて口にした言葉があまりにバカバカしすぎて、自分で自分の言っていることに笑ってしまう。そりゃ生きてるでしょ。だってゲームで遊んでいただけなんだから。ベランダまで飛んで行ってしまっていた攻略用のメモを拾い、「脳にnullが書き込まれるとどうなるかを確認する」の横に、「なんともない」とメモを追記する。このメモをとることに何の意味があるんだよと、また一人で笑ってしまったけれど、今度はあえてそのままにしておいた。

メモを裏返して、これまで遊んできた〝恐怖〟の一覧の最後に〝無〟と書き足す。〝無〟はゲームとしてどうかな、結局行って帰ってくるだけだったからな。やってる最中はいろいろ考えたけど、終わってみればどれだけ心配性だったんだって話で。あれこれ考えをめぐらした末、難易度の評価に「何も起きないため、初心者でも特に遊ぶ必要はない」と追記してみる。結局、僕一人で舞い上がってただけだったからな。ゲームを遊ぶ前から、ありもしないバグがあるんじゃないかと怖がって、ひとしきり騒いでタチバナさんにも心配をかけた挙句《あげく》、終わってみたら特に何か変わったところがあるわけでもないんだもんな。憑《つ》き物が落ちたっていうのは、こういうことなのかもしれない。

あるいはこの感想もまた、〝無〟が怖くなくなってしまった脳が見せている錯覚にすぎないいんだろうか。例えば、そうだな。脳がゲームライターとしてのキャリアが終わるのが怖くなくなっちゃったから、「ゲームは面白いんだから書いてみれば良いじゃん」って読者の反応を警戒することもなく甘く考えてしまっているとか。いや、でも本当にゲームは面白かったしな。拙《まず》いバグがあったらどうしようって、そのせいで呪いのウワサが蔓延ってるケースだったらどうしようって、さっきは記事が書きたくなさ過ぎて悪いイメージばかり膨らんでしまったけど。結局バグも無かったんだし、こうして特に何も変わることなく生きてるわけだし。あれほど長い間、自分は一体何に脅えていたんだろうか？

試しに目を瞑ってみる。夕焼けに照らされてほの赤く見える瞼の裏で、記事の組み立てを考える。最初は「大脳皮質への記憶挿入をギミックとして用いるゲームジャンル、〝ブレインストール〟が生まれて既に久しくなっているが……」から書き始めて、記憶データを利用するジャンルの勃興《ぼっこう》に軽く触れておいた方が良さそうだな。そこから開発スタジオであるHaufuの説明に入って、この作品が作られた背景、特に児童教育への新しい挑戦であるという事実にしっかり言及しておく。そうして「恐怖心を脳に書き込むゲーム」というフレーズを出す前に社会的価値を重ねておいて、初心者にも身構えずにこのゲームを遊んでもらうよう導線を作るんだ。「私たちは、一つの同じ風景を、それぞれの違う視点から眺めている」ってフレーズを太字にして、多様な他者の視点に立つためのゲームなんだという、紹介における軸を作る。その軸から分岐する形で、〝高所〟に対する恐怖はこうとか、〝動物〟に対する恐怖はこうとか、一つ一つの〝恐怖〟の遊び方とその難易度を例示していく。そうすれば遊び方を考えられない初心者にも入り口を用意しやすいし、遊び慣れてるゲーマーには「ああ、そういう難易度を自分で弄って遊ぶタイプのゲームなのね」と分かってもらえるんじゃないかな。オチはもちろん「ゲームの遊び方にも人それぞれのスタイルがあり……」みたいなお決まりの展開にスパッと繋げて、社会問題とビデオゲームの関わり方みたいなイシューにも触れて、締める。

ああ、でもそうなると、あそこのスクリーンショットがまだ足りないな。これまでの遊び方だと恐怖の条件が大雑把《おおざっぱ》すぎる気もするし、もうちょっと細かい条件の〝恐怖〟を設定した遊び方も試したいな。時間を確認する。まだ17：20。二回目の洗濯はもうできっこないんだから、時間はまだまだあるな。自分で自分にそう言い聞かせて、ゲームスクリーンを網膜正面に移動させる。

『Taewidha のタイトルが浮かび上がる。スタート画面からオプションを選択して、ワールド生成メニューを開く。シード値はデフォルト、プレイサイズは網膜規定、恐怖対象に何を設定しようかと考えた矢先に、すっかり大事なことを忘れていたのに気付いて、ゲーム画面を網膜の隅に移動させ、チャットツールを立ち上げる。

少し考えて、編集部の個別チャットに、メッセージを送る。

『原稿、明日までに仕上げますよ』

ポコン。メッセージに「お願いします」がわりのサムズアップがつけられる。

＊

『原稿、ありがとうございました、素晴らしい出来でした』

ポコン。編集部の個別チャットに、感想のメッセージが届く。

『ありがとうございます。書き上げられて本当によかった。久しぶりに徹夜でゲームやって徹夜で原稿書いたんで、身体が悲鳴上げてますよ。諸々《もろもろ》ＯＫなら一旦寝ても大丈夫ですか？　文章イケてないところあったら遠慮なく仰《おっしゃ》ってください』

ポコン。『ノガさん相手に文章のイケてるイケてないを説《と》くだなんて恐れ多いですよ。でもお声がけしてよかった。本当は、私もノガさんに声なんかかけちゃって良かったのかって、ずっと怖かったんです。ゲームライター野上修一《のがみしゆういち》、これで復活と思っていいですよね？』
『復活だなんて大袈裟な！　炎上してしばらく声がかからなかっただけの話ですから。でも久しぶりに書いてみて、なんか、そうだな、楽しかったです。こうやって「楽しかった」とか言っちゃうから、僕は本当の意味でのプロになれないのかもしれませんけどね』
ポコン。『気軽に言ってくれるなあ。前の記事以来、ノガさんがゲームから距離を置いていたの、ウチのメンバーもライターさんたちもみんなずっと心配してたんですよ。ノガさん、もしかして、もうゲームが嫌いになっちゃったんじゃないかって』
『それも大袈裟な話ですよ。あの一件で僕もゲームライターとして学ばせてもらいましたから。ゲームの仕事から離れてたのは、単に他の仕事をメインでやってただけです。そんなに心配されると、荷が重いな』
ポコン。『なんかノガさん、本当に変わりましたよね。とにかく、今回の記事がノガさんにとって満足のいくものになったのなら良かったです。ノガさんが久しぶりに寝食忘れてゲーム遊んでるって聞いて、いてもたってもいられなくなっちゃって』
『変わりました？　自分ではそういう意識はないんだけどな。まあ今回は素直に面白いゲームでしたからね。視点も独特だしギミックも新鮮味があった。デファクトスタンダードには……なれないかもしれないけど、僕個人は、大好きなゲームですよ』
ポコン。『変わりましたね～、まさかそんな素直な言葉がノガさんから聞けるとは』
『やめてくださいよ恥ずかしい！　これ以上話してると調子が狂っちゃうんで、そろそろ床《とこ》に入ります。そうだ、もしもこれから記事をチェックするんだったら、せっかくなんでタチバナさんも遊んでみてくださいよ。面白いのは僕が保証しますから』
編集部の個別チャットが、ちょっと入力に迷ったような素振りを見せる。
書いては消し、書いては消しを繰り返す。数十秒経ってから、メッセージが届く。
ポコン。『その件なんですけど、最後に一つだけ、良いですか』
『なんですか?』
ポコン。『実は昨日、私もこのゲーム買って遊んだんですよ。ノガさんがバグ周りのことを気にされてるみたいだったんで、自分でも確認しておこうと思って。さっきもらった原稿にも書いてあった〝null〟設定のことです』
『あれのことですか、なにかありました?……もしかして呪いでもかかりました?』
ポコン。『変な冗談やめてくださいよ! いや、別に今となってはなんてこともないかなって思うんですけど、ノガさん、原稿に「バグは複数散見されるものの、ゲームの進行を妨げるほど致命的なものではなく」って書かれてるじゃないですか』
『ええ、記事内で言及しておけば許される範囲のバグかなと思ったんですが』
ポコン。『うーん、じゃあ、やっぱり気のせいなのかな。実はあの設定で遊んだとき、私、ものすごく体調悪くなっちゃって、途中ですぐゲームやめちゃったんですよね。なんか遊んでたら物凄い変な汗が出てきて……よく分からないんですけど』
ポコン。『ただゲームとしてはデフォルトそのままというか、別に何が変化してた様子でも無さそうだったので、ノガさんは特に何も起きなかったって書いてるし、あれはバグだったのかなんだったのかちょっと分からなくなっちゃって』

ポコン。『ゲームが終わってみたら特になにか変わったっていう感じもしないし、ノガさんの言う通りどっちにしてもたいしたバグじゃないとは思うんですけど、うーん、誰か別の人にも確認してもらった方が良いのかな。一旦この話、忘れてもらえます？』

そんなこと無かったんだけどな、とは思った。タチバナさんも人が悪いな。散々《さんざん》あんなに人を焚《た》きつけておいて、この期《ご》に及んで「もしかしたら怖いかも」みたいに人を脅かそうなんて。ゲームが面白かったのは間違いないんだから、今更なにをそんなに怖がる必要があるんですか。思わず笑みを浮かべる。大丈夫ですよ。そんなに〝ゲーム〟を怖がらなくても。極論、それで世界に呪い返されるんなら、その時はその時じゃないですか。貰った言葉をそのまま送り返そうとして、チャットツールを見つめる。でも何故《なぜ》か、うまく言葉が出てこなくなって、「そうだ」とも「違う」とも言えず、書いては消し、書いては消しを繰り返し、自分でも意図の分からないサムズアップだけをつけて、誤魔化す。

＊

少し脳が重たくなったかなと感じたあたりで、そろそろかなと目を開けてみる。

画面に「貴方の脳に〝　〟に対する恐怖をインストールしました」のメッセージが表示されているのを確認し、「変な挙動なんてなかったけどな」と口に出して、〝ゲーム〟を遊び始める。

……もしもバグに変なランダム性があって、人によっては体調が崩れるとかだったらどうするべきなんだろう。ゲームを遊びながら目を瞑ってみる。瞼の裏の暗闇で、僕の記事を読んだ読者が次々と倒れていく光景が浮かんだ。僕の話を聞いてくれた人から順番にゲームを遊んで倒れていく。考えているだけで、吐き気がした。やっぱりこんなゲームの紹介記事は書くべきじゃなかったのかもしれない。考えても仕方がないことを考えているのは分かっている。でも、良くない想像を止められない。あの時もそうだった、あの時もう少しだけゲームを長く遊んでいたら、あそこまで炎上することはなかったかもしれない。デスクの上のメモを手元に引き寄せ、「このまま記事を出すのは絶対にダメだ」と強く書き込む。

粘着質な汗を右手で何度も拭い、軋む奥歯を左手で無理矢理押さえつける。顔から熱を奪うことで、少しでも何か冷静な考えをまとめようとしてみる。やっぱり、〝null〟で遊び始めた場合でも何か恐怖の記憶データが書き込まれていたのか？　でもそうだとしたら何故昨日のテストプレイの時点で僕は気付けなかったんだ？　震える両手を両側の膝に押し付け、優しい人々が暮らす優しい世界を力ずくで散歩する。どこまでいっても、網膜には今まで通りのゲームが映し出されているだけで、他には何も映りこんでいる様子がない。タチバナさんはゲームを始めてすぐ体調を崩したはずなんだから、なにかあるとしたらオープニング直後の自室で既に起きているはずなのに。全く何も見つからない。

嘔吐きが始まる。ゲームがまともに遊んでいられなくなり、道の真ん中で立ち尽くすしかなくなる。ダメだ。もうやめておこう。こんな状態で記事を出すのはやっぱり危険すぎる。ゲームのことを喋《しゃべ》って怒られるのは、もう本当に、無理なんだ。また、〝好きなゲームの話を、誰にも聞いてもらえなくなる〟。考えるだけで、震えが止まらない。もう一度ペンを握る。手の中でプラスチックがギシッと鈍い音をあげる。メモの最後の行にペン先をあてる。いつものように自分自身を俯瞰したくて、今の自分を文章で確認しようとして、結局、「このゲームが怖い」とだけメモに書き込む。瞬間、一体僕は何を書いているんだと笑いが止まらなくなり、それを誤魔化すためにまた「怖い」「怖い」「怖い」と何度も書き込む。

1時間が過ぎる。記憶データの書き込み特有の耳鳴りのような音が聞こえる。

＊

冷や汗が滲《にじ》むメモを眺める。

「怖い」「怖い」「怖い」攻略にはなんの意味もないメモが、びっしり書き込まれている。終わってみれば結局何一つ不具合も起こらなかったのに、我ながら何をこんな恐れているんだろうと首をかしげる。今こうして読み返してみても、さっきまでの自分が何を伝えたかったのかが全く分からない。記事の公開を止めた方が良いかなと思ったのは確かにそのとおりなんだけど、流石に「怖い」だけじゃ止める理由にはならないしな。もしかするとゲームライターにありがちな負のスパイラルに陥ってるのかもしれない。記事の公開前にゲームを遊ぶと、どうしても「遊び足りないんじゃないか」って不安が湧いてきて、加筆が止まらなくなるのはよくある話なんだ。

割れたベランダの窓から差し込む月の光にメモをかざしてみる。車、火、感染症、暗闇、電気、視線、紫外線、空気、高所。裏面に書かれた文字が透け、たくさんの恐怖に「怖い」「怖い」「怖い」の文字が重なって見える。……あるいはもしかすると、これって単にホラーゲームを遊んだ自分の感想なのかな？　〝null〟で遊び始めると、どこかの例外処理がデータを意図しない形で補完してしまっているとか、ありそうだもんな。あるいはもっともっと単純な話で、データを受け取ったプレイヤーの脳が〝null〟の恐怖の記憶を自ら補完しようとしているとか。例えば、そのとき丁度無意識のうちに目で見てしまっているもの、つまり〝ゲーム〟に対する恐怖の記憶が書き込まれているとか、なんかそれらしい気がする。

思い付きで考えてみたけど、割とありそうな話じゃないか。〝閉所〟に対する恐怖と似たようなケースで、ゲームを遊ぶときにゲームが存在するのって当たり前のこと過ぎて、ゲームに対する恐怖心を植え付けられたとしても、ゲームを遊んでいる自分が何を怖がっているのかすぐには分からないかもしれないもんな。さっきまでの僕がこんな大袈裟に記事を出すのを怖がっていたのも、僕がゲームライターとしての視点でこのゲームを遊んでいたからで、本当は単に〝ゲーム〟そのものが怖くなってただけかもしれない。でもそうなると、参ったな。ちょっと複雑な話になってきたぞ。今更原稿直させてくださいっていうのも迷惑かける気がするし。まあ、せめてあともう一回だけは遊んで確認しておくか。

恐怖対象に〝　〟を設定する。スタート画面に戻り、「はじめから」を選ぶ。

＊

〝ゲーム〟を遊び始める。

馬鹿が。馬鹿が。馬鹿か僕は。丸3日もゲームを遊び続けて、何を考えてたんだ。デバッガーでもゲームライターでもあるまいし、恐怖の記憶が書き込まれるなんてゲームを遊ぼうとするヤツがなんでこんなにいると思ってる？　そもそも「呪いのゲームがある」なんてウワサが立つほど、みんながこのゲームを無警戒に遊んでいること自体がおかしいんだ。もしもバグでプレイヤーの脳に〝ゲーム〟への恐怖が書き込まれることがあるなら、それはゲームを遊び終われば〝ゲーム〟に対する恐怖の一切が脳内から消されるってことでもある。そうなれば仮に誰かが「脳から恐怖心が消される」というシステムに気付けたとしても、その恐ろしさを理解することなくゲームを遊んでしまうし、他人に勧めてしまう。

まさに、今の僕だ。これから一体何が起きるかを分かっていながら、それでも「ゲームが面白いから」なんて理由で無警戒に他人に勧めようとしている。初めてのプレイでnull設定バグに引っかかりそうなプレイヤーはどの程度いる？　可能性はかなり高い。みんなオプションをポチポチ弄って「やっぱり最初はデフォルトで遊び始めるか」って遊び始めるだろう。タチバナさんもそうだった。ゲームを好き好んで遊ぼうって人に、元からゲームが怖い人なんているわけがない。null設定バグに引っかかったとしても、体調が悪くなったのかと思ってゲームを止めるだけだし、〝ゲーム〟に対する恐怖心が失われたとしても元の自分と殆ど変わらないんだから、何か変化があったとも気付かないだろう。

僕はあの記事に何を書いた？　あんな記事読んだら、みんなこのゲームには危険性がないものだと思って手に取るんじゃないのか？　そうして遊んだ人間はゲームに対する恐怖心を失い、警戒もせずにまた他の人間にゲームを勧める。そうして今は大袈裟なウワサに過ぎないものが、世界全体に広がり、いつか本物の呪いに変わるかもしれない。止めなきゃ。「面白い」を理由にして世界が世界が滅んでいいわけがない。ペンを握る。手の中でプラスチックがギシッギシッと鈍い音をあげる。「怖い」「怖い」「怖い」と書かれたメモの上にペン先を押し当てる。とにかく、なにか書かなきゃいけない。自分にこの記事を止めさせなきゃいけない。考えても考えてもうまく答えがまとまらないまま、「公開するな」とだけメモに書き込む。

1時間が過ぎる。記憶データの書き込み特有の耳鳴りのような音が聞こえる。

＊

クシャクシャになったメモを眺める。

「公開するな」と言われてもな、と、他人事のように思う。さて、どうしたもんかなと目を瞑ってみる。瞼の裏の暗闇に、卑屈な笑みを浮かべて「公開しないでくれ」と必死に頭を下げる自分の姿が思い浮かぶ。そのあまりに必死な姿を目にして、他人事かのように思わず笑いがこみ上げる。多分、これまでの僕は〝ゲーム〟を遊ぶのが怖くて怖くてたまらなかったんだろうな。ゲームライターとして学んだとか、他の仕事が忙しかったとか、タチバナさんと話すときは色々理屈をつけてはいたけれど。結局、あの炎上以来〝ゲーム〟を遊べなくなってたのに、それが素直に認められなかったんだろうな。本当、素直じゃないんだからさ。瞼の裏に浮かぶ自分を俯瞰していると、そんな当たり前の事実に今になって気付かされてしまう。

そう考えると色々腑《ふ》に落ちるんだ。これまでの僕が元々〝ゲーム〟を遊ぶことを深層心理で怖がっていたとすれば、null設定バグに引っかかっても自分の身に異変が起きていることに気付かなかったのも当たり前だ。これまでずっと、ゲームを遊んで脅えることが当たり前になってたから、ゲームを怖がってる自分自身になんの疑問も抱かなかったんだ。普通の人はゲームを遊んでも怖がりなんてしないんだから、タチバナさんみたいに嫌ならすぐ止めちゃうんだよ。でもそうなると今度は逆に、null設定バグに引っ掛かると〝ゲーム〟に対する恐怖心が失われるって事実に気づけたのも、もしかして世界で僕だけかもしれないな。楽しいゲームをあんなに怖がる人間なんて、そうそういやしないだろうから。

開発陣はこれ分かってるのかな？　まあ多分、開発陣もテストプレイのどこかで既に〝ゲーム〟に対する恐怖心は失ってそうだし、分かったうえでこのまま出してきてる可能性もあるな。いや、むしろこのバグに開発者が引っかかったからこそ、こんなゲームが世に出てきた可能性もある。そうなると、一報入れても対応してもらえるかどうか微妙そうだ。記事に加筆させてもらうにしても状況証拠しかないから書き方も難しいし、うーん、話の持っていき方が難しいな。もう一度メモを眺める。あまりの筆圧に「公開するな」と書かれた箇所が破れかかっている。まあ、一度は自分自身がここまで思いつめたことなのだからと思い、もう一回ゲームを起動してちょっと改めて考えてみるか、と思う。

恐怖対象に〝　〟を設定する。スタート画面に戻り、「はじめから」を選ぶ。

＊

〝ゲーム〟を遊び始める。

ゲームをポーズして設定を確認する。開始時点で、ゲーム内時間は昼の11時。タイムオーバーまで、実時間だと1時間。もう、まともな思考がこのゲームを遊んでいるたったの1時間しか保《たも》てなくなっている。何か今からでもできることはないか。頭の中に何の意味もなさない悲鳴だけが木霊《こだま》して、うまく考えをまとめることができない。無理矢理ペンを握ってみる。手の中でプラスチックがボキッと鈍い音をたてて、割れる。駄目だ。メモに何を書き残したところで、結局1時間後にはまた恐怖心は失われるんだ。「なんか変なこと書いてるな」と自分で自分の警告を軽んじて、それで終わり。今のうちに誰かに助けを求めるか？　駄目だ。求めたところで結局1時間後の自分自身が「気にしないで」と言うに決まってる。

恐怖のあまり、心の奥底から卑屈な笑いが湧き上がって、次第に抑えがきかなくなってくる。どうしたらいいんだと目を瞑ってみる。瞼の裏の暗闇に、嘲笑の笑みを浮かべながら、僕を見下ろす僕自身の姿が思い浮かぶ。音もなく口がパクパクと動く。何も聞こえていないはずなのに、自分自身のことだから、僕を馬鹿にするつもりで「流石に君は考えすぎだよ」と言っているんだとハッキリと分かる。恐怖に震える僕の姿を俯瞰して、その滑稽なさまを笑い飛ばすことで、自分はうまくやれると考えているのが分かる。でもその高圧的な態度に、僕はますます卑屈な笑いが抑えられなくなって。折れたペンを握ったまま、メモがゆっくりと裂けるのを止めることも出来ないまま、なにを伝えることも出来ないまま。

記憶データの書き込み特有の耳鳴りのような音が聞こえる。

＊

破れたメモを拾い集め、自分で自分に「しつこいな」と笑ってしまう。

いや本当、僕の言う通りで、流石にこれまでの僕は考えすぎな気がするんだよな。心配は分かるよ。あれだけの炎上を経験すれば、誰だって怖いに決まってる。でも、それを言ったら今の僕だって一度はゲームで恐怖を味わった身なんだから、恐怖は忘れてしまっても恐怖の経験はちゃんと骨身に染みている。ようは炎上が起こりそうなときは、「そうだ」とか「違う」とかはちゃんと説明して、批判の言葉をいいねして誤魔化すようなことしちゃダメなんだよ。今となってはそれが他人事のように分かる。恐怖は一度味わってみないと分からないし、味わってみることで相対化もできるようになる。そういうことに気付かせてくれるからこそ、やっぱりこのゲームって面白いなって改めて思わされちゃうんだよな。

恐怖対象に〝　〟を設定する。スタート画面に戻り、「はじめから」を選ぶ。

＊

〝ゲーム〟を遊び始める。

恐怖を忘れないようにしなきゃ駄目だ。この恐怖を、絶対忘れちゃだめなんだ。眉間に力を入れる。無理矢理にでもゲームを遊び、その目に恐怖を焼き付けようとする。首筋から急に身体が熱くなり、後頭部で体液が停滞するような重さを感じ始める。このゲームが出回った後の世界を想像して、出来る限り嫌な未来を想像して、とにかくゲームを遊びつづける。

耳鳴りのような音が聞こえる。

＊

君だってこのゲーム、面白かったはずだろ？　今は恐怖心を脳に植え付けられて、ゲームの面白さを疑ってしまってるだけだよ。僕は〝ゲーム〟に恐れを抱かなくなった分、昨日よりずっと、このゲームのことを世に伝えたい気持ちが大きくなってるんだ。記事を公開しないなんてありえないよ。良く書けてる。そのまま出して何の問題もないって。

＊

壊れたペンの破片で指先を引き裂く。あふれ出た血で、「〝ゲーム〟が怖い」とデスクに書く。出来る限り一つでも多くの「〝ゲーム〟が怖い」を書き残そうとして、全ての空白を埋める。デスクの一面を「怖い」の文字で埋める。何千個目かの「怖い」を書いたところで、もうそれ以上、この部屋に「怖い」と書ける場所が無くなったことに気付く。

＊

言っちゃ悪いけど君が今「〝ゲーム〟が怖い」のは、システムが見せる単なる幻だと思うよ。安心しなって。君も僕も昔から〝ゲーム〟は好きなままさ。君はあまりの恐怖で、自分自身がなにを怖がればいいのかも分からなくなってるだけだよ。僕はいっそ、このゲームを紹介して世界が滅んじゃうなら、それはそれで別に構わないかもって思ってるくらいなのに。

＊

限界まで達した恐怖が、力任せに、こめかみからジャックを引き抜かせる。
「それはお前が、自分が何を怖がっているかも知らないからだ」と、絶叫する。

＊

一瞬にして恐怖は失われ、冷静さを取り戻し、壊れたジャックの先端を拾う。
「どっちかと言うと、世界が滅ばない方が怖いんだけどな」と、苦笑いを浮かべる。

＊

ポコン。『今から、記事公開します』
編集部の個別チャットにメッセージが届く。ガラスの無くなった窓から、夜風が吹き込む。
新着記事のトップに、自分の記事が表示される。公開から1時間が経ち、知り合いのライターからポツポツといいねやシェアがつきはじめる。3時間くらい経ってようやく、昔の読者から「興味深いな」とか「ちゃんと遊んでてすげぇ」みたいな他愛もないコメントがつきはじめる。その様子を見て、僕は安心してベッドに横になる。経験上、あと5時間も経てば、知り合いの知り合いのそのまた知り合いくらいにまで記事が拡散されはじめるだろう。役目は果たした。この後は、世界中のゲーマーが判断を下してくれる番だ。うとうと眠りにつこうとしていた矢先、早速「おいおい、これって呪いのゲームって中東でウワサされてたヤツじゃないの……？」というコメントが目に飛び込んでくる。

おお、さっそくきたな。さあ、ここからどうなる。瞬きをこらえ、一分一秒のリアルタイムで読者の反応を窺う。「なんだ、思ったより結構ちゃんとした目的意識で作られてたゲームなんだな」とコメントがつく。そうなんだよ、思ったより高い志《こころざし》で作られたゲームでさ、思わず記事にするかってなっちゃった。「バズ狙いの記事かと思ったらかなりしっかり検証してるじゃん、参考になる」とコメントがつく。そうなんだよ、本当に大変だったよ今回、でもそれくらい遊べたゲームってことなんだから期待してくれよ。「手段の倫理的な良し悪しは別として、ゲームの演出における発明では？」とコメントがつく。「ギミックを読んだだけでもう面白い、日本でも売れるんじゃないのこれ？」とコメントがつく。

ほら見ろ。君の心配は杞憂《きゆう》に終わったじゃないか。読者の好意的な反応を見守り、焦げたシーツにくるまって再び目を瞑る。その途端、瞼の裏の暗闇に、「取り返しがつかなくなった」と嘆きながら、卑屈な笑みを浮かべた自分の姿が浮かびあがる。「どうするつもりだよ、これで明日にも世界が滅んじゃったりしたら、さ」瞼の裏の暗闇から、恨みがましい小言が飛んでくる。

……いや、悪いけど、やっぱり僕は割とどうでもいいかな。だってタチバナさんも言ってたじゃないか、「今はゲーム記事の価値が軽んじられる時代なのかもしれません」って。相も変わらず、みんな記事を読んだらあれこれ議論のタネにはするけど、紹介記事を読んでゲームを実際に買ってくれる人は一握りのままだ。

いっそ滅んだっていいじゃないか、世界なんて。それってつまり、僕らが紹介したゲームを、記事を読んだみんなが、ちゃんと遊んでくれたってことだ。それも世界が滅ぶほど繰り返し、ありとあらゆる恐怖を感じなくなるまで何度も何度も遊び込んでくれたってことだ。これほどゲームライター冥利《みょうり》に尽きることがあるかい？　逆に、もしもこのまま世界が滅ばないかもって想像してごらんよ。それってつまり、僕らがどれだけ頭を抱えてゲームについて語ったところで、誰も読もうともしなかったってことだ。最初から僕らが記事に何を書いたところで、世界が滅ぶ可能性なんて全く無かった。あれだけ面白いゲームを、あれだけ真剣に語っても、世界には何の影響も無かったんだってことになる。

〝好きなゲームの話を、聞いてもらえない〟

君だって知ってるだろ。それを考えているだけで、僕らはさ。こう、眉間に力が入ってくるんだ。そうすると、首筋から急に身体が熱くなってきてさ。後頭部の方で、なにか分からないけど体液が停滞するような重さを感じはじめるんだ。粘着質な汗が肌に張り付いて、気持ち悪くて。それを我慢しようと思うと、歯を食いしばって、奥歯が軋む音が、頬骨を通して耳まで直接響いてきて。本当にもう、怖くて、怖くて、怖がるのがやめられなくなってさ。

「なんだ、じゃあそれって、もうとっくに呪われてたってだけの話ってこと?」

瞼の裏の暗闇から、そう呟く自分の声が聞こえた。その顔には、卑屈な笑いも、嘲笑の笑いも浮かんでおらず、ただニコニコと優しい笑顔で僕を見下ろしていた。

本音と、建前と、あとはご自由に

——被告人。名前と、職業を。

高田玲奈《たかだれな》です。職業は、声優なのかな？　ええと、声優、です。

——それは正しい名前ですか？　通称等はありますか？

あ、あの、はい。一応、私自身ではないのですが、「稲荷《いなり》めもり」という名前で、日本やアジアを中心にVTuberをやっております。

——VTuberとはなんですか。

えー、なんて言ったらいいんだろう。皆さんにはあまり馴染《なじ》みがないかもしれませんが、日本にはアニメの絵？　にあわせて声をつける人たちがいて、芸能人のようなことをして生計を立てていまして、私もその一人、ということになります。

——……本審理において、私たちは貴方《あなた》をどう呼んだらいいんでしょうね。

ええと、高田、で良いと思います。

——何故《なぜ》ですか？

え……？

——稲荷さん、貴方は何故この裁判にかけられているのか、正しく理解していますか？

あの、ごめんなさい。本当に、今でも少し混乱していて、状況が上手《うま》く呑《の》み込めていなくて。皆さんが何をお怒りなのかは、分かっては、いるつもり、です。

——稲荷さん。貴方は反政府暴力組織が呼ぶところの「稲荷めもり」として、この国の国家転覆罪を含む複数の罪に問われ、今、この場に被告人として立たされているのですが、それは正しく理解していますね？

はい、理解して、います。

——よろしい。では、簡単な事実確認から始めましょうか。

はい、お願いします。

——貴方こと「稲荷めもり」は、2024年より YouTube にて放送を始めた VTuber である。貴方は自身の海賊放送「めもりのゲーム不満足！」をアジア諸国に拡張し、去る2025年にはこの国にも放送を拡大した。ここまでの認識はあっていますか？

ええと。アレシダは YouTube はブロックされているから分かりづらいと思うんですが、YouTube は元から世界配信の動画サイトなので、あえてアレシダに拡大しようと思った、という認識はなかったです。

——この国の視聴者に見てもらおうと思う意識はなかった、と発言していますか？

いいえ、そういうわけでは……。

——では、この国の視聴者に見てもらおうという意識はあった、で良いですね？

ええと、そうなのかな……。

——この国の視聴者に見てもらいたくなかったのですか？

そ、そういうわけではないです！

——では、貴方こと「稲荷めもり」は、2024年よりYouTubeにて放送を始めたVTuberである。貴方は自身の海賊放送「めもりのゲーム不満足！」の視聴者をアジア諸国に拡張し、去る2025年にはこの国にも放送を拡大した。認識はあっていますね？

は、はい……。

——続けます。その放送は本邦の反政府的プロパガンダを多分に含むものであり、貴方は本邦の反政府暴力組織と連帯して放送を拡大し、隠喩としての形態をとる悪辣で一考の価値もない低俗な反アレシダ情報の発信を企図した。誤りはありますか？

あ、あります！　あります、あります！　私の放送は、ホントとるにたらないゲームチャンネルで、毎日面白いゲームを皆さんに紹介するのが目的の放送で、反アレシダ政府情報を流そうというつもりは一切ありませんでした！

――なるほど。被告人は「意図してはいなかった」と、そう主張していますか？

はい、意図していないです。絶対にしていません！

――では、意図していない反アレシダ的低俗プロパガンダを貴方の海賊放送が流していた、という部分については認めていますか？

意図していない反アレシダ的プロパガンダ？……ごめんなさい、無いと思います。無いです、とにかく、反アレシダ的なプロパガンダを流したことは絶対にありません。

――それはおかしいですね。

え？

――反アレシダ的プロパガンダを意図して流してはいないという主張は、「反アレシダ的プロパガンダ」自体が何たるかを分からない者の主張であり、それがそうと分からない者が絶対に流していないなどと言い切ることは出来ないと思いますが。

ええと……。でも、本当に、流していないんです。そういう難しい話ではなくて、私の放送になにか政治的意図があったわけでは無いということが言いたくて。

――被告人、この世の中に政治的意図のない主張などありえませんよ。

あの……なんて言ったらいいか……その。

――……話す気が無いようですので、話題を変えましょうか。被告人、貴方が２０２５年11月12日に「超危険！　ドキドキサイバーパンク神ゲー『信心蒙昧《しんじんもうまい》』初見プレイ」という動画を違法配信したこと、これは認めますね？

あ、は、はい。

――この動画を配信した前後の状況を、出来る限り詳細に説明してください。

はい。ええと、信心蒙昧はちょっと前から海外で話題になっているタイトルだっていうのは聞いていました。以前から熱心に見てくれているファンの一人が、スパチャ代わりにこのゲームを贈ってくれて、他の人たちも「めもりの実況見たい」って言ってくれたので、編集手伝ってくれてる人と相談して、よし、次やろうってなりました。やってみたら結構面白くて、大手のＶも配信してなかったので、穴場だと思って、やりました。

――その、「手伝ってくれている人」とは、海賊放送の協力者ですか？

そうです。

――何者ですか？

黙秘します。

——被告人、貴方が今発言したのは「国家転覆罪について共謀者がいた」という明確な事実であり、それについての黙秘は当人をかばう意思があると見なされてもやむを得ない、という事実についてては理解していますか。

……黙秘します。

——貴方の放送の視聴者は、「めもりのゲーム不満足！」は貴方と貴方の実兄の二人で運営されていると認識されているようですが、これは間違いありませんか。

リスナーさんがそう認識しているという点については、間違いありません。

——貴方は？

……。

——被告人？

はい。

——……。

……。

——……では、貴方が配信した『信心蒙昧』という作品についてですが、このゲームがアレシダで発禁処分になっていることについては知っていましたか？

分かり、知りませんでした。

――配信冒頭、貴方は「なんかやばそ～」と発言していますが。これは本作を実況配信することにつき、一定の政治的配慮が必要だったことを示唆するものでは？

ゲームのオープニングが怖そうな感じだったので、やばそ～と言いました。

――配信の数日前、Xにて貴方は「次に実況するのはこれかも」と宣伝ポストをしていますね？

はい。

――その際に、２０２５年11月１日付の道内新聞の「反アレシダ的プロパガンダとの作品認定相次ぐ」というプロパガンダ記事を一緒にリポストしていますね？　この記事内にはアレシダ内でゲーム作品が発禁処分になったと明確な記述があり、貴方は宣伝もかねて本ポストをリポストしたと視聴者の大半は思った様ですが、それでも、貴方は信心蒙昧がアレシダで発禁処分になっていることについて知りませんでしたか？

……。

――被告人？

知り、知りませんでした。

（嘘《うそ》つくなこの猪女！）

――静粛に、傍聴席は静粛に。

……。

――では、貴方は、その後ファンの「攻めるな～」というリプライにいいねをしていますが、これはどういう意味でのいいねだったのですか？

コアなゲームを配信することについて、「攻めるな」と言っていただいたことについての、感謝の意味でのいいね、です。

――「めもりの身柄が心配……」というリプライに対するいいねも同様ですか？

同様です。ありがとめも、です。

――ありがとめも？

配信内で私がリスナーさんに感謝の意を述べる際に、リプ代わりにいいねをすることを「ありがとめも」と呼んでおり、その「ありがとめも」です。

――被告人は不要な情報を証言に付け加えることを今後控えるように。

はい。ごめんなさい。

――では、続けます。被告人、貴方は以降『信心蒙昧』をシリーズ化し、この後73回にわたり一回約1時間程度の動画を半年間配信し続けてきましたね？

はい。

――この配信は、誰の求めによるものだったのですか？

リスナーの皆さんです。

――リスナーの皆さんとは、具体的にどういった層ですか？

めもらーです。

――めもらーとは？

「めもりのゲーム不満足！」の熱心なリスナーの皆さんの総称です。Vの放送って大体そういうノリ？　があって。ウチでは、リスナーの中でも特にゲームが大好きで、めもりに面白いゲームを教えてくれる人のことを「めもらー」と呼んでいます。

――では、そのめもらーの中の人間がどういった層であったかは理解していましたか？

めもらーはめもらーなので、それ以上のことは分かりません。みんな話を振ってくるアニメが大体15年くらい古いので、大体40過ぎのオジサンじゃないかなと思っています。

――では、「めもらー」と呼ばれるこの視聴者層のかなり大きな割合を、反アレシダ的プロパガンダに親しみのあるアレシダ国民その他諸外国の反アレシダ的反動分子層が占めているという認識はありましたか?

ありません。

――第27回から、貴方は配信の概要欄にアレシダ語の説明を追加していますよね?

はい、アレシダが舞台のゲームなので、その雰囲気を合わせようと思ったからです。

――この文面の意味は、理解して書いていますか?

……いいえ、アレシダ語の格言サイトから適当にコピーしてきたので、分かりません。

――日本語で「明日のために立ち上がらなければ、その足は既に血に濡《ぬ》れているも同じだろう」ですが、その意味するところを理解していますか。

ええと、怖い言葉だなーって思います。

――一般論として、貴方達VTuberは、人気のある動画があれば視聴者の求めに応じ、より先鋭化して、より近しい情報を含む動画を配信するものでありますよね。そういう傾向にあることについて、貴方には自覚はありますか。

自覚は……あります。

――では、貴方は自身の海賊放送「めもりのゲーム不満足!」、その人気シリーズ「超危険!

ドキドキサイバーパンク神ゲー『信心蒙昧』初見プレイ」について、特定の視聴者の求めに応じて放送を行っていたことを認めますね。

……はい。そういう言い方をされるなら、そうです。

——……分かりました。では、貴方は自身の放送の視聴者が多くの反アレシダ的プロパガンダに親しみのあるアレシダ国民その他諸外国の反アレシダ的反動分子層によって占められていることに気付いていなかったが、あくまで一視聴者の求めに応じる気持ちで当該チャンネルの運営と放送を続けた、その認識で間違いありませんか？

間違いありません。

——稲荷さん。

はい。

——アレシダが一年前まで内戦状態にあったという事実は、知っていますね。

……はい。

——国内では反アレシダ的反動分子による計73団体の反乱が発生し、そのうち38団体の指導者が逮捕または処刑、残り35団体の指導者が貴方と同じ国家転覆罪に問われ、国外逃亡しています。その現状は御存じですか？

ええと、その、知りませんでした。

——では、その残り35団体の指導者の内、８割が貴方の放送を視聴しており、６割が貴方のチャンネルを登録していること。複数の団体からスパチャと称して計３７２万円が貴方の口座に振り込まれていることについて、自覚はありましたか？

自覚は、ありません、でした。

——稲荷さん。アレシダの法廷において、偽証は最大で死刑に処される重い罪だということを念頭に置いたうえで、落ち着いて、もう一度答えてみてください。貴方は、３７２万円という大金が異国から振り込まれていながら、その金の出所がどこなのかを知らずにずっと受け取り続けていたと、そう主張していますか？　無理があることは、ご自身でも分かっていますよね？

……あの。

——なんでしょう？

自覚がなかったのは、それが反政府的な団体から振り込まれていた、という事実についてで、アレシダからお金が振り込まれていたことについては、自覚、ありました。

——発言を訂正するのですね？

はい。

——内戦中の国から多額の資金を分かって受領《じゅりょう》していたことは、認めるんですね？

……。

――稲荷さん。

……はい。

――稲荷さん。一つね、知っておいてもらいたいことがあります。貴方の作為不作為に拘《かか》わらず、貴方の放送はアレシダ国内の反政府暴力組織にとって、非常に大きな意味を持っていました。貴方は放送中、何も考えずまるで気でも触れたかのように無軌道に「どひゃー」とか「げひー」とか「ウピー」とか、よく奇声をあげていましたね？

……はい、あげていますが……。

――何故ですか？

……何故？　特に、理由はないです。

――貴方は何の理由もなく、奇声を上げるのですか？

そう、ですね。

――稲荷さん。何の理由もなく、人は奇声をあげません。少なくともこの国では。

そうだと、思います。

――「我々はどのような声でも自由に上げられる」といったプロパガンダ行為として、「アレシダの言論の自由は損なわれている」などという一部敵性国家の外交挑発にあわせ、アレシダに対する不当なでっちあげのイメージを作り上げようとした、そうではありませんか？

⁉　い、いいえ、そうではありません。

――では、何故貴方は奇声を上げていたのですか？

ええと、ええ、その。面白いから、そうした方が面白いと思ったからです。

（面白いわけねーだろ！）

――稲荷さん。例えばの話ですが、今から私がここで「どひゃー」とか「げひー」とか「ウピー」とか奇声をあげると、貴方は笑いますか？

聞いてみないことには分かりませんが、多分、笑わないんじゃないかと……。

――ウピー。

……。

――何故笑わなかったのですか？　面白くなかったですか？

その、今が、裁判中だからです。

——貴方は貴方自身の奇声について、面白いと思ったことはあるのですか？

自分自身の奇声が面白いと思ったことはありません。でも、ゲーム配信って山場で何かわーって声を上げるのがお決まりで、そうすると面白い？　というか盛り上がるので、みんなそうしているので、私もそうしてました。切り抜き作ってもらえるので。他の人のショートは私も好きで見ます。

——つまり、やはり貴方は視聴者からの求めに応じてそうしていただけだと、奇声についてもあくまでそれを求められたからやっていたのだと、そういう認識なのですね？

……はい。

（いい加減にしろ国家反動分子が！　死ね！　死んで償え！）

——稲荷さん。改めて言う事ではないのかもしれませんが、本法廷は、先のアレシダ内戦において貴方が与えた影響がどれほどのものなのか、それがどれほど罪深いことなのか、そしてそれが貴方の中でどういった認識で行われたものなのか、それを明らかにするために開かれています。

……それは、理解していますね。

はい。理解しています。

——7万人です。

7万人？　チャンネル登録者数ですか？

——先の内戦により被災した国内難民の数です。

……失礼しました。

——貴方は、『信心蒙昧』を最後まで遊びましたか？

はい。

——では、あのゲームについて、どのように思いましたか。

凄《すご》く面白いゲームでした。

——……どのようにですか？

ええと、まず、ストーリーが面白かったです。世の中の不条理？　みたいなものを描いているんだなーって感じで、最初の内は何回遊んでもすぐに逮捕されてゲームオーバーになっちゃうんです。でも、人を黙らすとか、裏切るとか、そういうあんまり選びたくない選択肢をちょっとずつちょっとずつ選ぶことで、少しずつ長く生き延びることが出来るようになるんです。なんか、そういう究極の選択？　みたいなのとゲームバランスがうまく嚙《か》み合ってるなーって思って。

——他には？

キャラクターも一見なんか油絵みたいでとっつきにくいなーって思ってたんですけど、よく見るとみんなオジサンに味があって好きだなーってなりました。一番好きなのは友人のアリテラで、これは途中まで一緒に戦ってくれるんですけど、敵につかまって死んじゃうんですね。それが凄いかっこよくて、配信内でも人気で、アリおじアリおじって呼ばれてイラストとかも描かれました。キャラゲーとしての素質もあって、推せるなーって思ってました。

——それで、結論としては、面白かったと？

はい。考えさせられるなーって思いました。

——考えさせられるな、とは？

考えたってことです、いろいろ。良いゲームって考えさせられるんで。

——何を考えたのですか？

え……？　それは、いろいろです。

——では、貴方が考えたという「いろいろ」の中には、『信心蒙昧』が反アレシダ的プロパガンダを多分に含む不当な非難・アレシダ非難に加担するものである、という認識はありましたか？

ええと、ありません、でした。本当に単純に良いゲームだと思って。

（いい加減にしろ！　お前！　何人死んだと思ってやがる！）

——貴方はアリテラに実在のモデルがいるという事実を知っていますか？

……いいえ。初めて知りました。

――ストーリー中、アリテラが政府の薬物貯蔵庫を爆破しても、ですか？

はい。

――アリテラが政府の薬物貯蔵庫を爆破しても、ですか？

はい。ゲーム中の一ステージ、という、認識でした。

（この悪魔！　アタシがね、この手でアンタを絞め殺してやる！）

――静粛に！　傍聴席は静粛に！

……。

――貴方は動画内で、「独裁者どもはめもりが丸焼きにしてやるわい！」「独裁国家って、怖いね」「こんなことってあるんだってびっくりする」等々の発言をしていたと報告書には記載されていますが、間違いありませんか。

覚えがありません。

――では、それぞれ、過去の貴方はどういう意味で発言していたものだと思いますか。「独裁者どもはめもりが丸焼きにしてやるわい！」は？

ゲーム中に炎系の武器があった時には、必ず敵を炎系の武器で倒すのが動画のお決まりになっているので、その決意表明で、他意は無いと思います。

――「独裁国家って、怖いね」は？

ゲームが難しくて、ゲームの中で国軍警察に何度もやられたので、あくまでゲーム中の架空国家に対しての、その、怒りです。だと思います。クソーっていう。

――……「こんなことってあるんだってびっくりする」は？

多分、よく分からないギミックでやられた時にそう思ったんだと思います。

――アリテラの処刑シーンを見た時の貴方の台詞《せりふ》ですが。

……途中まで仲間だったキャラが死んだので、珍しいなと思ったんだと思います。

――途中まで仲間だったキャラが脱退するゲームは珍しくないと思いますが。

……。

――被告人？

……私は。

――はい。

……私は、珍しいと思いましたので。

（ふざけんな！）

――稲荷さん。貴方は実在のアリテラ一味の残党から、複数回にわたってスパチャという形で資金提供を受けていますよね。

さっきも言いましたが、分かりません。

――では、信心蒙昧の開発スタジオである信臣から、スパチャという形で資金提供を受けていたことに覚えはありますか？

それは、あります。

――信臣が、反アレシダ的反動分子による計73団体の内、アレシダ解放戦線、アレシダ連帯、アレシダ・ウィークネス・アンド・リビルドの過激派3団体によって作られたプロパガンダ制作スタジオだという認識は？　これらのスタジオの主要な開発者全員が、国外逃亡の後アレシダ国籍を剝奪されていることは当然知っていますよね？

分かりません。

――貴方、ねぇ……。分からない、分からないって。

……本当に、分からないので。

――貴方の顔、その、「稲荷めもり」の顔。

はい。

――それはこのアレシダでは、反政府活動のシンボルになっています。らしい、ということは、聞きました。

――反政府暴力組織の反動分子は、「自由」と書く代わりに、貴方の顔を破壊した政府施設に描きます。一部の反アレシダ的プロパガンダに親しみのある穏健派団体もまた、「自由」と書く代わりに、貴方の顔の描かれた旗を振って無許可のデモに及び、公共施設の占拠やサボタージュに及んでいます。

はい。

――貴方は、その事実について、よく理解していましたよね？どういう使われ方をしていたかまでは分かりませんが、アレシダで人気になっている、ということについては知っていました。

――貴方には肖像権があります。自分の顔のイラストが勝手に第三者に利用されているのであれば、貴方にはそれを止める権利がある。しかし、貴方はそれが異国で濫用されていることを知っていながら、放置していました。それは何故ですか？

……。ファンアートだと、思ったからです。

――ファンアート？

はい。

――貴方は、テロリストが自身の旗に自分の顔を描いていたのを熱心なファンの活動の一環と認識していたと、そう主張しているのですか？

はい。ファンは、Vのファンアートを描いてくれるものなので。

――貴方が反政府ハンガーストライキの指導者と肩を組んでいるイラストが、ですか？

勝手にコラボ絵を描かれることは、よくあることなので。

――タイヤが燃やされている路上で、破壊された軍用装甲車にスプレーで吹き付けられた貴方の顔が、「独裁者どもはめもりが丸焼きにしてやるわい！」と叫んでいるイラストが、ですか？

車に勝手に顔を描かれることは、正直、よくあるので。一応、車屋さんにペイントお願いする前に事前に報告してほしいとは皆さんには言ってますけど。それで事故とか起こされても、困っちゃうので。

――貴方のチャンネルのヘッダーに使用されているイラストは、いかなる人物によって描かれたものか、貴方は分かっていますか？

昔から配信を見てくださってためもらーの「めも狂おばおば」さんが、チャンネル登録者数5万人のお祝いに送ってくださったものです。

——その、「めも狂おばおば」なる人物が、米国で反アレシダ政府活動を続ける亡命アレシダ人団体の洗脳組織「全米アレシダ・アクション」の指導者メルパ・サモイで、このメルパ・サモイがアレシダにおいて反乱及び煽動《せんどう》の罪で起訴されていることは分かっていますか？

ごめんなさい、知りません。「視聴者さんのプライベートをあまり詮索しないようにしなさい」ってずっと言われていたので。

——それは、誰から？

「編集を手伝ってくれている人」です。

——お兄様ですか？

黙秘します。

（てめぇさっきから重要なことは何一つ答えねぇじゃねぇか人殺し！）

——……。

……。

――……ありがとうございました。概《おおむ》ね、確認したいことは伺えました。

はい。ありがとうございます。

――稲荷さん。

はい。

――貴方はあくまで、自分が面白いゲームを紹介したかった、それだけ。それにより結果的に、アレシダ国内の憎悪が煽《あお》られ、政府施設の破壊が煽動され、内乱が招かれ、反アレシダ的プロパガンダに塗《まみ》れたフェイクニュースが拡散され、コメント欄が暴力的反政府分子の情報拠点として利用され、自身の顔が反政府活動のシンボルとして利用されていても、その名のもとにどれだけの被害が出ようとも、まったく知らなかった。自身の活動になんら政治的故意はなく、それはあくまでたまたま自らの与り知《あずか》らぬ場所で起きたことだったと、そう主張されるのですね？

……はい。

（人でなし！　人でなし！　人でなし！）

――……分かりました。

はい。

――……これは裁判官としてではなく、あくまで一個人として、アレシダ国民としての意見ですが。作為不作為に拘わらず、結果として、貴方が一部先進国による現アレシダ政府へのデマとも言えるバッシング、人倫に悖《もと》るだの、法治国家ではないだのといった、そうした煽動に加担してしまったことについて、深く反省の意を示してもらいたかったという気持ちがあるのですが。貴方は、そうした事実をどう考えていますか。

……。

——稲荷さん？

私がご迷惑をおかけした方々については、申し訳ないと、思っています。

——ご迷惑をおかけした方というのは？

ご迷惑をおかけした方、です。

——それは、誰に対するお詫《わ》びなのですか。アレシダ国民ですか？

広い意味での、アレシダ国民の皆さんです。

——広い意味での、ですか。

はい。

（てめぇ！！　俺がこの手で絞め殺してやる！！！！）

――静粛に！　傍聴席！　次、声を上げたら退廷させますよ！

……。

――貴方の意志は、よく、分かりました。

ありがとうございます。

――稲荷さん。貴方は反政府暴力組織が呼ぶところの「稲荷めもり」として、この国の国家転覆罪を含む複数の罪に問われ、今、この場に被告人として立たされています。もしも貴方が国家転覆罪について故意ではなかったと、私はこの罪については完全に無罪であると主張する場合、貴方は別の罪で裁かれることになります。

はい。

――先ほども説明した通り、信心蒙昧の開発スタジオである信臣は過激派3団体によって作られたプロパガンダ制作スタジオであり、これらのスタジオの主要な開発者全員が、国外逃亡の後アレシダ国籍を剥奪されています。現在、信心蒙昧の著作権は、アレシダ国内の作品保護法に基づき、権利者逸失状態にあるとして、その全ての権利が現アレシダ政府の所管になっています。ここまでは、分かりますね？

……はい。

――貴方は信心蒙昧を最初から最後まで全編通して動画サイトにて配信していますので、現アレシダ政府は当然に貴方に対してその無断使用に対する罪を問うことが出来ます。作品保護法における算定基準において、計73×1時間の無断利用。そのそれぞれにつき25万再生。貴方の罪は相当に重く、10年以下の禁固刑に処されます。

……。

——一方で、稲荷さん。国家転覆罪はその適用範囲の広さから、1年の懲役から死刑まで量刑が幅広くとられています。貴方の場合、こうして国家転覆罪に問われる身でありながら、アレシダと犯人引き渡し条約を結ぶ第三国に旅行して身柄を確保されているわけですから、その考えの甘さが幸か不幸か、国家転覆罪の故意についても一定の情状酌量の余地があると思っています。作品保護法違反についても、あくまで国家転覆罪という大枠の罪の一部と扱われるでしょう。

……。

——貴方はあくまで、面白いゲームを紹介したかった、それだけ。それにより結果的に、アレシダ国内の憎悪が煽られ、政府施設の破壊が煽動され、内乱が招かれ、反アレシダ的プロパガンダに塗れたフェイクニュースが拡散され、コメント欄が暴力的反政府分子の情報拠点として利用され、自身の顔が反政府活動のシンボルとして利用されていても、その名のもとにどれだけの被害が出ようとも、まったく知らなかった。自身の活動になんら政治的故意はなく、それはあくまでたまたま自らの与り知らぬ場所で起きたことだった。故意に破ったのはアレシダの作品保護法のみであり、罰せられてもやむなし。その主張に、間違いはありませんか？

……。

——被告人？

……。

——……。

……私は。

——はい。

……私は、本当に、面白いゲームを紹介しただけです。

——……なるほど。

信じてもらえないかもしれませんが、私は、本当に、心の底から、面白いゲームを紹介したかった、それだけです。アレシダ国内の憎悪が煽られ、政府施設の破壊が煽動され、内乱が招かれ、反アレシダ的プロパガンダに塗れたフェイクニュースが拡散され、コメント欄が暴力的反政府分子の情報拠点として利用され、自身の顔が反政府活動のシンボルとして利用されていても、その名のもとにどれだけの被害が出ようとも、私の活動には政治的意図は無く、それはあくまでたまたま自らの与り知らぬ場所で起きたことでした。故意に破ったのはアレシダの作品保護法のみであり、その点では、罰せられても仕方がないと、思います。その主張で、間違いありません。

（ふざけるな！！　ふざけるな！！　ふざけるな！！！）

――……。

……。

――貴方は、本当に、反省していますか。

反省、しています。

――それは何について、誰に対してですか。

……ゲームです。

――ゲーム？

配信で人気が出たから嬉《うれ》しくなっちゃって、エンディングまでぜーんぶ流してしまったので、信心蒙昧はストーリーが重要なゲームだし、私が全部配信したら売れなくなっちゃう可能性もあったので。そこはやっぱり、一配信者としてゲームを作ってくれた人たちに、ごめんなさいと思っています。著作権者であるアレシダ政府の皆さんにも、本当に、ごめんなさい。

――分かりました。

……はい、ありがとうございます。

――最後に、被告人から何か本法廷について発言はありますか。

これは、何を言っても良いんですか。

——どうぞ、ご自由に。貴方の「妄想」と違って、アレシダには全ての人に発言の権利があり、それは当然貴方にも、「まだ」、認められているものですので。

分かりました。えーと。ゴホッ、ンッ、ンッ。

——……どうしましたか？

ごめんなさい、ちょっと、喉の調子を整えなくちゃいけなくて。あーあーあー、こんにちはこんにちは、おつかれめもめも。めもめもめも。はい、大丈夫です。

——では、どうぞ。

私の言いたいことは、全て、私の動画内で語っています。皆さんには、とにかく、それを見て真実を判断してほしい。ゲーム大好きおじおばに送るコアゲーマー御用達《ごようたし》チャンネル「めもりのゲーム不満足！」、毎晩19時から絶賛配信中。初見の方は、アレシダの国民の方も、そうでない方も、大人気シリーズ「超危険！　ドキドキサイバーパンク神ゲー『信心蒙昧』初見プレイ」から見るのをオススメします。次にプレイするゲームのリクも絶賛募集中です。それでは、また。再びめもめも。チャンネル登録よろしくお願いします。

〝世界中の人がもっともっと私の配信を見てくれたら、次の配信も、多分、そんなに先のことじゃなくなると思うので〟……あくまで、配信者の一般論ですけど、ね。

〝たかが〟とはなんだ〝たかが〟とは

【陰謀】

対象が回転後に特定の地形と重なる場合、地形の左右両側に空間が存在する際に、右側に優先して移動する法則、またはそのシステムのこと。

＊

一九八九年九月十日、ハンガリー人民共和国、国境の町ショプロン。

八月に行われた汎《はん》ヨーロッパ・ピクニック（ショプロンで行われた政治集会。亡命を求める東ドイツ市民らが参加し、多くの者が越境を果たした）の余波により、オーストリアとの国境沿いにある町には、東側諸国から多くの亡命希望者が押し寄せていた。大半の者は着の身着のまま国を逃げ出した者達……主に東ドイツ出身者であったが、中にはそんな群衆に紛《まぎ》れ、西側への〝手土産《てみやげ》〟を持って亡命を試みた者達もいる。暑さの残るハンガリーにはおよそ不似合いなロングコートに身を包み、行き場のない亡命者にはおよそ不釣り合いなトランクを胸に抱えた男。かつてのソビエト社会主義共和国連邦科学アカデミーの主任研究員、グリゴリー・キーロフもその内の一人だ。

コンピューター技術者としてモスクワで盗聴用音声認識ソフトウェアの開発に従事していたが、数週間前に脱走しハンガリーまで逃亡。技術者としては非常に気難しく、高いプライドが邪魔をして他人を素直に認めることが出来ないばかりか、たまに認めたかと思えば今度は自身が認めたことが屈辱的だと不貞腐《ふてくさ》れるような支離滅裂な男だった。それに輪をかけて教養を鼻にかける悪癖もあり、「あいつはもっとバッハを聞くべきだ」だの、「あいつはチャイコフスキーを理解すべきだ」だの、口を開けば自身の趣味の良さをひけらかしてばかりいたので、ご想像の通り、同僚達からも煙たがられ、長らく不遇をかこっていたのだ。

「我々は貴方《あなた》の才能を買いたいのです」。亡命の打診があったのは三か月前。栄誉ある有翼宇宙往還機ブランが、パリの航空ショウで見世物にさせられていた頃のことだった。まったく西側の流儀とは恐ろしいもので、彼らは目にするもの全てに値札をつけなければ気が済まない。無策なグラスノスチの結果によって、いまやソビエトの科学技術の結晶と言える産物までも、手垢《てあか》に塗《まみ》れたドル紙幣の値札がつけられる時代は訪れた。人にも、土地にも、権利にも。祖国の全てに値札がつけられるのも最早《もはや》時間の問題だろう。その時、私という人間に、彼らは一体いくらの値札をつけるつもりなのか。

どれだけ尊大な態度をとろうとも、グリゴリー・キーロフは所詮《しょせん》、世間知らずの技術者だった。「今が売り時」という使い古しのセールストークに騙《だま》されてしまうのも無理はないのだ。結果として、彼の身分は西側により最大限に安く買い叩《たた》かれた。連中の指示するがままにスパイとして働かされ、祖国の財産とも言えるソースコードや研究資料を複製させられ、それらを分厚いコートの内側に隠して異国の地まで逃げることを余儀なくされた。「突然の失踪」。一連の逃亡劇は今後、当局によって建前上はそう説明されることとなるだろう。いまやトランクの中の書類の束だけが、彼の唯一の財産となった。

キーロフ自身は自らのことを「高い知性を持つ悲観主義者」だと捉えていたようだが、現代資本主義にすっかり毒された我々からすれば一目瞭然の通り、彼は「浅い考えを持つ楽観主義者」そのものだった。遠い異国の地を踏んでなお、心のどこか奥底で「もしや連中は資料ではなく私の持つ学識に値札をつけたのではないか？」と期待していたのだから笑えない。しかし残念ながら、彼に声をかけた西側の諜報《ちようほう》組織は、キーロフのことを数ある運び屋の内の一人としか認識していなかった。実際のところ、はるばるロシアから危険を承知で特産品を籠《かご》に詰めて売りに来るのだから、その認識に間違いはない。知らぬは本人のみ、だ。

ようするに。物語の登場人物として紹介する場合、彼自身の高いプライドと甘い現実認識を除けば、グリゴリー・キーロフはロシアから来た一人の行商人だった、ということになる。

＊

Ой полным полна моя коробушка, Есть и ситец, и парча.
おお、僕の荷籠はいっぱいだ　更紗《サラサ》もあれば、錦《にしき》だってある
Пожалей, душа-зазнобушка, Молодецкого плеча
愛《いと》しい人よ、憐《あわ》れんでください　この若者の肩を、憐れんでください

＊

「〝もしも行く当てがないようでしたら、是非うちにいらっしゃいませんか、ねぇ〟」
「〝ありがとう、では西までうかがうよ〟」
「〝もしも行く当てがないようでしたら、是非うちにいらっしゃいませんか、ねぇ〟」
「〝ありがとう、では西までうかがうよ〟」

「〝もしも行く当てがないようでしたら、是非うちにいらっしゃいませんか、ねぇ〟」
「〝ありがとう、では西までうかがうよ〟」

　繰り返し、繰り返し、しわくちゃのメモに書き込まれた合言葉を復唱する。

　待ち合わせ場所は市街外れにある火の見塔の裏。中世さながらの迷宮のような街並みを誇るショプロンにおいて、唯一市街のどこからでも見つけることの出来る高層建築物。待ち合わせ時間は……、当初の予定では深夜三時と決まっていたはずだが、予定していたよりも三十分ほど早く、薄暗い石畳の上をヘッドライトの灯《あか》りが近づいてくる。十数年落ちのトラバント（東ドイツで生産されていた小型乗用車。東側の周辺諸国にも広く普及していた）。迎えの車は傷だらけで、お世辞にも快適そうには見えなかった。よもやこのような部分まで安く買い叩かれるとは。キーロフは「これも西側の流儀か」と唇を噛《か》んだが、そのような安値で自らを売ったのは自己責任というものだ。

　ガタガタと音を立てながら、車のドアがゆっくりと開く。薄明かりでハッキリとは見えなかったが、黒目がちな男が一人、運転席から僅《わず》かに顔を覗《のぞ》かせているように見えた。「〝き、君は誰だね？〟」キーロフの呼びかけに対し、車からはボソボソと声が返ってくる。「……ああ、〝私は湖向こうで宿をやっている者でしてね、旦那、行く当てがないんだったら、どうせならうちまで来ませんか〟」聞かされていたよりは随分ぶっきらぼうな言い回しだが、聞かされていた通りの支離滅裂な返答。通常ではありえない会話だ。ショプロンは確かに湖に面した街だが、湖の向こうはオーストリア側の領土なのだから。

「〝じゃ、じゃあ、西までうかがうよ〟」

　練習の甲斐《かい》なく舌はうまく回らなかったが、たどたどしくも〝合言葉〟の取り交わしを済ませると、キーロフは後部座席へと乗り込んだ。

「御無事で何よりです、キーロフ博士」男はこちらを一瞥《いちべつ》することもなく、どこかへと車を走らせ始める。「……おっと、失礼。〝長旅で疲れてるでしょう、まだしばらくかかりますし、ちょっと休まれてはいかがですか〟、でしたかね?」「〝合言葉〟は十分だよ、それより先に、素性を名乗ってもらえないかね」「重ねて失礼、私はCIAのロバート・クロウリーです、そちらで言うところのKGBですよ、もちろん偽名ですからご安心を」「ありがとうクロウリー、君が冗談でもKGBの人間ですと名乗らないでくれて安心したよ、これで久しぶりに安眠出来る、もしも私を暗殺する気なら睡眠中に毒を盛ってくれればかまわん」

「ハハハ、冗談がお上手な人だ」狭い車内に乾いた笑い声が響き渡る。「ご心配なく、邪魔な人間を毒で口封じするのは東側の流儀です、私達西側の諜報員はそういった粗暴なやり方は好みません。ただ、私達にも私達の流儀がありましてね」まばらな対向車とすれ違う度、フロント・ウインドウに男の顔が映りこむ。それもまた西側の流儀なのかどうかは分からない。しかし冗談めかして喋《しゃべ》る男の顔には、笑顔は一切浮かんではいなかった。「君は今、早々に取引の話をしているのかね」「おっしゃる通りです、西側では、諜報員も拝金主義でなければ生き残れないもので」「……遺伝子工学の研究資料はどちらに?」「ここだよ」トランクを胸元に強く抱えると、キーロフはウインドウ越しに男を睨《にら》みつけて言った。「結構。こちらからもお渡しするものがあります、その際に交換という形にしましょう」「亡命の手筈《てはず》はどうなっている」「それもその際に」「断る、今の内に教えてもらいたい」「ハハハ、全く用心深い人だ」再び、狭い車内に乾いた笑い声が響く。男は歪《いびつ》に増設されたカーオーディオのボタンを弄《いじ》ると、自身の笑い声をかき消すように車内に音楽を流し始めた。よりにもよって祖国を思い出させる曲、馬鹿に陽気で聞くに堪《た》えないコロブチカのメロディを。

＊

Выйду, выйду в рожь высокую, Там до ночки погожу,
僕は行きます、背の高いライ麦畑へ　そこで夜まで待っています
Как завижу черноокую, Все товары разложу.
黒い目のお嬢さん、貴方がやってきたら全ての品物を広げましょう

＊

耳障りなエンジン音をかき消すほどの音量で、コロブチカのメロディが車内に流れだす。

「ロシアの商売人の歌を流すとは、私に対する皮肉のつもりかね」と、キーロフ。

「いやだな、念の為ですよ、外に声が漏れると困る」と、諜報員の男。

ハンドルを握る指が忙《せわ》しなく動く。思いつめた表情の亡命者を背に、諜報員の男はあろうことか、指で小気味良くリズムをとっている。その顔こそピクリとも笑ってはいなかったが、キーロフの目には、男の顔がどこかコロブチカのメロディに紅潮しているようにも見えた。「今日の正午、ハンガリーのネーメト内閣はオーストリア沿いの国境を全面開放する閣議決定をすることになっています、事前情報では開始時刻は明日午前零時、東ドイツとの査証免除協定の一方的な破棄ということになりますから、ここから数日間はハンガリーの国境管理官の目も格段に緩くなるでしょうね」と、手順を説明する素振りも、いやに軽々しい。

「ホーネッカー（東ドイツ最高指導者）は療養中です。ハンガリー政府の見立てでは、建国記念式典が終わるまで対抗措置をとることもないでしょう。我々の見立ても同じです。貴方にはこれから、東ド

イツの貧しいロシア系技術者という偽りの素性を名乗って、他の亡命者に紛れて国境を抜けてもらう。貴方の身柄をハンガリーで受け入れる訳にはいきません。ここにはここの流儀がある。あくまで〝他の亡命者に紛れて行方《ゆくえ》が分からなくなった〟というテイで、ご自身の脚で国境を抜けてもらった後、ザンクト・マルガレーテン（ショプロンと国境を挟んで向かい合うオーストリアの町）でアメリカへの亡命の手続きを開始する。繊細な作戦はパズルのようなもので……、タイミングが重要ですから」

「……ハンガリーの検問は抜けられる算段がついているのか？」「ハハハ。それが聞いてくださいよ。なんでも、つい最近あったピクニック事件じゃ国境警備隊の連中、東ドイツの亡命者を見て見ぬふりしていたそうですよ。オーストリアからの入国者の審査にかまけて、忙しすぎて対応できなかったフリをしていたそうです。東ドイツとの外交関係に配慮したネーメトの苦肉の建前ってやつでしょう。……笑っちゃうでしょう？」「笑えるものか、これからその建前で殺される可能性もあるというのに」コロブチカのメロディに負けず劣らず、馬鹿に陽気で。その軽薄な態度に、キーロフは機嫌をあからさまに悪くした。

「……ハハハ、それは失礼。で、他にご質問は、同志キーロフ？」

バックミラー越しに男と目が合う。機嫌の悪さを悟られぬよう、窓の外に目を逸《そ》らす。

「正直なところ、話を聞けば聞くほど、疑わしく思えてくるね」「西側の流儀は信用出来ないですか？」「違う、むしろ西側の流儀に敬意を払っているからこそ疑念が湧く」「と、仰《おっしゃ》ると」気配を悟られぬようトランクを開け、中にある書類の手触りを確かめてみる。粗悪な紙のざらつきは、やはり、何度触っても安っぽさを感じずにはいられないものだ。「……性格上、あまり他人の仕事を手放しで褒《ほ》めることはしたくないんだがね。悔しいかな、遺伝子工学は確かに優れたプログラムだ。驚異的で、革新的、ときに破滅的ですらある。まぁ、現段階での技術力に不満が無いわけではないが、これを西側が欲しがるのも頷《うなず》ける話だ」

「しかしながら、だ。それでもなお、いや、だからこそより一層。この手の情報の取引に、亡命の値札が馴染《なじ》むとは思えないのだよ、私にはね」

＊

Цены сам платил немалые, Не торгуйся, не скупись,
僕だってかなりの額を払ったんです　値切らないで、けちけちしないで
Подставляй-ка губки алые, Ближе к молодцу садись.
真っ赤な唇をこちらに寄せて、この素敵な若者の隣に座ってくれませんか

＊

　コロブチカの歌詞が、三番に至るか至らないかのところだった。大きな音を立てて、車体が、少しだけ宙に浮いた。急ブレーキからの急旋回。傷だらけの車体はギシギシと軋《きし》み、車線は直角を描くようにスピン、狭い路地に入ったところで停車した。「なんのつもりかね」壁までの距離はおそらく数センチメートル。建物の間にピタリと入り込んだ車体の両側には、ドアを開けて顔を出すほどのスペースも存在していない。「なんだ、突然」「……念の為ですよ、外に声が漏れると困ると言ったでしょう」コロブチカの陽気な音楽が流れる中、バックミラーには確かに、後方から近づいてきた車のヘッドライトが反射していた。

　車が通り去ったのを確認して、男が軽いため息をつく。「博士はご存じ無いんです、我々がこれまで、どれほどの犠牲を払ってきたか」男の声色《こわいろ》からは、いつしか冗談めかした調子が消えて

いた。「ＣＩＡはつい最近まで、遺伝子工学という計画の存在すら把握していませんでした。人工知能の研究者達が集められ、ＫＧＢの盗聴用音声認識ソフトウェアの開発に従事させられていると、〝表〟の情報に踊らされていた。カバー・ストーリーを騙《かた》るのは西も東も変わりません。表の計画と同時並行で研究者達が従事し、正式な開発資料さえ作成されず開発が進められた〝裏〟の情報……、遺伝子工学の研究情報を隠すためならね」

「何を大袈裟《おおげさ》な……」ブレーキの衝撃で散らばった書類を集めながら、キーロフは吐き捨てるようにして呟《つぶや》く。「こんなものが秘密計画であってたまるか。これは無作法な研究者達が余暇時間を使って個人で勝手に開発を進めていたプロジェクトだ。秘密裏も何も、そもそもドラドニーツィンの上層部は最初から報告すら受けていなかった、そんなものに正式な開発資料など用意されているはずがないだろう」「それは表向きの話というものでしょう、キーロフ博士。書面に残らぬ資金や時間を用いて開発が進められる計画、西側の流儀では、これに類する計画を、総じて秘密計画と呼ぶものなのです」

「私はそういう話をしているわけではない！」

コロブチカのメロディを遮《さえぎ》るようにして、キーロフが僅かに語気を荒らげる。

「……遺伝子工学は児童の知能開発を建前に計画されたプログラムだ。まぁ少なからず、未成年の認知能力に影響を与えはするだろう。しかし私はこの手の技術が国家運営にまで寄与するとは思わないし、遺伝子工学の革新性はそのような部分にあるわけでもない。ましてそれを西側の研究者達が信じているとも思えない。どれだけ物事を楽観的に捉えてみても、君達の企《たくら》みには何か裏があるとしか思えないのだよ、クロウリー」「……ハハハ、考え過ぎでしょう」「考え過ぎなものか、しかし」「しかし？」「こうして実際に亡命の手引きを受けている以上は、こいつにはそれだけの価値があるのかと疑わざるを得なくなる」

「これは、〝たかが〟……」と、行商人が自らの籠の中身をこき下ろそうとする。

「〝たかが〟はないでしょう、博士」と、おかしなことに、客の男がそれを制止する。

＊

Вот уж пала ночь туманная, Ждёт удалый молодец . . .
霧深い夜はやってくる　優しい若者は待っている……
Чу, идёт! – пришла желанная, Продаёт товар купец.
ああ！　彼女がやってきた　待ち人がやってきた、行商人は商品を売っている

＊

「ではこちらから、二、三質問しても？」と、軽々しく、クロウリー。

「勝手にしたまえよ、どうせ拒否権などないのだから」と、不機嫌に、キーロフ。

引き返すことも出来ない狭い裏路地を、車はゆっくりと奥に進んでいく。まるでそれ専用に誂《あつら》えたパズルのピースが、するりと奥まで嵌《は》まるかのように。「貴方のいたドラドニーツィン・コンピューターセンターは一昨年、科学アカデミーから生産性の低下を指摘されていますが、あれはどういった理由によるものだったのですか」「理由は多岐にわたる、一言では説明できないが、端的に言えば人員の不足によるものだ」「何故《なぜ》人員が不足したのです」「表向きには、研究員の体調不良だ」「体調不良、成程《なるほど》、それで、裏向きの理由は？」「……一部の研究員によるサボタージュだ」「それは結構、こちらの調べ通りです」

「遺伝子工学にはそれだけの力があるということですよ」男の声色からは冗談めかした調子が完全に消え去っている。そうだと言うにも拘《かか》わらず、だ。バックミラー越しに映る男の顔には、いつしか笑みが浮かぶようになっていた。「力だと？」キーロフの声が上ずるのに対し、男の顔は益々《ますます》赤く染まっていく。「KGBの洗脳技術は、常に西側諸国のそれを一歩も二歩も上回ってきましたから」「……君は、遺伝子工学が人民の人格破壊かなにかの為に作られたと、そう考えているのか？」「いかなる政府も、従順な国民を育成することに莫大《ばくだい》な予算を投じるものです」「苦労しました」と、クロウリー。コロブチカの軽快なメロディに合わせ、次第に、男の身体は激しく左右に揺れ動くようになった。「『KGB本部の隣の研究所』、あそこに人間を送り込むのに何人が拘束されたことか」「……あそこにあるのは玩具店《がんぐてん》だ」「そうでしょうね、玩具店で兵器が造られることもある」男の身体が揺れ動くのに合わせ、車体が左右の壁にぶつかりガリガリと削られる音が響く。「『モスクワ医療センターで行われた遺伝子工学の被験者テストの結果』、ご存じですか？」「そのようなテストは存在しない」「そうでしょうそうでしょう、我々が潜入した時には既に全てのディスクが破壊されていましたから」

これは西側の流儀ではない。ましてや正常な諜報員の言動であるわけがない。「冷戦は間もなく終わります」馬鹿げた陰謀論。資本主義的堕落とは全く別の、この男の認知の歪《ゆが》みに基づく個人的憎悪。「核の時代は終わりを迎えるでしょう、では、次は？」どれだけ尊大な態度をとろうとも、グリゴリー・キーロフは所詮、世間知らずの技術者である。気付いた時には既に、逃げ場もない車内でうずくまるのが精一杯だった。「我々も一枚岩ではありません、中には人工知能が次の時代を決めると考える者もいるし、そして私達のように、国民の思想統制こそが次の時代を決めると考える派閥もある」

「……くだらない。君は遺伝子工学で人間を洗脳出来ると本気で思っているのか？」せめてもの強がりを言い終えるや否や、狭い車内に再び乾いた笑い声が響く。「ハハハ、まったく東側の流儀は恐ろしい。これもグラスノスチのおかげです。遺伝子工学の影響は既に西側諸国にも及んでいるんです。ご存じありませんか？『生産性の低下』『教育崩壊』『人間性の喪失』……。〝たかが〟遺伝子の組み合わせごときで目も当てられないほどの被害が出始めている。困るんです。『ソ連の生んだ人格破壊プログラム』なんて、これ以上、世に出回ってもらってはね」とクロウリーは続ける。むしろ、そんな世界を期待しているかのような、いやに無邪気な声色を帯びて。

*

Катя бережно торгуется, Всё боится передать,
カーチャは慎重に値切りする　支払いすぎるのを恐れてる
Парень с де́вицей целуется, Просит цены набавлять.
若者は娘にキスをする　高く買ってとねだってる

*

沈みかけた月から、車内に明かりが差し込む。
トラバントはいつしか旧市街を抜け、麦畑を往《い》くあぜ道の真ん中に停《と》まっていた。風も、土も、木も、全てが静まり返っているというのに。カーオーディオだけが己の矛盾に気付くこともないまま、陽気なメロディを響かせている。もういつからそうだったかも思い出せないほど、昔から苦手だったこのメロディ。幼いキーロフにはまず、歌詞に込められた官能的な比喩が分からなか

"たかが" とはなんだ "たかが" とは

った。仮にかくれんぼをするとして、誰がわざわざライ麦畑に駆け込むんだろうか？　いや、自分ならそうはしない。「秘密の取引をしようという者が、ガサガサ音が立つライ麦畑に潜む訳がないんだ！」と、幼いなりに馬鹿にさえしていたのだ。

ライ麦にとって九月は種まきの季節だ。勤勉な農民は雑草一つ無いよう自らの畑を整える。窓から覗く風景には、見渡す限り朝もやが広がっている。「本来、秘密はこういう場所で守られるべきだ」と、幼い自分が夢想していた光景と、ほぼ、同じように。

「悪いが、こいつはそんな大層なシロモノじゃない、見当違いだ」と、売る気が感じられない酷（ひど）いセールストーク。「我々はそうは思いませんので、どうしても欲しい」と、突きつけられる執拗（しつ）な注文。商人は商品を少しでも高く売ろうとするものだし、客は商品を少しでも安く買おうとするものだろう。それは昔から変わらぬ物の道理であり、コロブチカの歌でも行商人はあの手この手で客に値上げを迫る。しかしそうであるからこそ、グリゴリー・キーロフはこの歌のことを嫌っていたはずなのだ。その姿勢が、その根性が、その浅ましさが。自身の想像する西側の道徳的退廃と、およそ根を同じくしているような気がして。

しかし今、目の前にある現実ときたらどうだろう。「博士からすれば我々が異常に見えるのも理解できますよ。仕事に私情を挟むのは褒められた話ではありませんが、何分、私も、遺伝子工学にやられた一人ですから、それも影響しているかもしれません」くるりと振り返った客の男の目には、熱が浮かんでいた。そこには、あれほど毛嫌いしていたはずの西側の道徳的退廃など微塵（みじん）も無かった。客側が商品の値を釣りあげようとしてきかないだなんて、控えめに言っても不条理なユーモアでしかないだろう。あるのはただ、純粋な期待。純粋だからこそその歪。求められれば求められるほど、取引から重心は失われていく。

「……博士。普通、行商人は売値を釣り上げるために自ら商品を良く見せようとするものでしょう？　しかし貴方の売り文句、先ほどから聞いていれば、どれもこれもせっかくの商品の価値を損ねるような悲しい言葉ばかりだ！」

「君の耳には、私が遺伝子工学を罵倒《ばとう》しているように聞こえているということか？」

「ええ、〝たかが〟だのなんだのと……聞くに堪えない売り文句じゃありませんか」

「……クロウリー。そもそも私は……ああ……何故こうまで他人の仕事をかばってやらなきゃならんのかが分からんが、そもそも私は〝たかが〟という言葉を悪い意味では使っていない。いいか？　君は技術者ではないから分からないのかもしれないが、遺伝子工学の革新性はその普遍性にこそある。遺伝子工学は全人類に通じるルールを備えているんだ。その発見、研究、開発、これが一体どれほど驚異的なことか。……私に何度も他人を褒めさせないでくれ、屈辱的だ。……まぁ、であるからして私は、君の言う空想の儲《もう》け話に乗じて値を釣り上げるのではなく、遺伝子工学の価値を正しく伝えた上で売るべきだと考え……」

「……であるからして貴方は、真価を分かっていない相手には損だから遺伝子工学を売るべきじゃないとお考えになっていると、なるほど、つまりそういうことですか」

「……？　い、いや、そんなことまでは言ってはいないが」

「ハハハ、商売慣れされていませんね。博士の懸念は理解できました。ですので一応、ご厚意には感謝します、……私個人はね。しかし一般論としては、商人が自らの商品を悪く言いだせば、客はどうしたって〝こいつは俺に商品を売りたくないんじゃないか？〟と疑ってしまうものでしょう？　この際、はっきりと申し上げておきましょう、同志キーロフ。便宜上、我々は貴方から遺伝子工学の開発資料を受け取り、それと引き換えに貴方の身分を保証する取引を行っています。

"たかが"とはなんだ"たかが"とは

しかし実のところ、我々の組織は遺伝子工学の開発資料が欲しいわけではありません。むしろ目的は正反対。この世からその全てを確実に葬りたいからこそ、開発資料を確実に手に入れたいと考えているのです。……東側の洗脳工作に頭を抱えている議員の方々は多くいらっしゃいまして、皆さん、貴方の胸の中にあるその資料が、次こそ我々の祖国を終わらせるんじゃないかって、内心恐ろしくて恐ろしくてたまらないんですよ!」

今からでも逃げ出せないか。キーロフの本能は彼にそう告げていた。朝もやに紛れて畑を走り抜けば、追ってくることはできないんじゃないか。旧式のトラバントのドアレバーは鈍く冷たいが、さして重くはない。トランクの中の書類の感触を確かめ、助手席側の窓に目を向ける。そこには諜報員、いや、本来は客と呼ぶべきだったはずの男の横顔が映りこんでいる。モスクワの研究所でも、嫌というほど目にした顔つきだった。カクカクと顎を上下させ、ともすれば痙攣(けいれん)かとも思えるリズムを取り続けている。心ここにあらずとしか言いようがない癖をして、執着を湛(たた)えた視線が忙しなく動き続ける。

これまで幾度となく目にしてきた、熱に浮かされた、あの笑顔。

"遺伝子工学"の影響下にある人間特有の、夢の中にいるかのような顔つき。

窓ガラスに映った陰謀論者の横顔が、アニメーションのような動きで直角に首をグルリと回す。

「ハハハ。やめましょうよ、博士」逃げられない。恐怖で書類が握りつぶされる音が、トランクの中からかすかに漏れる。「今、申し上げたことの意味がお分かりになりませんでしたか? 我々は別に資料ごと貴方を処理してもいいし、処理しなくてもいいんです。でも博士。貴方がこの一瞬を黙ってやり過ごしてくれるのであれば、そっちの方がずっと良い。ここのところ少し集中力を欠くことが多くて……、もし取引が破談になっても、丁寧に処理してあげられるとはお約束

251

出来ませんから。私もそんなことしたくないんです」

「博士、やめてくださいよ。私に、資料だけ持って帰るような酷いマネさせるのは」

＊

Знает только ночь глубокая, Как поладили они.
深い夜だけが知っていた　彼らの取引の内容を
Распрямись ты, рожь высокая, Тайну свято сохрани!
高々と伸びろライ麦たちよ　秘密を確かに守るため！

＊

「もし、ここでなにをお探しですか」

　コツコツと後部座席のウインドウが叩かれる。そこにはいつの間にか、地元の農民と思わしき貧相な娘が立っていた。先ほど外を見渡した時はあたり一面灯の一つもなかったはずなのに、一体どこから湧き出たものか。恐怖に身をかがめるキーロフにはついぞ知る由《よし》もなかったが、「この一瞬を黙ってやり過ごしてくれるのであれば」というクロウリーの言葉が、一体何に釘《くぎ》を刺さんとしているのかだけは分かった。おそるおそる窓に目をやる。心配そうに中を覗き込む娘の顔の手前には、ガラス越しの歪な笑顔がくっきりと映りこんでいる。クロウリーはキーロフに視線で合図を送ると、僅かにドアを開けた。

　言うまでもないことかもしれないが、熱烈な科学の徒《と》であるグリゴリー・キーロフは無神論者である。とは言え「もしも奇跡があるのなら」とすら願わないほどの偏屈者でもなかった。「車の調子が悪くて立ち往生していたんだ」と、クロウリー。か。しかし今更僅かばかりの敬虔《けいけん》さを持っったところで、一体何がどうなるというの「あらそれは大変でしたね……誰か男手を呼んできましょうか？」と、村娘。娘は少し怪訝《けげん》な面持ちで車内を覗き込もうとしているが、所詮は田舎の村娘であり、たとえ助けを求めたところで何が出来るわけでもない。あれよあれよという間に言いくるめられてしまうだけだろう。

「私達は市街地の方に戻るつもりだよ、君はここの畑の人かい？」と、クロウリー。

結果として、この局面でキーロフが考えていたことと言えば、宗教的な意味も無ければ科学的な意味すら無い、どっちつかずの惨めな恨み言ばかりだった。亡命の打診があった三か月前。あのとき自分に近づいてきた代理人の男を、何故胡散《うさん》臭いと追い返さなかったのか。無策なグラスノスチが祖国を大安売りしてしまう前に、何故ならず者のゴルバチョフを刺し違えてでも止めなかったのか。人にも、土地にも、権利にも。祖国の全てに値札がつけられるこの時代に、何故私という馬鹿で間抜けで世間知らずな愚か者は、他人の研究を盗み出して自分に値札をつけてもらおうなどと浅ましいことを考えてしまったのだろうか。

「いいえ、実は私も人を探してここに来たもので……」と、村娘。

連中の指示するがままにスパイとして働かされ、祖国の財産とも言えるソースコードや研究資料を複製させられ、それらを分厚いコートの内側に隠して異国の地に逃げることまで余儀なくされた。それだけの危険を冒しておきながら、彼が代理人から渡されたのは粗末なメモと偽造の出張証明書だけだった。移動の費用は自ら工面し、ハンガリーまでは自力で辿《たど》り着けと突き放される始末。どれほど重要な内容のメモかと確かめてみれば、記されていたのは数個の合言葉と、目的地と、あとは集合日時だけ。後悔に苛《さいな》まれるのも無理はない。たった数個の覚書《おぼえがき》に我が身のすべてを委ねねばならなかった、彼の破滅的境遇を思えば。

「ああ、そうかい。じゃあ、ここらは危ないから気を付けて」と、クロウリー。

いまやトランクの中の書類の束だけが、彼の人生唯一の寄る辺《よるべ》となった。それも自身の研究資料ならまだしも、認めることすら口惜しい他人の研究資料ときている。ふざけるな。どうかしてる。こんな屈辱があるものか。まったく何の解決にも至らない無意味な罵詈雑言《ばりぞうごん》ばかりが頭を駆け巡る。しかし後悔もたまには役に立つもので、このときばかりはこの取り留めもない怒りが、ただでさえ淀《よど》みがちなキーロフの思考をハッキリさせるのに一役買った。そもそもの話、記憶というものは「もう思い出したくもない」と思えば思うほどむしろ鮮明に蘇《よみがえ》ってくるよう、実に皮肉ったらしく出来ているものなのだ。

「〝私は湖向こうで宿をやっている者でございます、もしも行く当てがないようでしたら、是非うちにいらっしゃいませんか、ねぇ〟」と、村娘。

それはあの粗末なメモに書かれていた〝本来の合言葉〟だった。よもや聞き逃すことがないようにと、メモを受け取ったその日から、何度も何度も復唱してきた言葉。とある日は「こんな貧相なメモにどれほどの意味がある」と悪態をつき、あくる日は「最早これしか頼るものはないのだ」と絶望し。モスクワを発《た》ったあの日から、ついさっきトラバントに乗り込む直前まで、繰り返し繰り返し呟き続けた、イコンに対する聖句であり、泥酔者の使う覚えたての哲学用語。……ようは、意味も分からず唱《とな》え続けていた類《たぐい》の言葉だったということだ。

「〝ありがとう、では西までうかがうよ〟」と、キーロフ。

で、あるからして。二人の会話を遮るようにして口にしてしまった〝本来の合言葉への返答〟も、キーロフ自身に返答をしたという意識はなかった。ただただ無意識の内に反射的に口に出してしまっただけで、彼自身は恐怖のあまり震えていただけ。あるいは、「〝ありがとう、では西までうかがうよ〟なんて、そもそも亡命を匂わせる言葉を合言葉にするな！」とか「なんで私は〝西までうかがうよ〟すら言えなくなるほど度胸がないんだ！」とか、合言葉にまつわる恨み言の一つがたまたま口をついて出ただけの話かもしれない。

しかし幸か不幸か、この場に居合わせた二人の諜報員にとって、グリゴリー・キーロフの行動及びその発言は、これ以上ない裏切り宣言であり、これ以上ない身分証明となった。

「あーあ、言ってくれちゃったな」と、車内から諜報員の男の声。

「良かった、もう手遅れかと思いましたよ」と、車外から諜報員の女の声。

二人の諜報員の言葉が耳に届き、キーロフが「こんなときにだけ合言葉を噛まずに言えたところで一体何の意味が……」と新たなる後悔を止めたときにはもう、一発、二発、三発と、村娘に化けた諜報員の女がクロウリーに向かって発砲していた。

＊

Ой, легка, легка коробушка, Плеч не режет ремешок!

ああ！　なんて荷籠が軽いんだ　肩に革帯も食い込まない！

А всего взяла зазнобушка Бирюзовый перстенёк.

そうして彼女が受け取ったのは　ターコイズの指輪一つきり

＊

「資料はご無事ですか、博士」と、さっきまで村娘だったはずの女。

キーロフが再び頭をあげたとき、二人の顧客による商談は既に荒っぽい形で終わっていた。ようするに、静まり返った風と、土と、木があり、矛盾に気づかぬままのカーオーディオからは馬鹿に陽気なメロディが流れ続けていて、貧相な村娘だったはずの女は諜報員然とした厳しい顔つきであぜ道に仁王立ちしており、未《いま》だ火薬臭さの残る銃口を、麦畑を照らす朝焼けに向かって突きつけていた。オンボロのトラバントの運転席からは男の姿が消えており、勤勉な農民が雑草一つ無いよう整えたはずの畑には、無遠慮な足跡とどす黒い血痕が、次の畝《うね》にも、次の畝にも、点点と汚れを残していた。概《おおむ》ね、そういうことだ。

「……あの男は？」と、キーロフ。

「逃げられました。それより、取引の資料はどこに？」と、諜報員の女。

「……資料ならここにある、何一つ手も付けられておらんよ」胸元に抱えたトランクの上っ面《うわつら》のみを、赤子の顔を見せる母のように差し出す。それを見た女もまた、興味もない他人の子供を見せられた通行人かのように、チラリと横目で一瞥し、また正面へと居直る。返ってきた言葉は「なら良かった」だけ。そのあとはまた、「こちらも威嚇射撃とはいえ一発は腕を掠《かす》めたはずなのに、世の中には丈夫な人間もいるものですね。ご覧になっていましたか？　あの男の顔。まるで痛みも感じていないみたいだった。……これ以上ここで内輪揉《も》めしている暇はありません、さっさと退避しましょう」と仕事の話が続く。

「もう夜が明ける、時間もなさそうですね」

女の口調は実に事務的で淡白なものだった。この惨劇の後にキーロフの身を案じる言葉の一つもないのだから、非人道的な態度だったと言ってもいい。しかしそうであるが故に、突然の銃撃戦にいまだパニックにあったキーロフの頭にも、この女が先ほどの男とはまた別組織の諜報員であることはすぐに理解が出来た。こうして話している間も、地平線の向こうを睨みつけたまま微動だにしないのだ。少し違和感のある話にも思えるかもしれないが、女がステレオタイプな諜報員の持つ冷徹さ……人倫より平気で仕事を重視する態度を見せたのもまた、キーロフにとっては非常に分かりやすく、彼の心の安寧《あんねい》につながったと言えよう。

メロディの中では、軽薄な行商人があれやこれやと嘯《うそぶ》きながら、客の値踏みを繰り返している。キーロフにとっても一つ気がかりだったのは、新たに現れた諜報員、いや、おそらく客と呼ぶべき女が一体いかなる利害で動いているかということだった。あらかじめ伝えられていた正しい〝合言葉〟を口にできたということは、おそらく西側の諜報員ではあるのかもしれない。しかしそれも全ては取引上の駆け引きでしかなく、哀れな東ドイツ国民を追ってきたシュタージかもしれないし、全てを分かって自身を追ってきたKGBかもしれないし、ハンガリーの国境警備隊の連中が価値も知らずに駆けつけただけかもしれない。

いずれにせよ、客の素性など、キーロフにとっては最早どうでも良いことだった。

「向かいの森に車が停めてあります、急いでください」と、諜報員の女が顎で合図を出す。

黙ったままこちらを見据えるキーロフ、いや、既に行商人と呼ぶべき立場になった男に対し、諜報員の女は「ああ、失礼」という顔を浮かべる。

「〝長旅でお疲れでしょう、まだしばらくかかりますので、ひと眠りされてはいかがですか〟

……これでご安心いただけましたか？」〝合言葉への返答〟に対する〝合言葉〟が返ってくる。

やはり本来の取引相手ではあるらしい。「……合言葉は本当にもうたくさんだよ、それより先に、動機を教えてもらえないかね」「失礼、私はNSAのイリーナ・アントーノヴナです、そちらで言うところのGRUです」「偽名だな」「ええ、もちろんです」「……ありがとうイリーナ、君が冗談でもGRUの人間ですと名乗らないでくれて安心したよ、しかし私が聞きたいのは取引の場でなんとでも言える君の素性ではない、動機なんだ」

「動機？……ああ、私がシュタージだとか、KGBだとか、地元の火事場泥棒かもしれないと心配されているのですか？　お気持ちは分かりますが、今はそういう時間は……」

「悪いが、これは商売なのでね」と、客の言葉を遮るようにして、行商人は商談を始める。「イリーナ。君が私の本来の客かどうかはさっきのやり取りである程度は分かったし、それはこの場で疑っても確かめようもないことだから、どうでもいい。……ただ、流石《さすが》に私も痛い目を見たばかりでね。私は取引の前提すら確認しないまま、今日、ここまでノコノコやってきてしまった。人にモノを売ろうとしている身でありながら、私は君が一体何を欲しがっているのかも知らないし、何故それを欲しがっているのかも知らない。だから、一つだけ確認がしたい。その車とやらに乗って、君との取引が始まってしまう前に」

「それは……そちらの取引の流儀というやつですか？」と、首をかしげるイリーナ。

「ああ、最近は東側も拝金主義でなければ生きられないものでね」と、頷くキーロフ。

昇る朝日に目を瞑《つぶ》り、面倒《めんどう》そうに天を仰ぎながら、「あまり長いセールストークはお断りですので」と言わんばかりの渋い表情で、客の女が指で1の字を示す。

待っていましたと言わんばかりに、行商人は言葉を重ねる。「もしかして、君達が欲しがっているのは『ソビエトの作り出した思想改造技術』なのかね？　君達もまた、私が持ってきた資料が、『資本主義の破壊』だの、『教育崩壊』だの、『洗脳』だのに応用できると期待しているのかね？　遺伝子工学は『東側の生み出した恐怖の人格破壊計画』だと、『ソ連が西側を崩壊させるために生み出した悪夢の研究』だと、本気でそう信じているのかね？……だとしたら申し訳ないが、このまま取引を進めれば私は行商人ではなく詐欺師《さぎし》になってしまう。これはそんな大層なものではなく、〝たかが〟コンピューター・プログラムで……」

しばらくの間、客の女は険しい顔で行商人の言葉を聞いていた。えてしてセールストークとは退屈なのだから、仕方がない。しかし〝たかが〟、〝たかが〟と繰り返す必死さが通じたのか、天を仰いだままの顔にも、いつしか笑みが浮かぶようになった。

残念ながらそれは好意的な微笑《ほほえ》みではなく、「何と言ったらいいか、その、博士は随分と、突《とっ》飛《ぴ》な心配をなさるのですね」と、内心相手を憐れむような態度を隠しきれない類の苦笑だったが、まぁ一応、笑みは笑みだったので。

*

Дал ей ситцу штуку целую, Ленту алую для кос,
僕は彼女に更紗をあげた　彼女のおさげには真っ赤なリボン
Поясок – рубашку белую Подпоясать в сенокос . . .
白いシャツには革のベルトを　干し草作りで巻けるように

*

「迷惑をおかけしました、西側の諜報員も一枚岩ではないので」と、イリーナ。

ガタガタと音を立てながら、十数年落ちのトラバントが森を抜ける。乗せられた車はまたもや傷だらけで、お世辞にも快適とは言えなかったが、一夜明けたキーロフにとっては実に喜ばしい待遇となっていた。よもやこのような送迎にまで予算をかけられては、たった一人の無知な研究者の亡命と取引のつり合いが取れなくなってしまう。となれば、それは客が自身の運んできた商品に実際の価値以上の過大な期待をしていることになり、取引後に面倒ごとを起こすのは火を見るより明らかではないか。尊大な態度もすっかりなりをひそめた。グリゴリー・キーロフもようやく、多少の利害計算が出来るようになっていた。

「……彼と話していて、おそらく博士もお気づきになったでしょう？　西側にも数々の派閥がありますが、中には馬鹿げた陰謀論に染まってしまう派閥も数多くあり、我々も対応に苦慮しているんです。先ほどの男はＣＩＡの中でも過激派に属するグループのエージェントです。ＣＩＡとＮＳＡは博士の祖国におけるＫＧＢとＧＲＵのような関係性の組織ですが、同じ諜報組織でも管理者が違うので時折縄張り争いがあります。ただまさか、こちらで進めていた博士の亡命計画を横取りするようなマネに及ぶとは思いませんでしたが……」

「同胞に銃を向けあう君達の倫理的退廃には目を覆わんばかりだ」と、キーロフ。

「恥ずかしながら、返す言葉もありません」と、イリーナ。

諜報員の女は、ハンドルを握る指を忙しなく動かすことはなかった。思いつめた表情の亡命者を背に、指で小気味良くリズムをとることもなかった。当然のことながら、空気に合わないＢＧＭをわざわざ大音量で流すことも。その顔こそピクリとも笑ってはいなかったが、疲れきったキーロフの目に、彼女の顔が人間らしく映ったのも無理はない。「……いずれにせよ、我々が博士の亡命を手引きしたのは『遺伝子工学は資本主義社会を破壊するソ連の人格破壊プログラムだ』……などといった馬鹿げた陰謀論によるものではありませんし、それが西側の総意でもありませんので」と、経緯を説明する素振りも、正しく、堅苦しい。

「……その話を聞けて、安心したよ。多少論理的思考の出来る人間は西側でも絶滅していなかったようだ。亡命後は毎日時計と会話しなければならないと危ぶんでいたほどだった」「このような状況でもご冗談が言えるのですね、博士は」「冗談なものか。まったく、この数時間頭がおかしくなりそうだった。考えてもみたまえ。『ソビエトの洗脳兵器を奪い取る』だの『遺伝子工学で思想改造が施される』だの、あのような陰謀論に延々付き合わされていたとしたら、と」「それはお気の毒でしたね」「……計画に横槍《よこやり》を入れられた君達にも、責任の一端はあると思うが、ね」「まったくです、言い訳のしようもありません」

「……では残念ですが、取引は中止にされますか」バックミラー越しに客の女と目が合い、安堵を悟られぬよう、思わず窓の外に目を逸らす。「正直なところ、もう少しごねた方が取引条件は良くなるかも、とは疑っているがね」「なるほど……、試されますか？」「いいや、やめておく」「と、仰ると」気配を悟られぬようトランクを開け、中にある書類の手触りを確かめてみる。粗悪な紙のざらつきは、やはり何度触っても安っぽさを感じずにはいられないものだった。「君達も知っての通りだよ。ごねてどうなる？　遺伝子工学は単なるコンピューター・プログラムだ……、亡命の値札が付いている内が手の打ちどころだろう？」

「なにせこれは、〝たかが〟……」と、行商人が籠の中身をこき下ろそうとする。

「〝たかが〟ではないでしょう、博士」と、おかしなことに、客の女がそれを制止する。

目を逸らしたはずの窓の向こう側で、今度はサイドミラー越しに再び目が合う。女はいたって真剣な眼差《まなざ》しで、冗談めかした様子もなく言葉を続ける。「ご自身を卑下されるのはおやめになってください」と。「貴方の今回の行動は、実に英雄的なものでした」と。あまつさえ、「貴方の持ち出した遺伝子工学の研究資料により、我々の進める超人兵士計画は飛躍的進歩を遂げるでしょう。西側の人体改造技術と、東側の訓練技術。その二つが融合した次世代兵科による近代戦が幕を開ける。……ジョークであっても、平和に値札などつけられませんよ」などと。行商人の頭にはてんで理解も及ばぬような、訳の分からぬ注文を。

＊

Все поклала ненаглядная В короб, кроме перстенька:
しかし彼女は全てを返した　指輪を除いて全てを籠に
«Не хочу ходить нарядная Без сердечного дружка!»
「私は着飾りたくなんかないの　良い人だっていないのに！」

＊

「はぁ？」

控えめなエンジン音をかき消すように、行商人の間の抜けた声が車内に響く。言葉の少ない会話の中でそれがあまりにしっかり響いてしまったものだから、焦った行商人は慣れない咳払《せきばら》いでその場を取り繕《つくろ》おうとし、演技下手が祟《たた》って大量の唾液を飲み込み、しばらくの間本当にゲホゲホと咳込む始末だった。そうであるにも拘わらず、だ。諜報員の女の声色からは相変わらず、一欠片《ひとかけら》の緩みも感じられない。「大丈夫ですか？　なにかお気に障るようなことでも？」サイドミラーに映る横顔は相も変わらず、厳しい顔つきと遠い目で、ハンドルの向こうに浮かぶ朝焼けをじっと見つめている。

「す、すまない、喉が渇いたんだ、酒か何かもらえないか」と、よそよそしく、キーロフ。

「申し訳ありませんが、今は生憎《あいにく》きらしておりまして」と、生真面目《きまじめ》に、イリーナ。

行きかう車を脇目に、女が軽いため息をつく。「博士はご存じ無いから、ということでしょうね」と、僅かな不機嫌を隠すこともなく。「我々がこれまで遺伝子工学の奪取にどれほどの犠牲を払ってきたかを、お分かりになっていないんです。そうでなければ、この場でアルコールを欲しがることなどありえません。……申し訳ないですが、いつ先ほどの男達がまた襲ってくるか分からない状況です。博士には今日の夜まで、正確にはオーストリア国境が開放されるまで、この車の中に身を隠していただきます。最低限の食料はお渡しします。もうしばらくご辛抱いただけますか、死にたく、ないのであれば」

「……ああ、ああ。そうだな、そうだ。君の言っていることは正しい、実に論理的だ、私もそう思う」トランクの中の書類を握り、自分自身にそう言い聞かせてみる。「事実、あの男が資料を狙ってきた以上、まだ何も安心はできないのだ。ありがとう、君の言っていることは正しい、そうだ、そのはずだ」文化の違いか何かで商慣習も異なるのだろうと、少し冷静になって言い聞かせてもみる。「……お分かりいただけてなによりです。博士もご覧になったでしょう？　あの男のしぶとさと、機敏さ。腕に銃撃を受けた状態で、あれだけ冷静に、あれだけ痛みを忘れて行動できるのは……、同業ながら恐ろしい仕上がりですよ！」

しかし残念ながら、今更「これが西側の流儀な訳がない」と唇を噛んでみたところで、そのような高値で自らを売ったのは自己責任という事実は最早覆《くつがえ》しようがなかった。不当に値段を釣り上げてモノを売れば、それでも買おうとする理由を抱えた厄介な客が食らいつく。現代資本主義にすっかり毒された我々からすれば、それは至極当たり前の話ではないか。「あの男もまた、遺伝子工学の影響を受けていました。我々の調査通りです……『遺伝子工学プログラムによる兵科訓練は痛みへの耐性を著しく向上させる！』」客の期待は止まらない。「『遺伝子工学さえあれば、あのような改造兵士を量産できる！』」どこまでも、どこまでも。

これは西側の流儀ではない。ましてや正常な諜報員の言動であるわけがない。「冷戦は間もなく終わります」馬鹿げた陰謀論。資本主義的堕落とは全く別の、この女の認知の歪みに基づく個人的憎悪。「核の時代は終わりを迎えるでしょう、では、次は？」どれだけ卑屈な態度をとろうとも、グリゴリー・キーロフは所詮、世間知らずの行商人である。気付いた時には既に、逃げ場もない車内でうずくまるのが精一杯だった。「我々も一枚岩ではありません、中には思想統制が次の時代を決めると考える者もいるし、そして私達のように、人体改造による新人類の創出こそが次の時代を決めると考える派閥もある」

引き返すことも出来ない狭い裏路地を、車はゆっくりと奥に進んでいく。まるでそれ専用に誂えたパズルのピースが、するりと奥まで嵌まるかのように。「……つまり君達は、『遺伝子工学があれば超人兵士を生み出せる』と、本気で、そう信じているのかね」と、念のため、注文内容を復唱する。「ええ、ですからどうしてもその資料が欲しい」と、頑《かたく》なに注文が突き返される。「……お気持ちは分かります。博士のご専門とは違う分野の話ですから、亡命後のお立場に疑念も湧くでしょう。確かに我々は博士の学識にこそ値札はつけていませんが、これでも、博士の身分は随分と高く買っているつもりなのですよ？」

「グリゴリー・キーロフ博士、貴方にも是非ご協力いただきたいんです。『遺伝子工学はソ連の生んだ驚異の兵士訓練用プログラムである』と、アメリカで証言してください。これを陰謀論などと宣《のたま》う無知蒙昧《むちもうまい》な連中と、我々と一緒に、戦ってもらえませんか！」

などと。割に合わないアフターサービスまでオマケにつけろと加えられ。

＊

То-то, дуры вы, молодочки! Не сама ли принесла
ああ、なんて愚かな娘だ　自分で持って行かなかったのか
Полуштофик сладкой водочки? А подарков не взяла!
甘いウォッカの小瓶ですらも？　贈り物を一つも受け取らないだなんて！

＊

車内に朝の陽《ひ》ざしが差し込む。

「〝私は行きます、背の高いライ麦畑へ〟」

「〝そこで夜まで待っています〟」

「〝私は行きます、背の高いライ麦畑へ〟」

「〝そこで夜まで待っています〟」

「〝私は行きます、背の高いライ麦畑へ〟」

「〝そこで夜まで待っています〟」

行商人は繰り返し、繰り返し、頭の中で鳴り続けるメロディを復唱している。

トラバントはいつしか麦畑を抜け、オーストリア国境沿いの森の中に停まっていた。風も、土も、全てが静まり返っている。そもそも型落ちのトラバントにはカーオーディオなんて贅沢品《ぜいたくひん》は付属しておらず、気が散るほどの音楽が流れてくることもない。それでもなお、行商人の頭の中には昨晩からずっと、今も止めることが出来ぬまま、陽気なコロブチカのメロディが流れ続けて

いた。繰り返し、繰り返し。何度も、何度も。どこかからやってきた行商人が、村の娘をライ麦畑へと誘い込み、秘密の取引を経て、また新しい土地へと旅立っていく。出会いと別れの物語が、レコードのように脳内で再生され続けている。

一八六一年にニコラーイ・アレクセーエヴィッチ・ネクラーソフが発表した詩《Коробе́йники》に音楽をつけたコロブチカは、元となった詩から、行商人と村娘が結婚を誓い合った物語を歌詞として引用している。しかし原詩にはその後も続きがあり、コロブチカでは物語の後半部が歌われていない。そうであるからこそ、グリゴリー・キーロフはこの歌のことを嫌っていたはずなのだ。あの物語を別れを惜しむ二人を歌って終わろうだなんて、いいところどりも甚《はなは》だしいではないか。行商人は旅立った後、娘のもとに帰ろうとして、物盗《ものと》りにあい、殺されてしまうのだ。それはもう、あまりにも報われない結末として。

「あそこに監視塔が見えるでしょう」と、女が指をさす。鬱蒼《うっそう》とした森の中に、道を見下ろす無骨な見張り台が立っている。「零時になったら、あの下の道を進んでください。おそらく他にも越境者はいるでしょう。貴方には貧しいロシア系技術者という偽りの素性を名乗って、他の亡命者に紛れて国境を抜けてもらいます。必要な書類は用意しました。貴方はただ、この道をまっすぐ進めばいい。今そのトランクを受け取ることはしません。博士も、我々が取引を反故《ほご》にしないか不安になるでしょうから。越境後、すぐに声をかけてくる代理人に引き渡してください」

今からでも逃げ出せないか。キーロフの本能は彼にそう告げていた。木々に紛れて森を走り抜けば、追ってくることはできないんじゃないか。しかしトラバントのドアレバーは鈍く冷たく、僅かに力を込めたがまるで動く気配がない。トランクの中の書類の感触を確かめ、助手席側の窓に目を向ける。そこには客の女の横顔が映りこんでいる。やはり、見慣れた顔つきだった。頭はまっすぐ一点を見据えているはずなのに、黒目だけが高速で上下左右に揺れ続けている。一見険しい表情にも思えるが、目を凝らせば、口角の筋肉だけが細かく動き続けている。これまで幾度となく目にしてきた、熱に浮かされた、あの笑顔。

〝遺伝子工学〟の影響下にある人間特有の、やはり、夢の中にいるかのような顔つき。

窓ガラスに映った陰謀論者の横顔が、アニメーションのような動きで直角にこちらに向き直る。

「無駄ですよ、博士」押せども引けどもドアレバーが動くことはない、ただガチャガチャと金属を擦《こす》る音だけが虚《むな》しく鳴り響く。「先ほども申し上げたでしょう？　重要な作戦なんです。まさか、送迎予算なら安上がりに済ませているとお思いでしたか？　東側ではどうなのかは知りませんが、西側ではスパイは新車には乗りませんよ。見た目はカモフラージュです。エンジンも騒音が出ないように改造されていますし、もちろん護衛任務で対象者が勝手に外に出ないよう扉にロックもかけられます。当たり前ですよね？」

「申し訳ないですが、はっきりと申し上げておきます。キーロフ博士。確かに、取引を有利に進めようと思えば、相手の動機を先に知っておくことは前提になるでしょう。しかしその前提が意味を成すには、もう一つの前提を満たさなければならない。……売り手が取引相手を選べる、ということです。貴方はつい先ほど、ご自身の意思で、買い手を我々一本に絞ったばかりじゃありませんか。そんなつもりではなかったとは言わせません。いや、もう言えません。全ての資料を受け取った後、貴方の身柄は我が国に受け入れます。もうどこにも行く場所もありませんよ。

……もとから、そういう取引だったじゃありませんか」

実に事務的で淡白な口ぶりだった。これから母国を捨てる行商人に追い打ちをかける言葉ばかりなのだから、あまり取引に向いた言葉だったとは言えない。しかしそうであるが故に、コロブチカのメロディに囚《とら》われた行商人の頭にも、この商談にはもう交渉の余地が無いことは直《す》ぐに分かった。こうして話している間も、行商人の方を一瞥する素振りすら見せないのだ。その目はずっと遠くを見据えている。おそらくは最初からずっとそうだったのだ。静まり返った風を、土を、木を見て、「あれとこれとを組み合わせたら」とか、「地平線にはどれだけ凹凸《おうとつ》があるのだろう」とか、ずっとそんなことだけを考え続けて。

「私もここのところよく幻覚を見るようになって……、とにかく、この計画は一切の無駄なく進めたいんです。馬鹿なことを考えるの、やめてもらえませんか?」

「……まぁ、この車内で夜までただ待てと言うのは酷でしょうから」うなだれる行商人に、とびっきりの善意ととびっきりの笑顔で、女が救いの手を差し伸べる。「せっかくですし、これで暇つぶしでもなさってください、これさえあれば夜までなんてあっという間ですよ」その手には、見慣れぬ装置が握られていた。お世辞にも華やかとは言えない灰色に、レンガのような無骨な作り。見た目通りのずっしりとした重みがあり、液晶のような画面もついている。「……なんのつもりだ?」「疑ってらっしゃるんですか、この期《ご》に及んで? 今申し上げた通りです、単なる暇つぶしの道具ですよ、どうぞ」

拒否権などなかった。「持ち方が逆です、液晶画面を上に構えてください」ただ言われるがまま、トランクを膝に置き、その上に機械を載せる。「それで結構です。実は我が国でもつい先月発売されたばかりで……、手に入れるのは大変だったんですよ」左手の下には十字型のボタンがあり、右手の下にはAと書かれたボタンとBと書かれたボタン。中央には二つの細長いボタンもある。「右上にスイッチがあるでしょう? それをスライドさせてみてください」狭い車内に、乾いた電子音が響く。何一つ見当もつかぬままに右側のダイヤルを弄ってみる。せっかくの静寂をかき消すように、車内に電子音が流れ始める。

　遺伝子工学に不満が無いわけではなかった。認める気持ちが半分、認めるからこそのやっかみが半分。優れているのを理解しているが故に粗削りな部分にも目が行くもので、一技術者たるグリゴリー・キーロフには改善のアイディアがいくつもあったのだ。中でも彼が最も重要だと思っていたのは音楽的な演出で、ループ構造のＢＧＭを組み合わせることで、遺伝子工学の持つ没入感はより一層増すだろうとずっと考えていた。「バッハのメヌエットが良いはずだ」とか、「チャイコフスキーのくるみ割り人形が良いはずだ」とか、口を開けばそんなことしか言わないので、同僚達からは随分と煙たがられていた。

「自分で作ってもいないのに何を言ってるんだ？」と、彼らは口々に叫んだ。

「開発者が分からないことまで私は分かるんだ」と、キーロフは鼻にかけていた。

　まさかよりにもよって祖国を思い出させる曲、馬鹿に陽気で聞くに堪えないコロブチカのメロディが一番似合うとは、その頃の彼はおそらく、夢にも思っていなかっただろうが。

＊

Так постой же! Нерушимое Обещанье даю:
きっとここにいてください　絶対の約束を貴方に捧げます
Опорожнится коробушка, На Покров домой приду
「もしも荷籠の全てが売れたら　僕はここに戻ります
И тебя, душа-зазнобушка, В божью церковь поведу!”
そして僕の愛しい人よ　貴方を教会へお連れします」

＊

一九八九年九月十一日、ハンガリー人民共和国、国境の町ショプロン。

八月に行われた汎ヨーロッパ・ピクニックの余波により、オーストリアとの国境沿いにある町には、東側諸国から多くの亡命希望者が押し寄せていた。大半の者は着の身着のまま国を逃げ出した者達――主に東ドイツ出身者であったが、中にはそんな群衆に紛れ、西側への〝手土産〟を持って亡命を試みる者達もいる。ここオーストリア国境付近の雑木林でもまた、ハンガリー国境警備隊に所属する若者二人が、亡命者と思わしき男に声をかけていた。暑さの残るハンガリーにはおよそ不似合いなロングコートに身を包み、行き場のない亡命者にはおよそ不釣り合いなトランクを胸に抱えた、いかにも怪しげな男だった。

パスポートに記された名前はウラジーミル・エフリュスキン。東ドイツの貧しいロシア系技術者で、オンボロのトラバントに相乗りして昨日ここに辿り着いたばかりだと言う。国内に滞在する亡命希望の東ドイツ出身者は原則、政府の用意した送迎バスでオーストリアに搬送される決まりになっていたはずだが、どうやら運悪くそれに乗り遅れてしまったらしい。肩は小刻みに震え、目は虚ろで、家族もおらず、仲間ともはぐれ、今はもうただ一人きり。どれだけ厳しい態度をとろうとも、二人の警備兵は所詮、世間知らずの若者である。これだけ気の毒な亡命者を相手にすれば、憐れみの情が湧いても無理はない。

さっさと西側に行かせるため、形だけの尋問を始める。「オーストリアに行くつもりですか？」「ああ、そうだ」「向こうに知り合いは？」「いる、連絡先は分からないが」「では規則ですので、最後に荷物の確認をお願いできますか？」若者にしてみれば出来る限り穏当に聞いたつもりの質問だったが、亡命者は少し、狼狽《うろた》えたような表情を見せた。「なにか見せられないようなものでも？」胸元のトランクを指さす。「……いや、見られたって構わない。今となっては私の唯一の財産なものだから、おかしな愛着が湧いてしまっただけだ」と、ぬいぐるみを取り上げられた子供のように、それはおずおずと差し出された。

トランクを開けると、中には汗染みのついたしわくちゃのメモの束と、何枚かのディスクが収められていた。一言で言って、貧相なものだった。これから新しい人生を歩みだそうとする人間の胸元に収まっていたとは、おおよそ想像もつかないような。幾つかのメモを開いてみる。二人の若者には教養こそ無かったが、どうやらそれが最近流行のコンピューターのソースコードと呼ばれるものであり、同時に、一見してさして危険なものではないことも分かった。走り書きのロシア語と、幾つかのイラスト、あとはどこかで見たような無害なアイディアがいくつか図示されていただけだったからだ。

「はい、問題ありません、ありがとうございます」と、若者がトランクを返そうとする。

しかし亡命者は黙ったまま、突き返されたトランクを見つめ、受け取ろうとしない。

「……取り上げなくても良いのかね？」亡命者の声色に冗談めかした調子は一切感じられない。そうだというにも拘わらず、だ。トランクを見つめる男の顔は、どこか自暴自棄になり、笑っているようにも見えた。「はぁ？　取り上げる？」若者二人があっけにとられる様を見て、男の顔は益々赤く染まっていく。「ああ、私も昨日まで知らなかったんだが、これにはとんでもない危険性があるらしい、少なくとも西側ではそう信じられているそうだ」「貴方は、これを私達が危険視して取り上げるかもしれないと、そう考えているのですか？」「ああ、そうだ。そうなんだ。これはとんでもないシロモノなんだ、こんな、こんな」

「こんな、〝たかが〟……」と、亡命者が自らの籠の中身をこき下ろそうとする。

「何故です？ 〝たかが〟ゲームじゃありませんか？」と、若者二人が顔を見合わせる。

亡命者の顔から、すっと、熱に浮かされたような笑みが消える。「……君達にはこれが『生産性を妨害するために生み出された人格破壊プログラム』に見えないのか？」「はぁ？ なんのお話ですか？ そんな噂《うわさ》は聞いたこともありませんが」あれだけに虚ろに揺れ続けていた視線も、徐々に一点に定まっていく。「じゃ、じゃあ、君達にはこれが『超人兵士の認知力向上訓練用機密プログラム』に見えないのか？」「……はぁ？ なにかの小説のお話ですか？ 申し訳ないですが、その手のことには疎《うと》いので」ともすれば痙攣かとも思えた肩の震えも、次第にその間隔が長くなり、完全におさまっていく。

「君達にはこれが『KGBの情報兵器』に見えないのか⁉」と、亡命者の男が叫ぶ。

「ええ、見えませんね」と、若者二人がそれに答える。

「君達にはこれが『未知の電子ドラッグ』に見えないのか⁉」と、亡命者の男が叫ぶ。

「見えません、見えませんったら」と、再び若者二人がそれに答える。

「で、では君達にはこれが、精神科の治療に用いられる類の器具か何かだと……」

「……『だから！ そんな機能あるわけないでしょう！……〝たかが〟ゲームに！』」

何だか妙な亡命者をひっかけてしまったな。ついさっきまでは心ここにあらずといった様相で、それはそれで気の毒なものだと心配していたが、今度は突然夢から覚めたかのような有様で、一体どちらが夢でどちらが現《うつつ》なのか見当もついていないと見える。今朝がた上官から「面倒ごとを起こすなよ」と口酸っぱく言われたばかりだった若者二人は、ついさっき湧いたばかりの手心のことはすっかり忘れ、政府の公式的な見解に沿う形で早々にこの問題に対処することに決めた。

ようするに、この面倒な亡命者をさっさと西側に追い出し、「我々はただ人道に則《のっと》った対応をしたまで」と報告をあげようとした、ということだ。

騒ぐ亡命者の男にトランクを押し返し、オーストリアへと続く道を進みなさいと促す。最初こそ僅かばかりの抵抗も見せてはいたが、最早どうにもならないことを悟ったのか、彼は再び大事そうにトランクを胸元に抱えると、一歩、また一歩と、西側へと続く道を歩み始めた。最初こそ、その足取りは重く小さく、お世辞にも軽やかなものとは言えなかった。しかし国境が近づくにつれ、徐々に、徐々にテンポが上がり始める。本人が意識していたかどうかは分からず、しかし最早そうせずにはいられなかったようにも見えて。若者二人の目には、小さくなる男の背中が、どこかダンスのステップを踏んでいるように映った。

＊

Вплоть до вечера дождливого Молодец бежит бегом
雨の晩　若者は走って向かう
И товарища ворчливого Нагоняет под селом.
不平不満をこぼしながら　村で待つ仲間たちの元へ

＊

「すみません、最後に一つだけ」

遠ざかる亡命者の背中に、若者の一人が声をかける。

「規則なもので。結局、貴方のご職業って技術者なんですよね？」

男は少しうなだれると、振り向きもせずに返事をした。

「行商人だよ。これが向こうじゃ、高値で売れるらしくてね」

もうその背中はあまりに小さく、若者二人の目にもはっきりと見ることはできなかったが。多分、行商人は少しだけ力なく笑い、オーストリアへの道を歩いて行った。

＊

Старый Тихоныч ругается: "Я уж думал, ты пропал!"
老いたティホニッチは呟いた「道に迷ったかと思ったぞ！」
Ванька только ухмыляется – Я-де ситцы продавал!
ヴァンカは笑ってこう答えた「僕は更紗を売っていたんだよ！」

＊

一九八〇年代初頭。ソ連科学アカデミーコンピューターセンターの研究員アレクセイ・パジトノフは、当時勤務先にあったコンピューターを私的に使い、自身のゲーム開発プロジェクトにいそしんでいた。開発チームに参加していたのは他二名、ドミトリー・パバロフスキーとバジム・ジェラシモフである。東側の多くのプログラマーが西側で作られたゲームのコピー品を作ろうと試行錯誤を繰り返していた時代において、彼らのチームは自身のオリジナルゲームの開発を目指し、パズルゲームの製作に取り掛かったのだ。

ある日パジトノフは、自身が子供のころ遊んでいたロシアの伝統的パズル《ペントミノ》をビデオゲーム化したら面白いのではないかと考え、このゲームに《遺伝子工学》と新たなる名前を授けた。四つのブロックが組み合わさった七種のピースを、長方形の枠に綺麗《きれい》にはめ込むパズルだった。しかしそれはあくまでアナログ玩具のビデオゲームへの置き換えでしかなかったため、長時間のプレイに耐えうるボリュームには欠けており、この作品をベースに幾度となくバージョンアップが施されることになった。

枠を画面いっぱいに縦長に広げる。パズルのピースを上から落としてみる。ブロックが一列に並んだら列を消すようにする。より良いゲームを作らんとするパジトノフの情熱はすさまじく、ブラッシュアップされた《遺伝子工学》は世界のどこにも存在しない、唯一無二のパズルゲームに生まれ変わった。しかし、パジトノフの計算にも一つ狂いがあった。ゲームが面白すぎたのだ。あまりに面白いゲームを作ってしまったがばかりに、《遺伝子工学》は彼の想像を遙《はる》かに超えるスピードで世界中に拡散されてしまった。

そのゲームは激しい中毒性を持っていた。誰もが使えるＩＢＭ製コンピューターに移植され、ハイスコアの概念が導入されると、最早歯止めは効かなくなった。たった数枚のコピーで遊んでいたはずの人々が、熱に浮かされ、次なる人々へ倍々にコピーを重ねていく。一九八六年には国中にゲームが広がり、ソビエト連邦のあちこちから「遊びすぎで仕事に支障が出る」だの、「何度禁止してもどこかから手に入れてくる」だの、歓声とも悲鳴とも区別のつかない声がパジトノフのもとに集まるようになった。

そのゲームの流行は留《とど》まるところを知らなかった。鉄製のカーテンも大した障害にはならなかった。一九八七年、熱狂を目《ま》の当たりにしたハンガリーのビジネスマンであるロバート・シュタインは、このゲームを西側諸国で販売しようと試みた。一九八九年、任天堂のハンク・ロジャースは、このゲームを自社から発売される新しい携帯型ゲーム機のキラータイトルに据えようと試みた。いずれも彼らの狙い通り、西側諸国でも記録的大ヒットをたたき出し、パジトノフのパズルゲームは一つのゲームジャンルにまで成長を遂げていく。

東西冷戦の最中にあり、突如ソ連からやってきた謎のゲームのことを、人々は大いに訝《いぶか》しんだ。ある人はその高い中毒性に目をつけ、『これはアメリカ合衆国の生産性を妨害するためにソ連が送り込んだ罠《わな》だ』と冗談交じりに騒ぎ立てた。ある人はその完成度に目をつけ、『これはソ連の超人兵士の訓練用プログラムに違いない』と真剣に脅《おび》えて見せた。ときには『KGBの情報兵器だ』と言われてみたり、ときには『未知の電子ドラッグとしか思えない』と言われてみたり、これほど陰謀論のタネになったゲームは他にないだろう。

理由はただ一つ。『ゲームがあまりに面白すぎて、〝たかが〟ゲームがただ面白いだけという現実を受け入れられなくなった人間達が、次第に陰謀論を唱え始めた』からだ。

しかし結局のところ、今に至るまで誰も遊ぶのを止《や》めようとまではしなかった。

こちらも理由はただ一つ。『ゲームがあまりに面白すぎて、〝たかが〟ゲームが面白くて止めどきを失った人間達が、次第に陰謀論がどうでもよくなった』からだ。

少なくとも、二〇二三年にアメリカの片田舎で亡くなったロシア系エンジニアのウラジーミル・エフリュスキン氏は、冷戦期に東ドイツから亡命したという自身の半生を踏まえた上で、死の間際まで《テトリス》について先述の説を唱えており、「私は最初から言っていたのに、こっちの連中は誰一人として耳を貸さなかった。このゲームは面白い。私はプロトタイプの《遺伝子工学》を遊んだ時点で認めていた。『……それとあと一つ、BGMにコロブチカが合うことは、世界で一番最初に私が気付いたはずだ』」と口を開けば知ったようなことしか言わないので、SNSでは随分と煙たがられていた一方、近所の子供達からは大変な人気があったとされている。

＊

今ではもうテトリスをタネに陰謀論を語るような人間は誰もいない。それどころか、かつてはオカルト呼ばわりされていた医療行為への応用が真面目に検討され、「テトリスにはPTSD患者の症状緩和に一定の効果がある」と大々的に研究発表されるような世の中だ。

……いや、いないは言い過ぎたかもしれない。いることはいる。現代テトリスコミュニティでは〝陰謀〟という言葉自体が最初に掲げたスラングとして通用しているからだ。

確認されている初出は一九九九年初頭。当時ゲームセンターで稼働していた《テトリス ザ・グランドマスター》というタイトルには特殊な回転法則があった。特定の地形という条件下でのみ、JミノやLミノを回転させようとすると、右側の空きスペースに直感に反する動きでブロックがずれこむ。後にはこれを利用したテクニックなども開発されたが、初期の頃は大抵おかしな形ではまり込んでミスが起きてしまう難しい仕様だった。

そんな動きを見た当時のテトリス・プレイヤー達は、『こんな動き実装してるのは開発に携わった○○さんの陰謀でしょ！』と疑惑を抱き、仲間内で『いや、これは○○さんの陰謀だ』『いや、おそらく○○の陰謀に違いない』などと話を膨らませていった。二〇〇〇年の《テトリス with カードキャプターさくら　エターナルハート》時点でゲーム的には修正されている動作なので、これもまた過去の陰謀論だと言えるかもしれない。

しかし四半世紀前に語られた陰謀論の結果として、一部のテトリス・プレイヤーは今でもなお、この独特な回転法則による意図せぬミスに自身がはまり込んだとき、いらだち紛れに『この動きの怪しさはもう開発側の陰謀と考えざるをえませんよ！』と肩をすくめて見せることがあるのだ。

見たことがなくても大方想像はつくだろう。自身の意図せぬ動作でミスしてしまったとき、ゲーマーと呼ばれる人種が一体どんな悪態をついてみせるのか。

「絶対、俺らを苦しめようという狙いがあってこんな動作にしてるだろ！」

「陰謀を利用した回転入れとかもあるし、ようは陰謀も使いようでしょ」

「陰謀に良いも悪いも無い、この世には陰謀がある前提でやってくだけの話だろ」

などと。〝たかが〟ゲームを捕まえて、あれやこれやと実に想像力豊かなもので。

……まぁ、一テトリス・プレイヤーとしての私も、正直なところ、「〝たかが〟ゲームが〝たかが〟ゲームで何が悪い？　〝たかが〟ゲームに必死になって、陰謀論を唱えだす連中だって世の中いるんだぞ」などと、プレイ中に性懲りもなく毒づいたりしてはいるのだが。

曰《いわ》く

摩訶《まか》般若波羅蜜多心経《はんにゃはらみったしんぎょう》
観自在菩薩《かんじざいぼさつ》行深般若波羅蜜多時《ぎょうじんはんにゃはらみったじ》照見五蘊皆空《しょうけんごおんかいくう》度一切苦厄《どいっさいくやく》舎利子《しゃりし》色不異空《しきふいくう》空不異色《くうふいしき》色即是空《しきそくぜくう》空即是《くうそくぜ》
色受想行識亦復如是《しきじゅそうぎょうしきやくぶにょぜ》舎利子《しゃりし》是諸法空相《ぜしょほうくうそう》不生不滅《ふしょうふめつ》不垢不浄《ふくふじょう》不増不減《ぞうふげん》是故空中《ぜこくうちゅう》無色《むしき》無受想行識《むじゅそうぎょうしき》無眼耳《むげんに》
鼻舌身意《びぜっしんに》、無色声香味《むしきしょうこうみ》触法《そくほう》無眼界《むげんかい》乃至《ないし》無意識界《むいしきかい》無無明《むむみょう》亦無無明尽《やくむむみょうじん》乃至《ないし》無老死《むろうし》亦無老死尽《やくむろうしじん》無苦集滅《むくしゅうめつ》
道無智亦無得《どうむちやくむとく》以無所得故《いむしょとくこ》菩提薩埵《ぼだいさった》依般若波羅蜜多故《えはんにゃはらみったこ》心無罣礙《しんむけいげ》無罣礙故《むけいげこ》無有恐怖《むうくふ》遠離一切顛倒夢想《おんりいっさいてんどうむそう》
究竟涅槃《くぎょうねはん》三世諸仏《さんぜしょぶつ》依般若波羅蜜多故《えはんにゃはらみったこ》得阿耨多羅三藐三菩提《とくあのくたらさんみゃくさんぼだい》故知般若波羅蜜多《こちはんにゃはらみった》是大神呪《ぜだいじんしゅ》是大明呪《ぜだいみょうしゅ》是
無上呪《むじょうしゅ》是無等等呪《ぜむとうどうしゅ》能除一切苦《のうじょいっさいく》真実不虚《しんじつふこ》故説般若波羅蜜多呪《こせつはんにゃはらみったしゅ》即説呪曰《そくせつしゅわつ》羯諦羯諦《ぎゃていぎゃてい》波羅羯諦《はらぎゃてい》波羅僧羯諦《はらそうぎゃてい》
菩提薩婆訶《ぼじそわか》般若心経《はんにゃしんぎょう》

曰く

☆塩　☆塩試合　☆あの討ち死には流石《さすが》に塩　☆しょっぱいな〜〜〜まあＧＧ《グッドゲーム》www

……アカン！　ちょっと一服いくわ。あきませんね、今日は。スランプはいりました。……お〜お〜!?　コメントも荒れとりますね〜!?　そうですね。そりゃあの負け方じゃね、皆さんもＧＧとは書けんでしょうね。はい、しょっぱいしょっぱい負け方でございました。はい、私が悪いです！　終わり！　ダメ！　ゲーム配信やめ！　今日もうこの後雑談枠にしま〜す。あ、初見さんごめんなさいね。今日ちょっともうマッチ入りません。疲れたわ。はい、もうあと雑談枠しま

す。戻ってくるまでになんか話して欲しいこと適当に書いといてください。以上！

☆なんか怖い話とかない？　☆最近調子悪いの？　☆ゲームやって

……あい、戻りましたよ、と。はいはい、はいはいはいはい。うん？　怖い話〜？　本当に怖い話なんか聞きたいんすか、皆さん？　俺から？　ああそう？　へー……。珍しい人らやね。う〜ん「昔は怖かったけど今は全然怖くなくなった話」でいいんなら、ある、かな。それする？　アカン？　それでもいい？　それで良いならするけど。

☆良いよ　☆して　☆なにその話気色悪い　☆ゲームやれ

まぁでも話はするけど、ちょっと長いからね？　それは許してね？……ちなみにキミら「おんもらき」って知ってる？　知らん？　知らんかやっぱり。いや、良い良い。調べなくていいです。むしろ知らない人の方が話しやすいんで。

……え〜と、なにから話そうかな。まぁ大前提からいきますか。古参のおじおばは知ってると思うんやけど、俺がFPSはじめたのって太古の昔ニコニコで「奇声FPS」って実況やってたガタさんって人の影響なの、知ってる？　前なんかのときに「ガタさんの話ホンマはもう正直あんまりしたくない」みたいな話したの。本名スガタさん。略してガタさん。

☆前にかしょうさんが話してた人？　☆なんか怖い人だっけ？

そう！　その人！　実は結構界隈《かいわい》では有名な人なんすわ。……いや〜、でもあれも最悪やったなマジで。なんかあれさ、切り抜かれて不仲《ふなか》説解説動画みたいなんあげられましたからね僕。「お前らにガタさんの何が分かるん⁉」ってめーちゃくちゃ思ったもん。切り抜きなんてそんなもんだってのは分かるんすけどね、分かってるんすけど！

☆仲悪くないの？　☆じゃあなんで配信で話さねーんだよw

いや仲悪くないよ！　そもそも俺、ガタさんの一番弟子やからね。ガタさんの〝教え〟の正統後継者自称してますから、俺は。配信でガタさんの話あんましないってのはあれですよ、ガタさんはそもそもeスポーツとか出来る前からゲームやってはった大ベテランやから、正直今スポンサーがついてる身の俺がね、喋《しゃべ》れるエピソード少ないんすよ。分かる？　色々ありますよ思い出は、そりゃ。でもあの人、昭和のスポ根ジジイと平成の気難しいオタクのハイブリッドみたいな人やったから。コンプライアンスの対極にいたお人やったから。

☆やっぱりそういうオタクっていたんだな～　☆歴史扱いかよ

そう言うとね、今の若い人は「ガタさんって最悪なおっさんやん」ってなるとは思うんですけど……いや、実際最悪ではあったか。最悪な人ではあったんやけど！　でも同時に面倒《めんどう》見のめちゃめちゃ良い人でもあったから。ゲーム上手《うま》かったでしょ、しかも当時としては新参に教える使命感が凄《すご》かった。俺尊敬してたんよマジで。結構その……分かるかな。今プロやってる人達《たち》も今こそ「業界のために初心者に優しくしてこう」とか言ってますけど、格ゲーほどやないにしてもハッキリ言って当時のあの人らみんな怖かったもん俺。Mogaさんとか今VTuberにコーチングとかしてるけど、昔はエグいくらい尖《とが》り散らかしてたんやから！

☆分かる　☆Mogaさんが若手に説教してるのいつもどの口が言ってんだって思ってる

でしょ？　で、このガタさんなんやけど、一言で言うとそういう説教臭いおっさんではあったんやけど、同時に「後進を育てよう」みたいな使命感も人一倍あった人やったから、今プロやってる人らでも影響受けてる人が少なくないのよ。さっきの奇声実況も「もっとみんなにゼイリブを遊ばせたろう」みたいな想いから始めたところが強かったらしいからね。俺がまずそうでしょ。

あとショウゲツ君とか、タモンさんとか。中国勢とかタイ勢とかもガタさんの動画見てたとか言ってたから、いやホンマ凄いんよあの人は、今のシーンに与えた影響が。

☆まあね　☆ニコニコを老人会みたいに言われるとまだ違和感ある（老害）

ただね、これもまぁ古《いにしえ》のゲーマーあるあるなんやけど、じゃあゼイリブが日本でもプロ化するってなったときにガタさんがどうしたかっていうと、「いや俺はそれはいい」みたいになって、声は……おそらくかかってたんちゃうかな。分からん。おそらくかかってたはずなんやけど、結局立ち上げには参加せんかったんよガタさん。だから今競技化したゼイリブから入った人は正直あんま馴染《なじ》みのない名前なんやろうなとは思う。本人自身が「ゲーム遊んで金貰《もら》うのはちゃうかな」みたいなところがあったんかな、とは勝手に思ってるけどね。知らんけど。

☆知らないんだ　☆声かかってたとか初情報では？　☆確かにそれだけの存在感はあった

知らんけどって言うか、本人とその手の話したことなかったから分からんのよ正直。アンヌさんとかさ、一回新宿のファミレスで始発まで動きについてガタさんと話しててさ、ほんで朝5時よ、朝5時にちょっとウトっとしたら「もうちょっと話そか」みたいに詰められて、結局夕方の5時まで追加で説教されたって言ってたからな。あの12時間で言われたこと今でも忘れんって言ってるからね。これすらまだ喋れる範囲のエピソードで、俺もあの人に何回ノンデリかまされたか分からんもん。しかも自分は説教長い癖に、なんかこっちが一個質問すると「時間の無駄や、実際やってみせたる」で今度は無限にゼイリブ付き合わされて……。まぁだから、そういう何考えてんのか良く分からん人やったワケよとにかく！

☆ダルそう　☆確実にだるい　☆お前本当昔から話盛る癖あるよな？

何度も言うけど、あくまで俺の知ってるガタさんの話ね。あくまで俺の知ってるガタさんは……そういう不器用な人やったね。そもそも話が長いとか人の話を聞かないっていうより、他人とのコミュニケーションがゲームでしかとれないようなお人やった、みたいなとこは正直あった。せやから俺があの人の考えがちょっと分かるようになったのも、ゼイリブがそこそこ動けるようになってからやったからね。俺も最初はガタさんが何考えてるのか全然分からんくてさ、むっちゃ怖かったもん。でも蓋開けてみたらね、結局はこの人って「ゲーム遊ぼか」って言いたいだけの人なんやって分かってからは、まぁ気楽なもんでしたね。

☆どの界隈にも一人はいるよね、そういう不器用な仙人タイプの人

まあね……。で！　これ、知ってる人は知ってると思うんやけど。ガタさん実はもうとっくの昔に亡くなってるんですよ。もう9年か？　突然警察から電話かかって来て、「昨日ご自宅で亡くなられたんですけど、残されてた連絡先がそちらさまで……」みたいな話になって。「え!?!?」って。詳しい話はやめときますけど、まぁ、不摂生でしたね、死因は。ボロカスやったから、ガタさんの身体。Discordも24時間ずーっとつきっぱなしやったもん。亡くなった日もたまたま野良で冬休みの子供相手にVC《ボイスチャット》でガチ説教しててそのまま倒れたらしい。

☆あったね　☆あったわ　☆早いね　☆そんなだったか？

またそういうお人やったから、ご家族との縁もとっくに切れててさ。だから警察の人と話してたら「このままやと無縁仏になるかも」みたいな話になって、これはアカンってなって。あのガタさんが死んで行方《ゆくえ》知れずってなったら、これはもうゼイリブ勢の恥でしょ。そこは遺《のこ》された者のケジメとして。「じゃあ僕らに遺体引き取らせてください」って言って、俺含めガタさんの教えを守るガタチルドレンでの葬式挙げてやろうよってことになったわけですよ。クッソ大変やったよ、手続きとか。遺体の引き取りとかさ、わざわざ深夜に高速乗って行ったわ。

☆部外者がご遺体って引き取れるの？　☆たしかタモンさんが従弟《いとこ》だったんだよね
なんやったかな。結局、調べてもガタさんのご実家の宗派とか分からんかったし、あの人がまっとうに宗教信じてるとも思えへんかったから、一番安い無宗教プランで挙げたんすわ。花と遺影だけ置いてあって、友人がそれぞれ喋るみたいなのね。それこそさっき言ったショウゲツ君とか、タモンさんとかね。来てたよ葬式。まぁ葬式っていうかほぼオフ会やったけどね！　来たのも10人だけやったし、その数少ない10人ですら揉《も》めてたもんあの人ら。解空《げくう》さんとか参列者全員に「お前ら最近アイドル配信者に媚《こ》び売ってるらしいな」みたいなこと言い出してさ。も～！やめて～！　葬式の場でギスんなや！　って思ったもん。
☆言われて当然だろ最近のあいつら　☆ウパちゃんの悪口はやめろ～！
無宗教の葬式だから当然お経とかも無いわけですよ。だからね、せめて代わりになる音楽とかメッセージとか、それぞれ用意してきてなんか流しましょうよみたいな話、事前にしといたんやけどさ。もう……ホンマひどい。あの人ら。つくづくそう思った。「ガタちゃんの魂よ安らかに」とか言って爆音でせがた三四郎のテーマ……若い子は知らんと思うけどあれ流したりとかさ。お葬式よ？　やる？　普通そんなこと？　「最後はガタさんをこれで送り出したい」とか言ってると思ったら、スクリーンにでかでかとガタさんの初配信の動画流してさ、「変わらんな～」とか言ってさ。も～デリカシーがない！　ホンマに！
☆ひどい　☆ホモソーシャルの悪いところ出すぎてるよ本当
でさ、多分配信で言ったことなかったと思うんやけど、実は俺ね、寺の子なんよ。正確には親父《おやじ》は普通の公務員なんやけど、すぐ近くに婆《ばあ》さんの住んでる本家があってそこが寺なんですよ。だからそれ見てたら俺、なんかもう辛《つら》くなっちゃってさ。せめて俺だけはちゃんと弔わなアカンと思って、昔覚えさせられた般若心経《はんにゃしんぎょう》をさ、ガタさんのご遺体の前で唱《とな》えたの、一応。ああ、曹《そう》洞宗《とうしゅう》では葬式の時も般若心経読むよ。読む読む。俺、未《いま》だに忘れへんもん。俺がこう、両手を合わせてお経読んでるときにさ。Moga さんが言ったこと。なんやと思う。当ててみて。ぜったい一人も当てられんと思うわ、マジで。Moga さん、「殊勝なことしとるね。俺の知ってるガタの頭じゃ、般若心経の意味なんか分かるわけないと思うんやけどな」って言ってたからね。

☆ヤバすぎる　☆Moga さんのそういうとこ全然変わらないね……　☆舐《な》めとんな本当

Moga さん、絶対ガタさんの霊に祟《たた》られるわって思ったもん。なんなら大会とかで Moga さんと当たると「ワンチャン今からでもガタさんの呪《のろ》いかなんかで死なんかな」って今も全然思ってますからね。……まぁまぁまぁ、スポンサーの皆さんもね、見てることですので、それは冗談ではございますが！　しかし当時の俺、ガタさんの葬式も挙げてる上にお経も読んでるわけやからな。葬式割り勘だったとはいえ、ようやってた方ちゃうのこれ⁉

☆葬式割り勘かよ　☆葬式割り勘　☆初めて聞く日本語　☆割り勘だったんかあれ……

ごめん、話逸《そ》れたわ。えー……、そうそう、葬式ね。ガタさんの葬式が終わって多分やけど、一か月くらいやったんちゃうかな。丁度その辺が今度は大会の準備期間と被《かぶ》ってたんですよ。当時俺 KAMINUI ってチームに所属してたんやけど、KAMINUI ってそのとき運営の方針でよく合宿やってたんすよ。江戸川区にスタジオ持ってて、大会前はそこが寝泊まりできて配信とかもできる合宿所みたいになってたんすわ。俺はそもそも関西から来てるってのもあって、期間中は基本ずーっとそこにおったわけ。個人の配信とかもそこからやってたりしたんやけど。

古名《ふるな》　きつかったよな～あれ　☆古名さんコメントいるじゃん！　☆古名さんちーす

でさ……、あるかな……。ちょっと待って、調べるわ。え～と……あ、これかも。あの、多分「ハナミツ　怪奇現象」で調べると切り抜き出てくるわ。なんやねん「ハナミツ　怪奇現象」てw　はい、見なくていいです別に。知らない方のために説明しますと、まぁこれはね、あれですよ。インターネットホラーあるあるです。「配信者が気付かないうちにキーボードやマウスがひとりでに動いてしまう」って恐怖映像です。俺がね、練習でボロ負けしてね、不貞腐《ふてくさ》れて一服に行ってる間に、ひとりでにキーマウが動いて勝手にゲームが始まっちゃったって動画ですね。

☆あったな～これ　☆これ話していいんだ　☆これのことが聞きたかったんだよ～

これね～！　当時反響エグかったな！　動画内の俺も白々しく「怖いよ～」とか言ってますけど、誰もいない部屋で勝手にデバイスが動いてるんですよ、これ。それも結構ハッキリと。まぁ配信中こそね、不貞腐れてゲームやめようとしてる流れだったのにゲーム始まっちゃってるから、コメントも「おいゲームやれって言われてるぞw」みたいなおもしろ仕立てにはなってるんですけど。もう今だから言うけど、軽く炎上してましたからねこれ。なんか物理的なチートツール入れてんじゃねぇの？　みたいなのとかさ、結構言われましたよ～当時。

☆見てたわ当時　☆燃えたよね……　☆こんな風になってたとは知らんかったわ

疑われたくないからわざわざ手元の画角入れてたのに、逆に怪しまれて炎上すんだもんな～これ！　マシュマロもいーっぱい来た。来たけど多分ほぼ無視したんちゃうかな？　当然です。仮にもプロがね、こんな心霊話にいちいちコメントしますか？　って、しませんよそれは。しません。じゃあね。ここから本邦初公開。この件、じゃあ実際のところどうだったのか。皆さんも本当のとこ、聞きたいですよね？　これね……少なくともよ？　少なくとも俺は、まったくなーんとも思ってませんでした。なんでか？　「実はこの裏でこれ以上の怪奇現象がバンバン起きまくってて、今更キーボードやらマウスやらが動くくらいどーでもよかったから」です。これね、切り抜いといてください。

☆⁉　☆www　☆予想の斜め下だったかもしれん　☆なーほーね？

いやもう本当ヤバかったよ！　ヤバかった！　あんなこと一生に一回もない。いや本当にキーマウ動くくらいどーでもよかったもん。今動画でこうして改めて見てもね、どーでもいいもんこんなの。ラップ音？　はい、ありましたありました。ポルターガイスト？　はい、おったおった。皆さんが思いつく限りの心霊現象、それ全部ありました当時。凄かったよ？　仮にも業界最先端と言われた新築のeスポーツスタジオで、人影は出るわ、呻《うめ》き声は聞こえるわ、金縛《かなしば》りにあうわ。もう合同練習しててもさ、「お前のボイスだけノイズ入りすぎてアナログ放送みたいになってるやん」って何度言われたか分からんもん。

☆こわ！　☆こわいか？　☆怖い話と笑い話のライン引きが難しい

未だに当時のメンバーと会うと普通に怒られるし、なんならちょっと裏で不仲な時期すらあったからね。別にさ、俺が幽霊持ち込んだ証拠なんてどこにもないのよ？　ないんやけど、もうなんか……なんていうかさ！　俺が祟られてるのがあからさまやったから！　だって毎回毎回俺の座ってる近くのＰＣばっかり怪奇現象起きるんやもん！　それでもギリこうして俺がまだプロとして存在が許されてるのは、チームとして「選手は心霊現象については無視しましょう」って方針が固まって、怪奇現象に負けずプレイオフも抜けてそれなりに結果が残せたからなのよ。

☆でたね　☆はい、自慢　☆自慢か？　☆流石プロ様はちがうで！

……いや、違う。違う違う違う！　自慢というワケでは、ない。そうやなくて、そんな怪奇現象が起きてても俺がある程度の結果を残せたのにはね、実は理由があったんすよ。むしろね、俺この時期ガタさんが死んだのが結構メンタル来ててさ。合宿入る前からプレイが荒れ気味だったのよ。それこそガタさんが口酸っぱく言ってた「画面を見ろ」とか「音を聞け」みたいな基本の〝教え〟が疎《おろそ》かになってる感じもあって、もうあんまゼイリブ遊びたないな……、みたいな気持ちも正直無いわけじゃなかったから。

☆そうか　☆ごめん、茶化《ちゃか》しちゃって　☆聞きたくねーよ、弱音は

しかもさ、俺とかMogaさんってこの時期他ゲーメインでやってたから、プロと言っても実質復帰戦みたいなとこもあったわけですよ。そもそも「実戦でどの程度動けるかな?」みたいな時期だったのに、俺がゼイリブに帰る直前にガタさんが死んだってのが……当時の俺としては受け入れがたかったというか。なんならガタさん、俺らが別ゲーいったとき直接「お前ら、俺より先に死ぬんか」みたいなこと言ってきたこともあったからね。ああ、不義理したな、結局親孝行できんかったな……みたいな気持ちになっちゃってたのよ。みたいなね。みたいな。

☆プレイヤーとして我が子が先に4んだみたいな扱いだったってこと?

……分からん。でもガタさんからしてみたらそんな気持ちやったんちゃうかなって。いずれにしろ、それくらいガタさんの存在ってのは大きかったんよ、俺の中では。もう、なんかこう、あ、繰り返し繰り返し同じゲームを遊ぶ人生にどれほどの意味があるんや、みたいな。そういうところまでいってたからな。大袈裟《おおげさ》とは思うよ。我ながら大袈裟な物言いとは思う。でも実際問題、ガタさんの死を目の当たりにしたら、なんかそういう気分になっちゃったわけよ。……なるでしょ。いつも言ってるけど僕、皆さんが思うよりいろんなこと考えてゲームやってますからね。

かしょう　**ハナちゃんってそんな頭使って遊ぶタイプだったんだな……**

……この……お前……コメントコラお前!　あんまプロを舐めんなよプロを!

*

……まぁええよええよ。こうやって皆さんに弄《いじ》られるのもね、プロのお仕事のうちなんで。それはいいんですが！　その頃は本当に調子も悪くて、顔合わせのタイミングでメンバーから「起きてるか？」って言われるほど負け方も良くなかったんすよ実際。もっと言うと、自分の周りに怪奇現象が起きてるってこと自体、最初は気付いてすらなかったからね。なんか古名君から聞いた話やと、初日の段階からもう俺の周りで変な呻き声とか聞こえたらしいすよ。でも肝心の俺はずーっと思いつめた表情してるしで、みんな最初は俺が呻いてるもんだと思ってたらしいすわ。

☆正直、配信見ててもそれは思った　☆顔色が白飛びしてるみたいになってたからな

俺の様子もおかしいわ怪奇現象も起きてるわで、すぐマネージャーの面談受けることになって。KAMINUIのマネージャーも大概ブラックやったからさ、落ち込んでる俺に直接「もしかしてお前、なんか祟られてるか？」とか聞いてきよるんすよ。で、俺は俺で「いや、自分がゲーム下手なだけっす……」みたいに答えて。そしたら「いや絶対なんか祟られてるよ！」って言われまくって。俺、もしかして遠回しにクビって言われてるんかな？　って当時はめちゃめちゃ不安になりましたよね。

☆そりゃね　☆オバケでやめさせられるのは可哀想《かわいそう》　☆人のせいにするなよ！

いやさ～！　だってプロが調子を崩してるときに「オバケの影響かもしれません」って言われて信じます普通？　ところがよ。ところがどっこい。ところがどっこいなんて生まれて初めて言ったけどもｗ　その日の晩ですよ。ああ、もうこれアカンな。「俺、オバケ理由にプロクビになる初のプロゲーマーや」とか思ってさ。半べそになりながら布団に入ったんすよ。そしたらね、

ことにしときますけど。あのね、枕元に、ガタさんが立ったんすよ。
ゃ無かったんや！」とか言うとまともな会社から案件こなくなると思うから、一応夢だったって
夢見たんすわ。……いや夢だったかどうかは正直今でも確信がないんやけど、多分「あれは夢じ

☆ああ
☆突然すぎるwww　☆話の展開どうなってんの？　☆オバケじゃん！
ふっと目が覚めたらね、消したはずのPCが立ち上がってて、ゼイリブの起動画面が浮かび上がってて、その薄明かりに顔を照らされてたんすわ。うわ最悪、こんなん眠れへんやんと思ってさ、PC消そうと思ったら、身体がさ、全く動かんってなって。金縛りですよ。なんて言ったらいいんやろ、眼球だけが動かせる感じ？　うわ、これヤバ。本当に怪奇現象やって思って、目をぎょろぎょろしたら、ちょうど、なんやろこう、右のこめかみの横あたりに、なんか人の気配を感じたのよ。俺この時仰向《あおむ》けに寝てるんだけど、分かります？　そう、まさに枕元。えっと思って目だけ横向いたらさ、立っててん。そこに。ガタさんが。

☆何の話？　☆スピリチュアル系ストリーマー目指すの？　☆そうだったか？
表情は、なんやろ。いつも通りやった、かな。ああ、あと目がね、ほんのり赤かった。なんか火ついてるみたいに見えたな。存在感はあるんやけど、なんやろ、重量感がないというか、そんな感じやったかな。あと……うーん、あとはまぁ、そやね。念のため聞いときますけど、キミ達、まさか僕の真剣な話を笑わないよね？　笑わんといてね。笑ったら僕、普通にタイムアウトさせますよ。いいですね？　はい。はい、じゃあ言いますけど。その時のガタさんね、顔はまぁガタさんなんやけど、両手がさ、こう、でっかい鳥の羽やってん。

☆鳥？　☆なーほーね？　☆くだらねwwww
いやだから鳥！　鳥よ！　バサバサーって！　多分広げたら横幅3mくらいあったんちゃうか

な？　身体もさ、そもそも部屋が暗かったってのもあるけど、なんか灰色に近く見えたな。小汚い鶴みたいな感じ。……ちょっと待って、今笑ってたヤツまず一人タイムアウトさせるわ。はい。お前、サヨナラ。……はい。で、なんやったっけ。ああそう、鳥ね。鳥になってた。いやビビりましたよそりゃ。やけどあの、オバケにビビったというよりもね、鳥になったガタさんと目があった瞬間、もう俺、怪奇現象とか抜きにして、「うわ！　この人にだけは！　この人にだけは今の俺のプレイ見られたらヤバい！」ってそこにビビっちゃったのよ。

☆気持ちは分からんでもない　☆トラウマになってんじゃん　☆お前さあ……

その間もずっと金縛りの最中でしょ。ガタさん！　ちゃうんす！　ちゃうんすこれは！　って、目で何とかやりとりしようと頑張ってたら、ガタさんがさ、俺見ながら突然口開いて。もう本当、いつも通りの口調よ。いつも通りの口調で、「お前、ここ最近、しょっぱいな」って、俺に言ってきて。真っすぐ俺の目を見据えてさ。「お前、ラクしたがっとるやろ」って、そう言われたの。俺、そのとき、本能的にヤバ！　って思ってさ。いや、違う。呪いとか祟りとかの話やなく。そういうときのガタさんって……昔から……基本説教止まらんくなるからさぁ！

☆そっちなの⁉　☆怖い話ってそういう話？　☆そんなこと考えてたのかよ……

でもね⁉　さっきも言った通り。このときの僕、金縛り状態ですよ！　うっすらついてる明かりの中で、逃げも隠れも出来ず、鳥になったガタさんの説教、朝までコース。ずーっと聞いてました。ずーっと聞いてましたね。5時くらいまで聞いてたんちゃうかな。内容はいつも通りでしたね。「ゲームってのは0と1とで構成されとるんや」からはじまり、「まだ耳が使えてないわ、ゲームは五感で遊べって言ったよな？」とか、そういうのを朝までずーっと聞かされてた。というか幽霊って普通明るくなったら消えると思ってたんやけど、あの人、部屋がそこそこ明るくなっても全然説教続けてたわ。……最悪でしたね、マジで。
☆オバケの説教を何時間も？　☆キツ……　☆流石に話盛りすぎだろお前！
たしか「なんかハナちゃんの部屋から変な音が聞こえる！」って古名君が様子見に来てくれて、それで金縛りが解けたんやなかったかな。でもね、これが不思議なもんで、起きた瞬間は悪い気はせんかったですんよね。古名君は「いよいよ死相が出てる」って言ってましたけど、俺本人はそれで気が楽になったところがあるっていうか、久しぶりにガタさんの説教聞いて自分の進む道を迷わんくなった、みたいなところは正直あったから。なんだかんだ言ってガタさん死んでもまだ俺のこと気にかけてくれてたんやなって、なんかほっとしちゃったのよ、その時。
☆この流れで何をどうやったら守りに来てくれたとか勘違い出来たのかが分からん……
いや、割と冗談抜きでね。俺、最初に鳥になったガタさん見たとき、「ガタさん……天使になったんや……」って思ったから。割とマジで。……まぁ今になって考えてみれば、あんな小汚い天使がおりますか？　というのが正直なところですけどね、ええ。

＊

☆いい話ではある　☆いい話か？　☆俺は聞いててずっとフワフワしてるよ
まぁ色々と話はしましたけれども。結論そうやって「俺にはガタさんの霊が憑《つ》いてる！」って思ってたから、大小さまざま怪奇現象は起きてましたが、当時は特に気にして無かったってのがあの動画の真相ですね。いや気にしてなかったは嘘《うそ》、ごめん、それは盛りすぎ。もちろん「鬱陶《うっとう》しい！」とかはずっと思ってたけど、それ以上にガタさんがまだ成仏して無かったことの安堵《あんど》が勝ったってのが正しいわ。怪奇現象そのものは怖かったけど、ゲームプレイにそこまで支障になってるとは思わんかったってのもあったしね。
☆空気の読めるオバケやね　☆言い訳しないのは偉いわ
とは言え、ね。とは言え、ですよ。俺が「怪奇現象気にしません！」って言ったところで、周りの人たちからしたらそりゃ気持ち悪いワケですよ。さっきの動画以外にもゲームが勝手に……みたいなのはこの時期何回もあって、配信だと誤魔化《ごまか》してバレはせんかったんやけど、それこそコラボ相手を怖がらせたこととかもあったりしたのよ。なんやろ、例えば、そやね。某ゲームVTuberの某Ｋすみさんとかねｗ　Ｋすみさんとやってるときにさ……、Discordで俺の背後に人影が見えちゃったりとかありましたからね。
霞《かすみ》クウch　**そこまで言うなら別に言っていいよｗ**
……あ、Ｋすみさんコメント欄おる？　うわ、おるやん！　おるやんＫすみさんｗｗｗ
霞クウch　**Ｋすみまで言ったらもう名指しと同じだろ！**
……いやいや、そんなことはないですけどもねｗ　ないですけども。いやまぁ、でも、あ、はい。じゃあ本人から許可出たんで言いますけど、あの大人気VTuberであらせられる霞クウさんと裏でゲームやってるときに、僕の背後に影が映りこんだのを霞さんが見てね、ビビりすぎて霞さんの頭が１５０度折れ曲がったこともあったくらいなんですよ。メキー！　てね。可愛《かわい》いお顔がね、お胸にお埋まりになってらっしゃったから。だから、実害ですよね。実害。そういうところで実害が出るようになってた。
☆クウちゃん！　☆クウちゃんになにしてくれとんねん　☆ご迷惑おかけして申し訳ない
あとは当然チーム内もそうですね。メンバーというよりKAMINUIのＰＣって動画編集者兼インフラエンジニアで入ってくれてた須本《すもと》さんって人が面倒見てくれてたんですけど、俺が近寄るたびにＰＣがブォンブォンいうから須本さんがその度に理由もなく設定見直すことになって、それが本当にしんどそうやったかな。今だからこそ改めて言える。須本さん、本当にごめんなさい。インフラエンジニア vs. 怪奇現象ですよ。なんか「ＰＣのお祓いできる霊能力者とか呼んでこれんのかな……」とか言ってたからな～当時。

☆裏方の人はね……　☆普通に可哀想　☆こっちまで申し訳なくなってきた……

あとは実家もそうかな。さっきも言った通りウチ実家が寺やからさ。帰省した日に怪奇現象が起きまくって、ちょっとそれがね、度を超えてましたので。「久しぶりにゼイリブから離れて気が楽やわ～」とか俺が言ってしまったばっかりにね、本堂にバリバリィ！　つって爆音でラップ音が鳴り響きまして。流石にね、バレまして。「なんてもん寺に持ち込むんじゃ！」ってね、婆さんがね、もともとこの仕事自体認めてないってのもあるんやけど、もうね、凄かった。カチキレてたわ。知り合いのおっさま……ああ、おっさまってのはお坊様のことですね。おっさま集めて、オバケ持ちこんだ件について魔女裁判ですよ。坊主による魔女裁判。

☆当たり前だろ　☆寺に分かっててオバケを持ち込むな　☆それはお前が悪い

坊主って言ったたって霊能力があるわけじゃないですからね。そこはカチキレた婆さんをなだめるために、「あまりお家に迷惑をかけないように」とか、あくまでそういう一般常識の説教をしますよ～みたいな場やったんやけど。その時にさ、このガタさんとの付き合いをね、ちょっとおっさまたちにも説明する場面があったのよ。はい、世話になってる兄さんみたいな人でした。はい、最近亡くなって友人同士で葬式挙げました。はい、それがまぁひどいもんでございまして、仮にも寺の生まれなので自分は御遺体に経を読みました。って。

☆世話になってる兄さんか～　☆なんかいいな　☆良く言ったもんだな本当

そしたらよ。その坊さんたちさが……こうね、顔をほんのちょっと歪《ゆが》めたんすよ。苦笑いみたいな。「ハナ君」と。「君の行いは立派なもんやったかもしれんけど、やりかたは間違っとったのかもしれん」と、そう仰《おつしや》るわけです。俺ね、多分そのときはじめてちょっとだけゾッとしたかも。なんか怖いやん、歯切れ悪く何かを喋る坊主って。……で、その時かな、教えてもらったの。その、最初に言ったあれね。「おんもらき」って言葉。「ハナ君、その先輩はおんもらきになってしまったのかもしれんな」ってね、みんなから言われて。

☆Wikipedia にあるやつ　☆昔ぬ〜べ〜に出てきたやつ？　☆全然知らん

漢字で書くと陰陽《おんみよう》に摩擦に羅刹《らせつ》に鬼で「陰摩羅鬼《おんもらき》」です。これね、妖怪なんすわ。ちょっとWikipedia 読みましょか？　まず「姿は鶴のようで、体色が黒く、眼光は灯火のようで、羽を震わせて甲高く鳴く」。「新しい死体から生じた気が化けた」妖怪で、「充分な供養を受けていない死体が化けたもの」。「経文読みを怠っている僧侶のもとに現れる」。……分かります？　鳥なんですよ。鳥の妖怪。葬式で正しいお経を正しい僧侶から読んでもらえなかった死体が、十分に供養されなかったことを憎んで成仏せずにこの世をさまよい続ける。……まぁよくもこんなにね、ガタさんが死んで人を祟るのに都合の良い妖怪います？　って思いません？

☆え、ガタさん妖怪になっちゃったってこと？　☆急に怪談に振る〜！　☆は？

いや霊のことなんか本当のところは分かりませんよ。でもこっちからしたらハワワワ〜よ。ハワワワ〜！　自分の愛弟子《まなでし》たちが揃《そろ》ったあの葬式があんまりにも酷《ひど》かったもんやから、カチキレたガタさんが仏様になれず妖怪になってしもたで〜！　こらえらいこっちゃ〜！　ですよ。考えてみたらね、ガタさん、天使にしちゃ羽毛が小汚かったしね。そもそも天使って両手羽じゃないし、フォルムも化け物寄りやったし。顔だけ人間で身体鳥の化け物ですよ。目もなんか赤くて怖かった。まぁ声は……声は昔から説教盛り上がってくると声が甲高くなる癖あったからなガタさん、ぶっちゃけそこは全然違いはなかったかもしれんけど、はい。

☆何この話？　☆祟られてるじゃん　☆さっきから笑ってるお前が怖いよ俺は

いやクッソ笑うでしょ！？　聞いてすぐ爆笑しましたよ僕は。ガタさん、妖怪になっちゃってますやんって。Wikipedia の項目名「怪鳥」なんて見たことある？　怪鳥て。ラドンでしか聞いたことない異名やん。ガタさん昔からキルとられると超高音で「キエエエエエエ！！！」って断末魔あげる癖があったから、一時期本当に怪鳥って呼ばれてましたからね。あとそうそう、「クリアリングは鳥になったつもりで場を俯瞰せえ」も毎度言ってたからな～。やっぱり日頃の行いやな～って思ったし。……まぁでもそれ以上にね、死んでも俺を気にかけてくれてるんだと思ってたガタさんが、本当は死んでも俺にキレてるんやって思ったら、なんかあの人らしくて笑っちゃったってのは、正直、ありましたね。

☆なんでだよ　☆死んだ知人から祟られるのむしろ怖くない？　☆どういうこと？

いやいや。恩人が悪霊になって自分を祟ってるとか、怖くね？　みたいなのはね、分かりますよ？　でも怪奇現象ってやっぱり怪異が何を訴えてるか分からん、得体の知れなさが怖さの本質みたいなとこあるじゃないすか。でも怪奇現象の原因がもしもガタさんなら、そんなの怪奇現象起きてる理由なんて「お前のゲームの遊び方が納得いかん」っていう説教目的以外無いですからね。そもそも、生きてる間ですら「一緒にゲーム遊びたい」か「一方的にゲームで説教したい」以外で滅多《めった》に連絡なんかして来んかったんやからあの人は！

☆理由を聞くとますます怖い！　☆人格破綻者《はたんしゃ》じゃん！　☆おい盛りすぎだぞ流石に！

どうせ鳥の正体が天使だろうが妖怪だろうが、羽バサバサーやりながら「一戦でも多く数こなすんや」ってPCポチポチ再起動させてるとかでしょ、あの人のやってることとなんて。ラップ音とかポルターガイストもどうせ、いつものあの感じで「お前、ラクしたらアカンぞ」て言ってるヤツに決まってるじゃないですか。そう思ったら全然怖くないというか……、むしろ二度と会えないと思ってたガタさんがまだそこで喚《わめ》いてくれてたことにやっぱり嬉《うれ》しくなっちゃって、しばらくは一人しかいない部屋で音が鳴ったり物が揺れたりするたびに「勘弁してくださいよ兄さん！」とか独り言言ってましたからね、俺。

☆妖怪になっても傍《そば》で怒ってくれてる方が嬉しいと　☆なるほどな

でもね、なんのタイミングやったかな……。東京ゲームショウのチャリティーイベントかなんかに出たときに、たまたまショウゲツ君とかタモンさんと一緒になる機会があって、そこでガタさんの話題になったんすよ。で、「俺のとこ最近めっちゃ出るわ～、ガタさんの悪霊」みたいな話を振ったんです、二人に。こっちからしたらね、笑い話ですよこんなもん。お気楽な冗談のつもりでしてる面白世間話やったのに、そしたらあの二人、「うわ」って。ドラマみたいなね、わざとらしい「うわ」で。口ポカーンって開けてね、大袈裟なリアクションとってくるわけですよ。

タモン　突然自分の名前出てきてビビったわ　☆あの二人とか容易に想像できる

「いや俺らんとこガタさんのオバケなんか一回も出てないよ」って言うんすよあいつら！　二人とも風のうわさでKAMINUIで怪奇現象が起きてたのは知ってたらしいんですけど、当の本人である俺が軽いノリで「あれガタさんの悪霊やったすわ～！」みたいなこと言うから、怖い通り越してね、唖然《あぜん》としてたらしいです、あの時。でもね、こっちだってさ、そんなん言われてもってなるじゃないですか。だってさ、こっちとしてはさ、あの葬式があまりにも酷すぎたもんだから、ガタさんは成仏できんくなってるに違いないと、そう思ってたわけなんやから。
☆**祟られてたのはハナさんだけだったってこと？　☆勝手な思い込みだろ！**
イベントそっちのけで葬式に出席した連中に片っ端から電話かけましたよ？　でもね、だーれもおらんの。見事なまでにだーれのとこもガタさんが化けて出てない。流石にね⁉　流石にあのクッソ失礼なMogaさんのとこくらいは化けて出てるやろと思ったら、まさかのMogaさん、自分のとこにはガタさんが一向に化けて出ないから「なんで俺のとこ出んのじゃ気の利かんヤツ」って死人に逆ギレしてましたからね。もう怖かったわ、俺。全てが。
☆**さっきからずっとなんの話これ？　☆Mogaさんwww　☆あいつもあいつでひどい！**
いやおかしいでしょ⁉　ガタさんの不肖の一番弟子、あの人の〝教え〟の正統後継者なんですよ僕は⁉　あの葬式だってね、僕、喪主ですよ？　いや、嬉しかったよ？　化けて出てくれたときは嬉しかったよ、そりゃ。でも他の連中のところには化けて出てないのに俺のとこだけ化けて出てるってなったら、そりゃ話が違うじゃないですか！　なんであのちゃらんぽらんな連中が許されて、一番真面目《まじめ》にガタさん弔おうとしてた俺が祟られなアカンねんってなるじゃないですか！　しかもですよ、言うにこと欠いて、あいつら、「まあ、俺らん中じゃガタさんもお前が一番心配なんかもしれんな……」みたいなこと言いやがるんすよ！
☆**まぁ、祟られる理由は他にあったんでしょうね　☆遠からずではあるかもしれん**
もうその日からずっと考えてましたね。ガタさん、なんで俺のとこにだけそんな死んでも説教に来るんすかって。陰摩羅鬼ってね、さっきも言った通り経も読んでもらえず満足な供養を受けれなかった死者が化けて出る妖怪なわけですよ。まぁあるとしたらね、やっぱり俺が唱えた般若心経が間違ってたんやないかって思ったんで、実は俺、それくらいから一時期毎晩般若心経唱えるようになってましたね。配信後も欠かさず読んでました、俺、部屋で一人で。

☆そうだったの⁉　☆多分、本人もその気持ち自体は感謝してたと思うけどな、俺は

結構真剣に読んでましたよ。意味こそ分かってなかった。正直ね。お経を読むという行為自体に何の意味があるんやろうとは思ってましたけど、読むは読んでました。「ガタさん成仏してくれ～」って。毎日配信後寝る前に10分ちょい、ガタさんの遺影に向かって、手合わせて。

☆そんなこと考えてたんなら、なんでそんなときに言ってくれなかったんだよ

「なんで言ってくれなかったんだよ」って……そんなん言うわけないでしょ！　嫌やろ！　配信者が突然配信終わりに「じゃあ今日もお経読みま～す！」って言い出したら！……というか配信とか抜きにしても嫌やったから！　俺がガタさんに死んでもまだ説教されてるって……もしも俺のせいで恩人が成仏しとらんのやったら、そんな不義理な話もないですからね。

＊

☆でもそんなの、いくら隠しても周りには普通に気付かれない？

……まぁ流石にチーム内では段々と「ハナちゃん大丈夫か？」みたいな空気にはなってきてましたね。当たり前よな。チームメイトが突然オバケと会話し始めてんだもん。おいおい大丈夫かなるわ、そりゃ。そのあとすぐくらいやったかな～。さっき話した須本さんから、「ハナさん、いい人見つけてきましたよ」ってね、連絡がありまして。須本さん、俺がチーム入って以来ずーっと霊能力者探してくださってたらしいんやけど、それが「ついに最強の祈禱師《きとうし》見つけてきました！」言うてね。こう目もギンギンになって言ってきたんすよ。ギンギンになって。

☆あっ……　☆そういう方向の怖さもあるの？　☆あんなもんなんの意味もないぞ

その時点でおかしいなとはちょっと思ってたんすよね〜。だってeスポーツチームの運営に祈禱師のコネなんかあるわけないからね。で、どこで見つけてきた霊能力者なんすか？　って聞いたら、メルカリで売ってた除霊サービスの人やったんですって！　なんかサービスとしてそういうスピリチュアルなの売ってる人がおるらしいすわ、知らんけど。他の人が1時間5000円とかで売ってるのを5000円とかで売ってた強気の人やったから須本さんのお眼鏡にかなったらしい。まぁその時点で十中八九詐欺《さぎ》だとは思いました、申し訳ないけどね。

☆絵に描いたような心霊商法！　☆笑う　☆だったらなんで止めなかったんだよ！

いやさ、凄かったのよ。須本さんの必死さが。「ハナさん！　これいけますよ！　除霊100体はやってるらしいですわ！」ってね、もうギンギン。そんなんさ……断れんやん申し訳なくて。俺もさ、迷惑かけてる側《がわ》なワケやし。だからまぁ、しゃーなし、しゃーなしそのなんとかいう霊能力者のお祓いをうけることにしたんです。なんかね、リモートでやってくれるって言うんで、Zoom でMTG組んでもらって、須本さんと一緒に出ましたよそれ。笑ったわ本当。来てみ？Zoom MTGで「リモートお祓い」って招待メール来たら、誰でも笑うわあんなん。

☆怖　☆草　☆事務的　☆実際どんなことやるんそれ？　☆くだらねえ……

特定されるとあれなんでちょっとぼかして言いますけど、Zoom にはね、暗い画面でフード被ったおばさんが映ってましたね。普通のアパートかどっかちゃうかな。そこに手作りの仏壇みたいのが置いてあって、オリジナルのお経みたいなの読んでくれましたよ。……で、これがまたケッサクなんやけど。ああいうのって最初に「じゃ、お祓いしますんで黙っといてください」って言われるワケやん。俺も須本さんもじっと黙ってたんやけど、アカンのよ。なにせほら、肝心のウチの兄さんがさ、こういうの黙ってられないタチやから……。

☆兄さん？　ガタさんか　☆ガタさんのことね　☆なんだよ急に！
その御祈禱の最中にもさ、突然大ボリュームでガシャコォン！　って初代ゼイリブの起動時のSEが流れ出すんすよ。勝手にゼイリブが起動してくんのよ！　その度に俺「あ！　すみません！　ポルターガイストが！」って言うんやけどさ、向こうも最初こそ「霊も苦しんでいるようです……」みたいなこと言ってくれたんやけど、どんどん空気悪くなってきてさ。最後の方とか……もう祈禱師さんも露骨に舌打ちしてたからね。兄さんも兄さんで祈禱師さんのアカウントに直接ゼイリブの招待コード送りつけたりしてさ……、もう最悪やった、本当！
☆ゼイリブの良さは遊べば分かるからね（ニッコリ）　☆送れるもんなんやって思った
結局、ポルターガイストは止まらんわゼイリブは誘われるわでもうなんともなりませんねこれってなって、「一応お祓いは一通り終わりましたけど、ここからどうしたら……」みたいな流れになったんちゃうかな。祈禱師さんもゲーム起動させる霊なんか見たこともなかったやろうしね。「もう私に出来ることはないです」とか、「この霊は他者が介入できる霊じゃない、私の話を聞こうとしない」とか、「そもそもこの霊には言葉がちゃんと伝わっていないかもしれない」みたいなこと言い出しはじめて、露骨に通話切り上げ始めてさ。最後は「これからも頑張ってくださ い！」ってケロッと言われて、お祓い、終わりましたね。

＊

☆え？　詐欺じゃん　☆ひどい　☆あれって結局金払ったの？
もちろん払いましたよ5万。だからまぁ……やっぱり詐欺ではあったのかもしれん。あんなハッキリと白旗上げて終わる御祈禱って世の中に多分ないと思うもん。でもね、結果から言えば、これは無駄金ではなかったんですよ。こうやって配信のネタになってるのもそうですけど、なにより、これによって一つ分かったことがあったんで。当時KAMINUIに参加してたメンバーだと古名君とウパちゃんがガタさんの葬式に来てくれた面子《めんつ》やったんすけど、このお祓いってチームの金でやらせてもらったことやからさ、スタジオからリモートで受けてて。あいつらも裏から御祈禱を見守ってくれてたんすよ。

古名 **呼んだ？** **ウパちゃん** **突然名前出すんだもんな〜**

終わった直後は須本さんがヤバくてさ〜。まぁ自分で呼んできた祈禱師にあんな白旗上げられたらね、そりゃヤバくもなると思うんすけど。「ウワ〜騙《だま》された〜！」ってかなり取り乱してさ。でもその状態の須本さんに対して、今度は古名君とウパちゃんがツカツカーってやってきて、突然「いや、あの祈禱師、間違ってへん」みたいに言い始めたんすよ。「あの詐欺師が！」って言ってる須本さんにさ、「いや、あいつは間違ってない」っておんなじだけ言うんですよ二人とも。……ヤバない？　意味分からんでしょ。最初こそなんやなんやって感じやったんですけど、段々話してるうちに収拾つかんくなってきてさ。

☆喧嘩《けんか》だ　☆二人ともそういうタイプだっけ？　☆俺の知る限り二人とも温厚な方だけど

「なんでお前ら詐欺師の肩持つんだ！」「肩持ってるわけじゃねーよ」って、なんかちょっと喧嘩みたいなんなり始めて。なんで俺がとは思ったんですけどね、しゃーなしまだ冷静だった俺が須本さんと二人を引き離してさ、ちょっと待てと。お前ら、こんな落ち込んでる須本さんによってたかってなんやと、そう言ったわけですよ。そしたらさ、なんか知らんけど今度は二人の怒りが俺の方に向かってきてさ。「大体お前が悪いんや！」って、俺にもキレはじめるんすよ！　なにが、なにが俺が悪いことがある!?　こんな一生懸命毎晩ガタさんのために甲斐甲斐《かいがい》しくお経唱えて、言われた通り除霊まで受けて、なんで俺が責められなアカンねんボケ！

☆なんか悪口言われてますよ！V古名、ウパちゃん　☆あ〜、そういう話？

そんなん俺だってさ、当然そうやってキレ返すわけじゃないすか。そしたらあの二人、言うにこと欠いて「それが間違ってんだろ！」みたいなこと言ってきて。はぁ？　意味分からん。葬式でガタさんの絶叫MAD流してたお前らに説教なんぞされる筋合いないんじゃボケ！　とね、正直、その時は思ったんですが。やっぱりね……、ウパちゃんってずっとガタさんの付き人みたいなんやってた人だからガタさんの思考パターンもよく分かってるんですよ。あと古名君は口がうまい、口が。ガタさんの説教臭さを一番に受け継いだお人やからさ。そういうときでもね、こう、人の心の奥底にあるひび割れみたいなのをカツーンと突いてくるんですよあの人は。

ウパちゃんにさ、アニメみたいにビシーって人差し指突きつけられてさ。「じゃ言わせてもらうけど、俺の知ってるガタさんは人の話をあんな長々と聞ける人じゃなかったんやけど、お前にとっては違ったんか⁉」って言われちゃいましてね。

☆酔ってるだろ、自分に　☆何の喧嘩？　☆そんなん時と場合によると思うけどな……

そんなん言われちゃったらさ、返す言葉なくなっちゃうもん俺。あの人はゼイリブでしか話が出来ひん人やったやんって。そうね、実際生きてるうちですらロクな会話なかったからね。そんな人にさ、ちょっと死んだからって自分でも意味も分かってないのにお経唱えてさ、今更あの人がマトモに聞くと思ってんのかって。「この霊には言葉がちゃんと伝わっていないかもしれない」、多分その通り。俺の知ってるあの人、そういう人だったから。「私の話を聞こうとしない」、それも昔からそう、俺らですら話聞いてもらえないんだもん。「もう私に出来ることはないです」、これは……そりゃそうやろってさ。

☆お化けになる前からそういう人だったろってことね　☆言い返せよせめて少しは！

いや、思い出すね。本当に古名君は口が上手い。こうやってさ、俺の肩抱いてさ、「死んでも生まれ変わっても人は人よ」みたいなん諭すように言ってきて。そうかと思ったら突然グワッて目を見開いて「せやったら、なんで生きてるうちは『ゼイリブでしか会話出来ん面倒なおっさんやな』って陰口叩《たた》いてたくせに、死んで仏様になったら突然高尚にでもなったみたいに有難《ありがた》いお経聞かせるんや！」みたいなこと説教してきやがって。「どうせお経を読んでくれるんなら、ゼイリブを通して伝えてほしい……ガタさんはそれが寂しくて化けて出てるんやないんすか！」ってさ、分かったようなこと言ってきやがってさ。

☆いやいやいや　☆ゼイリブで……お経……？　☆お前ら本当はバカにしてない？

俺さ、感動しちゃったの。そうか、確かに。ガタさんは口でお経読んだってマトモに聞くような人じゃなかったもんな。せやせや。俺たちどこまでいってもゲーム馬鹿、無駄な言葉はいらんねん、会話はゼイリブでしか出来んのじゃ！　ってやつでしょつまり。めっちゃカッコいい！　無頼やん！　だからさ、古名君に言ったんすよ。確かにお前の言う通りかもしれん。俺がアホやった。俺たちの会話はゼイリブだけで十分、そういうことやな。よし、それで、ゼイリブでお経ってどう唱えたらええんやろ？　スワッシャーでガコーンってあたりで空《くう》、レーダーキーピングの辛さであたり一切苦厄《いっさいくやく》らへん伝わるかな？

古名　**皆さん、話を盛ってますからねこれ！**

おいおいおい、盛ってるかおい！　古名クン君ね、実際問題、僕に「俺の知ってるガタさんなら、それも含めて試練と仰っとるはずや」ってお説教くださいましたからね当時？

ウパちゃん　**盛ってる盛ってる。俺はそもそも出身長野で関西弁じゃねーから。**

あーこれ、あーもうこれそんな言い出したら終わりよ、終わり。はい終わり〜。コイツらマジで「それが〝教え〟や」みたいな顔して人のこと笑っとった癖によ！

＊

よく考えたらキミら、そもそも般若心経って内容知ってる？
☆知らん　なんか難しいのは知ってる　☆……すげー知ってる
……俺もね、結局俺はガタさんに何をしてあげられるんやろみたいなのが分かんなくなっちゃって、ちょっとしてから実家帰って、婆さんに頭下げて般若心経の読み方教えてもらいましたね。まぁ結論から言うと、結局意味はよく分かんなかったんですけれども。……いや、しゃーないよそれは！　そんなね、釈迦《しゃか》がさ、この世の理《ことわり》を語ったテキストをね、俺ごときが数日やそこらで理解したとか理解しないとかね、そんな……不可能でしょ！
☆まあそれはそう　☆……配信で宗教の話すんの？　☆どっちかっていうと哲学寄りだろ
まぁとは言え、何も知らんかった時よりかは多少は自分が喋ってた言葉の意味も分かるようにはなりましたけどね。……あれはですね、釈迦が舎利弗《しゃりほつ》っていう一番弟子に〝教え〟を説いてるって内容の文章なんすよ。……えーと、最初の「観自在菩薩行深般若波羅蜜多時《かんじざいぼさつぎょうじんはんにゃはらみったじ》」ってあたりが「観自在、すなわち観音菩薩《かんのんぼさつ》が、深い智慧《ちえ》の修行をしていたとき」みたいな背景の説明で、そのあとの「照見五蘊皆空《しょうけんごおんかいくう》」が「人間の構成要素である5つの全ては、全部実体がないものだと理解して、全ての苦しみから人々を救った」っていう問いの説明になっとるわけですね。
☆なるほど　☆実体？　☆え、本当に今から唱えるの？　☆おい本気か？
「舎利子《しゃりし》」ってのが、さっき言った釈迦の一番弟子である舎利弗への呼びかけすね。「舎利子よ」

と。よう聞けよと。その後の「色不異空空不異色色即是空空即是色《しきふいくうくうふいしきしきそくぜくうくうそくぜしき》」が有名なパートで、「色は空に異ならず、空は色に異ならず、色はすなわち空であり、空はすなわち色である」って意味です。この世の全てのものは、因縁が揃って出来てる。例えばこの配信も、俺と皆さんの因縁があって今こうやって成り立ってるわけですよ。因縁が無かったら、存在しえない。でも、じゃあ因縁が無かったら全てが無になりますか？　って言われたらそうじゃなくて、単に、そうやな、配信とかなかった頃、それぞれが一人でゲーム遊んでた頃の状態に戻るだけなわけですよ。

☆分かったような分からんような例え　☆原子の集合体みたいなこと？　☆一人でか

そういう意味では、この配信には実体がないと言える。この配信だけじゃなくて、全ての事象は因縁で繋《つな》がってるだけでなんでも無限に分解出来ちゃうし、そういう意味では全ての事象に実体がないと言える。せやから、ここでお釈迦様は「色も空も異ならん、空も色も一緒や」と、そう仰っとる訳ですね。仏教では人間や身体や感情は色蘊《しきうん》、受蘊《じゅうん》、想蘊《そううん》、行蘊《ぎょううん》、識蘊《しきうん》っていう５つの要素で出来てるって考えるんですけど、これもたまたま因縁で繋がってるだけで分解できちゃう。そうなったら皆さんが考えてることも感じてることも同じでぜーんぶ実体がないと言える、それを言ってるのが「受想行識亦復如是《じゅそうぎょうしきやくぶにょぜ》」のとこです。

☆さっきの5つってのはそれってことね　☆これ本当にあってる？　適当言うと怖いぞ～

般若心経っていうのは……俺の知る限りでは、ですけど、人を苦しみから救うことに主眼を置いた〝教え〟なんですよ。修行を通してこの教えを完成すれば一切の苦しみからも解放されるでしょう、ちゅうことですわ。せやから、「舎利子是諸法空相《しゃりしぜしょほうくうそう》」と、お釈迦様も「舎利子よ、これが世界の姿なんや」とここでもう一度呼びかけとるわけですね。そのあとの「不生不滅不垢不浄《ふしょうふめつふくふじょう》不増不減《ふぞうふげん》」……これは「生まれたものも減ったものもない、汚れたものも清らかなものもない、増えるものも減るものもない」って意味です。全ては縁で出来てるわけやから、そこには生も死も、綺麗《きれい》も汚いも、増えるも減るもないんやと。

☆なんとなくは分かったかも　☆言いたいことは分かる、言いたいことは

「是故空中無色無受想行識《ぜこくうちゅうむしきむじゅそうぎょうしき》」は「したがって、それらの中には行もなければ識もない、受もなければ想もない」。これはようは……皆さんの思考や知識だって、そこに絶対はないでしょっていうお話です。これもそうですね、例えば俺らはこの配信でやってるゲームはＦＰＳや！　っていくつかの条件から分かってますけど、知らん人から見たら「よう分からんけど陰キャの中の陽キャがよくやってる撃ち合いのゲームや」くらいにしか思わんわけで、そこから見た世界にＦＰＳは存在してないわけですよ。そう考えたら、思考や知識で現実の事象をある、とか、ない、とか考えること自体に絶対は無いやんって話にもなるでしょ？

☆なる？　☆なるでしょ　☆なるか　☆なるね　☆なったところで、という話よ

そこから繋がって、「無眼耳鼻舌身意《むげんにびぜつしんに》、無色声香味触法無眼界乃至無意識界《むしきしょうこうみそくほうむげんかいないしむいしきかい》」は「眼耳鼻舌身意が無いから色声香味触法も無い、よって眼界から意識界に至る全ても無い」となり、これは「人間の持つ6つの感覚も絶対なものとは言えないから、そこで生じる感覚の全ても絶対ではない」って意味になります。そして「無無明亦無無明尽乃至無老死亦無老死尽《むむみょうやくむむみょうじんないしむろうしやくむろうしじん》」で「無知もないし無知が尽きることもない、老死もなければ老死がなくなることもない」となり、そこまでいったら知ってるとか知らんとかもそもそもないじゃんって話になるし、究極死ぬもないんだから生きるもなくなってくるよね……ってことをお釈迦様は仰ってるわけですわ。

☆まぁ言わんとしてることは分かった　☆無いばっかり言ってるな

そう！　その通り！　そうなんすわ！　無い無い尽くしなんですよ般若心経って！　でも、そここにこそ救いがあるんすよこの〝教え〟は。ね、次「無《む》苦《く》集《しゅう》滅《めつ》道《どう》無《む》智《ち》亦《やく》無《む》得《とく》以《い》無《む》所《しょ》得《とく》故《こ》」って言ってるでしょ？　これはね、四《し》諦《たい》って言ってお釈迦様が説いた4つの苦しみを苦集滅道《くじゅうめつどう》って言うらしいんですけど、この考え方でいったらその苦しみにだって実体はないって言ってるんですよ。そもそもの苦しみが存在しないんだから、それを無くす方法というものがそもそも存在しない。そうなったら、苦しみから逃れるために悟りを得ましょうって言ったところで、得る知識も最初からないんだったらどうすんねん！　って話になるやないすか。

☆難しくなってきた　☆どういうこと？　☆だからそれを俺に言われてもって言ってんのよ！

……逆なんすよ。それでいいんやと。「菩《ぼ》提《だい》薩《さ》埵《った》依《え》般《はん》若《にゃ》波《は》羅《ら》蜜《み》多《った》故《こ》心《しん》無《む》罣《けい》礙《げ》無《む》罣《けい》礙《げ》故《こ》無《む》有《う》恐《く》怖《ふ》遠《おん》離《り》一《いっ》切《さい》顛《てん》倒《どう》夢《む》想《そう》究《く》竟《ぎょう》涅《ね》槃《はん》」ってのは、悟りを求める人たちには罣礙《けいげ》がない。罣礙ってのは心の陰《かげ》りって意味の言葉で、最初から得るものが無いって分かってたら何も恐れる必要が無いし、恐れが無いから執着もないし、だからこそ心の安寧《あんねい》にも至ると、そう言ってるわけです。その後に「三《さん》世《ぜ》諸《しょ》仏《ぶつ》依《え》般《はん》若《にゃ》波《は》羅《ら》蜜《み》多《った》故《こ》得《とく》阿《あ》耨《のく》多《た》羅《ら》三《さん》藐《みゃく》三《さん》菩《ぼ》提《だい》」ってところあるでしょ？　過去・現在・未来の仏様もみんなこの智慧の完成を実践してきたからこそ、逆説的に悟りに至ったんやと、ここではそんな感じのことを言ってるわけですね。

☆問題が無いなら答えもないって話か　☆そういう形で苦しみをなくすのね　☆難しいな〜

さっきも言った通り般若心経って〝教え〟なんで、最後に「せやからな？」みたいなパートが入ります。「故《こ》知《ち》般《はん》若《にゃ》波《は》羅《ら》蜜《み》多《った》」ってとこからがそれですね。「是《ぜ》大《だい》神《じん》呪《しゅ》是《ぜ》大《だい》明《みょう》呪《しゅ》是《ぜ》無《む》上《じょう》呪《しゅ》是《ぜ》無《む》等《とう》等《どう》呪《しゅ》能《のう》除《じょ》一《いっ》切《さい》苦《く》真《しん》実《じつ》不《ふ》虚《こ》」が「智慧の完成の実践こそが、偉大な真言であり、明確な真言であり、最高の真言であり、比類なき真言であり、あらゆる苦しみを取り除く真実の言葉である」です。で、最後、ここが俺が一番好きなとこなんすけど、ラストで「故《こ》説《せつ》般《はん》若《にゃ》波《は》羅《ら》蜜《み》多《った》呪《しゅ》即《そく》説《せつ》呪《しゅ》曰《わっ》」ってところで締めに入るでしょ？　これね、「色々言ってきたけど、つまりはこういうことです」ってのをここでまとめて言うんですよ。

☆はええええ　☆まとめ動画みたいな構成だな　☆おい不謹慎なこと言うな！

　で、その般若心経のキモをワンフレーズでまとめたのがこの「羯諦《ぎゃてい》羯諦《ぎゃてい》波羅《はら》羯諦《ぎゃてい》波羅《はら》僧羯諦《そうぎゃてい》菩《ぼ》提《じ》薩《そ》婆《わ》訶《か》般若心経《はんにゃしんぎょう》」ってとこなんですけど……、これはね、マントラって言って、なんか本来仏様本人がサンスクリットで喋った有難いお言葉そのものらしいんで、この音から訳すの自体があんまり良くない部分らしいんですよ。まぁその上で、あえてどうしても俺がこれを訳すんやとするなら……うーん、なんやろな。……強いて言うなら、あれかな。もしも自分の知ってる言葉で言い換えるなら。そうですね、うん。

「やれ、やれ、とにかく突き詰めろ、一緒に突き詰めようや、やりゃ分かる」

……になるんかな、やっぱり。まぁちなみにですけど、今ここで話した俺の解釈、般若心経教えてもらってる最中《さいちゅう》婆さんに「ようはこういう意味ですか？」って聞き返してたんですけど、全部「知ったような口きくな」ってカチキレられましたけどね。実際のところ。

＊

　だからってわけでもないんですけど、一時期は結構真剣にね、参ってたんすよ。だってさ、ゼイリブで撃ち合うことでしか人の話よー聞かんかった人にさ、ゲーム通じて色だの空だのどうやって伝えますかって……無理でしょ、そんなん。一応色々やったんすよこれでも。ゼイリブアルティメットだとさ、ＭＯＤで銃撃エフェクトそのものに色付けれたでしょ。あれに般若心経の現代語訳の文章打ち込んでさ、ＣＰＵ相手に撃ち込んで、フィールド上にバーンつってばらまきまくるとか。キャンペーンモードのBGM般若心経に差し替えるとか、ネームタグをサンスクリットにしてみるとか、考えつくことはおおよそやったかな。
☆なにそれ　ふざけてたの？　☆仏教縛りプレイ？　☆よくやってたとは、思うよ
迷走してましたね、だってゼイリブは般若心経唱えるように作られてへんねんもん、当然ですよ。でもそれすら分からんくらい当時は追い詰められてたのも事実で、怪奇現象が起きまくってるから自分のゲームの調子が悪くなってるのか、自分のゲームの調子が悪くなってるから怪奇現象が起きてるのか、正直判断もつかなくなってましたね。
☆……それは、当時はガタのせいでゲームやりたくなくなってたって、そう言ってる？
……まあね。「もうやめたる！」みたいなね、ツイートを深夜にして朝までに消してみたりね。当時はようやってましたね。毎日毎日負けるでしょ、結果も出ない。そうするとこれまた当てつけみたいにガタさんの亡霊が怒り始めて、ポルターガイスト起こすんすよ。「もうイヤや！」って俺が不貞腐れはじめると、PCがブオンブオン言い出す。もしかすると別に怪奇現象じゃなかったのもあるのかもしれんけど、当時の俺からしてみたらね、もう何でもかんでも全部ガタさんが怒ってるように見えてたとこはあった。……あったな～！！　壁のシミ見ても天井の汚れ見ても、「うわ！　ガタさんがキレてる！」って見えてから。
☆ノイローゼだな　☆配信で見ててもちょっと心配でした　☆そうか
そうなってくるとさ～、今度はMogaさんが葬式のとき言ってた言葉がどうしても頭から離れんくなってくるわけですよ。「俺の知ってるガタの頭じゃ、般若心経の意味なんか分かるわけないと思うんやけどな」ってやつね。だってさ、そもそも当のガタさんが般若心経分かんないんやったら、「葬式で正しいお経を正しい僧侶から読んでもらえなかった死体が、十分に供養されなかったことを憎んで成仏せずにこの世をさまよい続ける」っていう陰摩羅鬼のルール、詰んでますやん。いくら正しいお経を読もうと頑張ったとしても陰摩羅鬼側が般若心経の意味分かってくれないってことでしょ、どうすんねんそんなもん！

☆終わってるわね　☆ハナちゃん……　☆悩んでたんだな、ハナはハナで

……表ではあまり言ってなかったですけど、この頃は本当に、やっぱプロとしてはもうアカンかったんかなって話をね、周りとはよくしてましたね。俺ね、最初はガタさんの動画見てゼイリブ始めたんすよ。うわー、おもしれー人いるなーと思って。当時ガタさんブログもやってたから、そこに「動画見ました、どうやったらうまくなれますかー」ってメール送って。そしたら、その日のうちにフレンド申請返ってきて、一回一緒にやりましょうっつって。やった、直接レクチャーしてもらえるんだ！　って思ったら、もうね、ボッコボコですよ。もうボッコボコ。よくそこまで初心者相手にできるなってくらいボッコボコにやられた。

刹那《せつな》 良いエピソードじゃないですか　☆でも最初から結構動けてたよなハナって

そん時はね、世の中にはこんなに何考えてるか分からん人もおるんやって、衝撃受けましたね。でもね、その晩、次の日の晩だったかな。ニコニコのガタさんのチャンネルにね、動画あがったんすよ。「初心者向けゼイリブ究極知識伝授」ってタイトルで、俺とのプレイを録画して、俺のダメなところ一個一個指摘したうえで、そこに自分のゼイリブの練習方法みたいなのを説明してくれてたんです。これは未だにゼイリブ界隈だと初心者向け講座に引用されるくらいの動画で、流石にもう内容的には古くなってるけど……当時は初心者がなに聞いても「まずはこれを暗唱できるようになれ」ってＵＲＬだけ貼られるくらいやったからね。

☆実は俺もそこから入った　☆ちょくちょくマイリスランク入りしてたもんな当時

……ガタさんから始めたゼイリブを、ガタさんより先にやめてる分際だったんすよね、俺は。それをさ、ガタさんが死んだ後になって今更ゼイリブに戻ろうとするってのは、ガタさんがもしも生きてたら俺に何言ってたんかな、みたいなことまで考えだしたらもう止まらんくて。……やっぱりさ、どれだけ言っても人間、死ぬと過去の輪郭は朧《おぼろ》げになっていくんすよ。昔は手に取るように分かってたはずのガタさんの考えが、どんどんどんどん自分の中で薄れていく感覚があって、こんなときガタさんだったら何言ってたんかな、今の俺にガタさんは何を伝えようとしてんのかなみたいなのが、どんどんどんどんあやふやになっていって。

☆分かります、亡くなった人を忘れる悲しみみたいなの　☆そういうもんなんだなあ

ちょうど配信自体が面白くなってきたタイミングでもあったし、それこそ霞さんとかね、Vの人にもお世話になる機会が増えてきて、別に競技プロとして飯を食べていくことにそこまでこだわらなくてもいいんじゃないか、みたいなことも考え始めて。みんな引き留《と》めてくれたな～当時。もうね、今となっては感謝しかないすね。今なら億に1つもないと分かるんですけど。ワンチャン、ガタさん、わざわざオバケになって「そんなザマならゼイリブ引退せえ」って俺に言いに来てるんちゃうかなって、思ったりもしてましたからね、当時は。

解空 引き留めるだろそりゃ、勘違いしてんだもん

……うわ、解空さんおるやん、この間の大会以来で……。いや、そうすね。うん、解空さん、一番俺のこと引き留めてくれましたからね。勘違いってのは、やっぱりあれですか？　巷《ちまた》で俺の実力が過小評価されてるという、あの……。

解空 ちげーわ。ガタさんは他人に「ゲームやめろ」って言えるような人間じゃなかったって話だよ。ああ見えて気が小さい人だったから、俺の知る限りでは。

あ、さいですか……。あの、はい、失礼しました……。

＊

☆「怖かったけど結果全然怖くなくなった」って最初に言ってたのは、そういう恐怖を克服してまだプロを続けてるからってこと？

あ、いや、うーん……。まぁそういう側面もあるっちゃあるんすけど、そう言っちゃうとそうでもないというか……難しいな。あの、霞さんまだいらっしゃいます？　霞さーん？　霞さん、あの、裏で遊んだときの話、もうちょっと詳しくして良いですか？　ブランディングある？　ない？　大丈夫？

霞クウch **今更私に裏で遊んで怒るファンいないからいいですよ、どうぞ！**

……お、怒ってないよね？　ええと、はい。一応お許し出ましたので話しますけども。さっき霞さんと裏でゲームやってるときに怪奇現象が起きたって話したじゃないですか。それがね、ちょうどこの引退考えてた頃くらいの話やったんすよ実は。さっきも言った通り俺「競技プロやめて配信で食ってくか」みたいに考えてた時期やったし、結構ね、気合入ってたんすよ。正確には一緒にゲーム遊んでる間は心霊現象とかも全然起きなくて、一通り楽しく遊んで「せっかくならコラボでなにやるかだけ軽く話しますか～」みたいになったんやなかったかな。

☆裏でVと遊びやがってよ！　☆羨ましい　☆そこまでは全然知らんかったわ

霞さんはやっぱり俺がプロだってこともあって、ゼイリブのコーチング配信みたいなのどうですかって声かけてくださったんですよね。でもなんか、それはなんやろな、こっちが気遣わせちゃってるんかな、みたいな気持ちがね、その時は正直ちょっとあって。気を遣わなくても大丈夫ですみたいなフォローのつもりで、「いや、僕は全然雑談配信とかでもお邪魔しますんで」って言ったんすよ。別に全然ゲームでも良かったんすよ、むしろゲームの方が良かったよそりゃ。でも……社交辞令的にね？　一応俺も配信者やから、気を遣ってそう言ったんすよ。

☆ゲームやりましょ！　って押すとプレッシャーになるからな～　☆「配信者」、か

でも、皆さんもうお分かりの通りやと思うんですが。ウチの兄さん、そういう社交辞令全く通用しないお人やったから！　俺には……正直何も見えんかったし、何も聞こえなかったんですけど。でもDiscordで画面共有してた霞さんにはね、見えちゃったし、聞こえちゃったんですよ。俺の背後で鬼の形相を浮かべる謎のおっさんの影が。俺未だに笑っちゃうんだよなこの話。俺から見たらね、突然霞さんの首が150度折れて胸に埋まったようにしか見えてなかったんですけど、霞さんからすると、このときヘッドホンに知らんおっさんの声が響いてたらしいんすよ。

「そこはゼイリブやらんかい」っていうね、地獄の説教ボイスがですよ……！

☆!?　☆え、そんなハッキリ何言ったかまで聞こえたの？　☆いやそりゃ言われるよ

凄かったすよ霞さんの悲鳴。ギャアアアアアアアアアて！　声が俺のヘッドホンから出て、マイク入って、もう一回霞さん側に届くくらいすさまじかった。いやでも驚きますってそれは、突然知らんおっさんに盗聴されてコラボ配信の駄目だしされてるんだもん。最初こそバグかなんかかな？　と思ったんですけど、霞さんの様子見てたら「あ、多分これオバケでたな」って気付いたんで、「すんません！　実は僕、祟られてるんです！」ってその場ですぐ霞さんにお伝えはしたんすよね。でも、それが良くなかったね。それ聞いたら霞さん、逆に恐怖で震えが止められんくなって、もうどんどんパニックになっちゃって。

☆ひでぇwww　☆ハナさんが悪くない？　☆ハナが悪い、どう考えても

でもね、俺にもどうすることも出来ないから！　どうせ効かんやろとは思いつつも、しゃーなしその場で般若心経唱えてみたんです。般若心経唱えながら「どうですか、霊は収まりましたか？」って霞さんに聞いたら、これがね、意外なことに「なんか、苦しんでるように見えます！」って答えが返ってきて。え？　もしかしてガタさん、流石に般若心経の意味分かってきたんか？って思ってね。なるべく心を込めて般若心経を唱えて。「霞さん、効いてますか？」「はい、効いてます！」「霞さん、どうですか？」「なんか渋い顔してます！」「どうですか？」「ずっと嫌そうにはしてます！」みたいなのを10分くらい続けたんやなかったんかな？

☆一応効いてはいたんだ　☆「効く」なの？「聞く」なの？　☆「聞く」だろ

そうこうしてるうちに、なんか霞さんの反応が鈍《にぶ》くなってきて。「効いてますか⁉」ってどれだけ聞いても、「いや、うーん、これは……」みたいな曖昧《あいまい》な反応しか返ってこなくなってきて。本気になって般若心経を唱えてるのに、唱えれば唱えるほど霞さんの反応が渋くなってくんすよ。霞さんが実際何を見たかは俺には分からないんで、これもあくまで霞さんが知ってる限りの話になっちゃうんですけど。なんかね、霞さんが見た悪霊、最初は苦しんでるように見えたんですって。でもね、唱えても唱えても苦しんでる感じも辛そうな感じもなかったらしいんすよ。ただ、注意されてる子供みたいな渋い顔浮かべてたらしくて。あの人、俺がありがたーいお経聞かせてる間、文字通り説教されてるみたいな不貞腐れた顔してたらしいんですわ、ずっと。こっちの気も知らないでさ、マジで。

＊

結構、新鮮な体験やったんすよ、それって。それまでの俺って……というか今もなんですけど、ガタさんの〝教え〟の正統後継者自称してたんすよ？　冗談半分だったにせよ、「あの人を継ぐ者は俺や！」って実際あちこちで言いまくってた。ガタさんの考えることならそれなりに分かってると思ってたし、実際理解度だけで言ったら世界で一番俺が分かってたとは思う。でもそれって、所詮《しょせん》はどこまでいっても俺とあの人っていう閉じられた関係性の中の話で、当然ガタさんも人間なんだからあちこちで色んな人に色んなことを言ってきたわけで、そこでは色んな人に色んな〝教え〟だって授けてきてるわけですよ。

かしょう　**まぁそれこそ俺はハナちゃんが正統後継者ともまだ認めてないからな**

死んだ今更何言っとんのとは自分でも思うんですどね。坊さんから見たガタさん。祈禱師から見たガタさん。霞さんから見たガタさん。「他人の視点から見たガタさん」というものも世の中にはそりゃあるわなってことを、ガタさんが霊視される存在になってようやく気づけたところがあって。あ、そうか。言われてみると俺ってあの人が説教されてるとこ見たことなかったなとか。俺はずっと「自分の言ってることはガタさんにちゃんと伝わってる」というつもりでいたけど、いっつも返答が雑だから俺が気付いてなかっただけでワンチャン俺の言ってることも全然伝わってなかったかもしれんな、みたいなことを思い始めて。

タモン　**それはある、俺も正直今日初めて聞いたこと沢山あったよ。**

それこそさっきの話みたいなもんですよ。俺が知ってるガタさんも、ようはそれって一つ一つの縁の集合体で、「具体的に俺がガタさんの何を知ってる？」って考えたら……一緒にゲーム遊んでるときの動きの癖くらいしかないんすわ。それもまた俺というプレイヤーの動きを踏まえた上でのガタさんの動きでしかなく、これも絶対なものではない。それ以来ちゃうかな。なんかね、自分の中で薄れつつあったガタさんのイメージが、もう完全になくなっちゃったんです。……でも逆に、それがしっくりきた。「そもそもガタさんって俺にとってそういう人やったな」って、なんか妙にハッキリと思い出したんすよ。

☆ほう？　☆え、どういう意味？　☆おい止めてくれよ急になんかそんな真面目な話

さっきも言ったでしょ？　あの人が突然死ぬもんだから、こっちもなんか感傷的になって「あ、あの人はこういうお人やったな……」みたいなの考えるようになってただけでさ。でもね、生きてるうちにそんなこと考えたことあったかって言ったら一回もなかったんですから。生きてるうちに俺があの人に思ってたことなんて、一つしかないんすよ。「何考えてるかまったく分かんない人」……それだけ！　そもそも俺らガタチルはみんな、訳の分からんおっさんの訳の分からん言動から零《こぼ》れ落ちた〝教え〟を一つ一つ汲《く》み取って、「いつかはこいつをゼイリブでぶちのめしたる！」って思った人間の集まりですからね⁉

☆wwww　☆原点回帰感ある　☆言われてみれば！　☆なんだよそれ……

Mogaさんもそう。かしょうさんも、解空さんも。古名君、かっちゃん、アンヌさん。ウパちゃんにショウゲツ君にタモンさんもみーんなそう！　全員あの人に一番最初「本当の意味で目、あけてるか？」とか「お前の肌、どこで音が聞こえてる？」みたいな訳の分からないこと言われて、何言ってんだコイツ？　って思いながらしゃーなしあの人のゲームに付き合ってた面々ですもん。ガタさんと実際遊ぶようになって、結局あの人が何が言いたかったんかは、それなりに分かるようにはなった。でもそれってどっちかっていうと……「教わった」っていうより「教えられてしまった」の方が近い出来事ですからね。

katchan　**あのとき送られてきたDiscordのスクショ今も持ってるわ**

アンヌ　**あれなー**

☆なんだスクショって

あんたらこういう人が見られたくない枠にばっかり狙って湧いてくるなマジで……。なになに、何の話？　やめてくださいねそうやって人の配信荒らすのは！

katchan　いや、ハナちゃんが「俺、ガタさんのこと誤解してたかもしれん」って

アンヌ　あったやん突然意味深なメッセージ Discord の葬式グループに送ってきたやつ

☆葬式の話を Discord でやるなよお前らさぁ！

あー……。あれね。えーと、夜中、ガタさんの遺影に手合わせてるときにね。なんか、そういう気分になっちゃって送ったやつ、かな。葬式用に作った Discord のグループに「あの人の言ってたこと、みんな意味分かってた？」って聞いてみた、やつ。……あ⁉　思い出した！　そうですよ！　そしたらですよ！　そしたらこの人ら、俺のメッセージみんなして無視したんすよ！　そんで「なんで無視するんすか！」って書いたら、今度はまたみんなして「今更何当たり前のこと言ってんだ」みたいなこと言って、人の感傷を茶化してきやがってさ……！

katchan　茶化してはないよ別に w

アンヌ　だって、本当に今更だったしな？

☆なんなんだよこいつら、どいつもこいつも！

＊

一周忌のときやったかな。そんときも結局、俺が幹事やったんすけど。……聞いてますかガタさん⁉　貴方《あなた》の一周忌も俺が幹事やったんですよ！……まぁそれはそれとして、久しぶりにガタさんの葬式に参加した十人が集まったんで、そんときに改めて話したんすよ。ガタさんのこと。

葬式の時はね、それぞれが〝教え〟に従って弔い合戦やってただけだったんで、せがた三四郎の曲流したことにしろ、ガタさんのヘッタクソな初配信流したことにしろ、なんでみんながそんな弔い方したのか理由も特に聞かんかったし。そもそもガタさんのこと話すこと自体が気恥ずかしいというか、これまでそんなことしたこともなかったんで。

☆当たり前だろ恥ずかしい、どんな顔して聞けばいいんだよそんな話!

……おもろかったなあれ、俺も全然知らん話が次から次に出てきてさ。実質葬式の答え合わせみたいなもんでしたからね。せがた三四郎の曲流したのはショウゲツ君だったんですけど、なんかね、一番最初にガタさんと顔合わせたとき、首都高にドライブ連れてかれたんですって。朝まで無言のまま何の目的もなくグルグル首都高まわって、「これなんすか?」って聞いてもガタさんは「今、大事なとこや」しか言わない。ほんで朝になったら「じゃあ頑張れ」って言われて一方的に解散になって。あとで考えたら、そのときずーっと車内に流れたのがせがた三四郎のテーマだったたっていうね。……ちょっとしたホラーでしょこれ!

☆またそんな大袈裟な……たまたまその時曲が気に入ってただけだよそんなもん!

初配信流したのはかしょうさんだったんですけど、これもね～! ガタさん、初めての配信で、コメント欄と大喧嘩してるんですよ実は。喧嘩っていうか、もう意味の分からん言い合いね。ガタさん昔っから配信者の癖にテロップでは饒舌《じょうぜつ》なのに喋ると言葉少ないから。……で、このときガタさんとコメント欄で喧嘩してたのが、何を隠そうかしょうさんだったんですよね。それキッカケでガタさんと遊ぶようになって、そのときガタさんが言いたかったことはなんとなく分かるようになったんだけど、本人からしたらね、分かれば分かるほど「言葉が足りねーんだよ」って余計に腹立ったらしいですわ。めっちゃ分かる～って思ったもん。

☆いやあれは動画見直せば分かるけど、かしょうって荒らし同然だったろ最初は！

認めたくはないんですけれども。みんなね、ふざけてなかったんすよ、結果的に言えば。それぞれがちゃんとガタさんの〝教え〟を受け継いで、それに沿って弔おうとしてただけだった。……逆に言えば、俺だけだったんすよね。あの葬式の場で、「このまま成仏なんてされてたまるか」って、内心思ってたのは。勝手に死にやがってってさ。自分が知ってる弔いの形を、必死にこなしてただけでしたからね。だって弔いたくなんかなかったから。弔いたくないよ、そりゃ。でも弔わなきゃならないから。だってガタさんは死んだんだから。弔わなきゃって思って、意味を考えないように弔いをやってたとこはありましたよ、実際。

みんなからね、聞かれたんすよ。「なんでお前ガタさんに般若心経を読んでやろうと思ったの？」って。「それが弔いだと思ったから」って素直に答えたら、「そりゃ何もかもに失礼な話だな」って、よりにもよってMogaさんに言われましたね。俺生きてきてあんな恥ずかしかったこと無かったわ。まぁ今更になってようやくですけど、あの時の自分がやろうとしてたことは分かるようになりました。俺は……ガタさんに死んでほしくなかったんすわ。生死がある人だとも思ってなかった。ずっと生きてるもんだと思い込んでた。自分自身に「ガタさんは死んだ」と言い聞かせるために、弔いの形をやろうとしてただけだった。

でもね、そんな心持ちの人間の口から「なんか生きるも死ぬも同じみたいなもんらしいっすわ」なんて説教聞かされたら……そりゃ「未練タラタラなのはお前の方ちゃうんかい」と死人にも見透かされちゃいますわなと、まぁ、そう思いましてね。

まぁ、観念しましたよね、そのとき。みんなにも言ったもん。俺、ガタさんに死んでほしくなかったなって。だって〝教え〟なんか受け継ぎたくねーもん、勝手にいつまでも自分で喋り続けてろって思ってたわって。そしたらみんな、「だよなー」って言ってましたね。まぁ当たり前か。あれこれ人に説教してくるくせに、最後の最後で何考えたのかは分かんないまま死んでんだから。みんなして「ガタさんって生きてるときから本当そういう人だったよね」とか「こういう面倒くさいこと本当多かったよね」とか、そのとき結構初めてくらいで喋りましたね。蓋を開けてみたらね、やっぱり悪口が90％くらいでしたわ。笑っちゃうけども。

……そこでさ～、俺、言ったんすよ。「ガタさん多分、俺がそういう気持ちで般若心経読んでるの見透かしてたんだろうな」って。でもそしたら、これがま～たMogaさんがさ……。いや、ちょっと待てと。「俺の知る限り、やっぱりガタの頭じゃ般若心経の言ってる意味なんて理解できないはずだ」って、わざわざ反論してきよったんですよ。……も～さ～！　いいじゃん今更！　俺が反省してそれで終わったんだから！　でもですよ、そしたら今度はウパちゃんもさ、いや、待てと。「俺の知る限り、ガタちゃんは意味が分かる云々の前に、そもそもその手の説教は最初から聞きもしないはずだ」って、そっちからも意味分からん反論してきたんすよ！

もうね、改めて言うわ。もう……ホンマひどい。あの人ら。つくづくそう思った。信じられます？　一周忌の場でさ、わざわざ全国から集まった参列者が、故人の頭で般若心経が理解できるかどうかで大揉めしよるんですよ？　「俺の知る限り、あいつの頭で般若心経の教えなんか分かるわけがない」とか「そもそも他人の説教は一切聞かないから、仏様になったところで素直に説教聞くかどうかかなり怪《あや》しい」とか「分かったところであの性格じゃ従うかどうかは疑問」とかね……故人の理解度を巡って故人を貶《けな》すわ貶《おとし》めるわの大揉めで……聞いてられんかったもん！

古名　**いやでも実際そうでしょ、俺の知る限りガタさんって最後の最後はいっつも「ゲームっ**

てのは0と1とで構成されとるんや」って言ってたしさ。

☆ちょっと待て。……俺そんなしつこく言った覚えないぞ、その言い回し。人間て死ぬとこんな扱い受けなきゃいかんのかオイ⁉

……そうね。それは確かにそう。仮にガタさんが般若心経の全ての意味を理解できた上で、それがまったく正しいと認めてるんだとしても、あの人ならヘソまげて「俺は俺の道を行くからよ」とか言いそうやもんな……。そもそもあの人ってコンピューターゲームの人やったからさ、全てのゲームの攻略はこの世界が0と1から成り立ってるって前提からよく話始めとったもんな。形あるものは縁で成り立ってるんですよ、この世の全ては縁が無くなれば実体を失うんですよって言ったところで、「いや、コンピューターゲームは最小までいったら0と1や、0と1は実体や」みたいにゴリ押ししてきそうなイヤさあるもんな。

タモン 六感のくだりも大分怪しない？　そういう話じゃないって分かっててもゲーム内でネチネチネチネチ「六感は、いるわな？」みたいなん言ってきそうやん。

☆いやいや、六感は必要だろ普通！　だってゲーム遊ぶのにあえて閉ざす必要ないだろ⁉　まるでこっちが無茶苦茶《むちゃくちゃ》言ってたみたいに、死人に口なしと思ってこいつら……。

……それもね、分かるわ。完全に論破されてても「でも、そうとも言えないのがゼイリブだからよ」みたいな言い回しで勝ってるようなツラするからなあの人は！　実際「ベイトは第六感で距離をとれ」みたいなこともフツーに言ってたしな～。五感なんてないですよなんて言われたら、「いいや、コンピューターゲームは全ての情報を全ての感覚器で精査した人間が勝つんや」みたいなこと言い返してきそうやし。記憶と感情のあたりもな～。そういう話やないんすよ！　っていくら言っても「いや、やりこみは裏切らん」ばっかり言い返されそうやもんな、……言っててどんどん嫌な気持ちになってきたわマジで！

かしょう **俺の知る限り、内心は別としてよ、そもそも誰かに弔われて素直に「ありがとう」と言える人じゃないんだよなガタさん。……内心は別としてね？**

☆言ってるよ！　お前ら一人一人にありがとうって言ってる！　お前ら想像の中の俺をどうしたいんだよ！　死人相手だと思って適当に話を盛りやがって……！

まあね。そもそもこっちが「楽になりたい」的なこと言うと「アカン、ラクするな」としか言わんかったからな、あの人。ゲームは終わりと始まりがあるんや。良いプレイと悪いプレイがあるんや。全てのフレームで有利不利が動いてるんや。……よく考えたらこの辺も全部言ってるしな。般若心経相性悪いな～。死んで「早く楽になってくれ～」って言っても、やっぱりそこは「アカン、まだラクは出来ん」って言い返されるんかな。ハァ……クッソ面倒やなマジで。弔いなんて形だけ受け取ってさっさと成仏すりゃええやん！　そういうもんやろお葬式って！

ショウゲツ **いやハハナ、そこがそもそも間違いなんだろ。大体ガタさんが「成仏したい」とか「輪廻《りんね》から抜け出したい」とか、そんな高尚なこと望んでるとは俺には思えん。**

☆それは確かに望んじゃいないけど。その、だからと言って、お前からそんな風に言われる筋合いも無いだろ⁉　もうちょっとこっちにいたかっただけの話だろ！　悪いか⁉

おいおいおい……。いよいよ無茶苦茶なこと言い出したな。分かりますよ。確かにガタさんはね、執着の塊《かたまり》のようなお人でしたわ。それは認める。常日頃から「やめるためにゲーム遊んだらアカンぞ」って仰ってました。何度でも何度でも繰り返しやれって俺も言われたもん。何を目的に遊んだらいいすかって聞いたら、一言「苦しめ」だけ言われたこともあったからな。……でもね、するとなんですか⁉　皆さんはあれ、そもそもガタさんは成仏なんかまっぴら御免で、むしろオバケになりたくてなってると、それを俺は大きなお世話で成仏させようとして逆に怒られてたんだと、……もしかして俺にそう仰ってますか？

Moga **俺は最初からずっとそう言ってるだろ、お前らにさ☆本当顔合わせるたびにイヤなこと言うなお前はよ！**

……本当顔合わせるたびにイヤなこと言いますね！

＊

……え？　オチ？　無いわそんなもん！　最初に言ったやろ「昔は怖かったけど今は全然怖くなくなった話」って！　俺はあくまでプロゲーマーですから。「悪霊をゲームでねじ伏せたったわ〜」とか、そんな起承転結期待されても、この話には、無いです。一周忌超えたあたりから流石に一回一回の怪奇現象にワーワーいうのも面倒くさくなってきて、気付いたときには何も起きなくなってたんすよね。まぁそんなもんでしょ、現実の恐怖体験なんてのは。ガタさん側もね、流石にこれ以上コイツにガミガミ言っててもしゃーないわって悟ったんだと思いますよ。

不思議なもんで、それくらいからゲームの勘も戻ってきて、そこそこは勝てるようになりましたからね。もしかしたらガタさんも「これ以上言わんくてもええな」と思ってくださったか……あるいは俺のこと祟ってたガタさんがどっかのタイミングで成仏したから俺のゲームプレイも元に戻ったとかね。あるんやないすか。ここまでまるでガタさんが本当に化けて出てた前提で話しちゃってますけど、全てはスランプに陥《おちい》ってた俺が見てた幻覚だったって可能性も無いわけじゃないですから。キーマウも俺の生霊が動かしてた可能性ありますから。間違っても、ハードウェアチートなんてやってないんでね僕は！

もう9年か。そりゃ9年もありゃ肚《はら》も決まりますよ。何が怖かったってね、結局ガタさんの〝教え〟を正しく引き継げるのかなってのが不安だったんですから、そん時の俺は。それはガタさんが作った日本ゼイリブ界隈に対しての責任もそうだし、俺がかつてのガタさんくらいのことやれるんか？　ってことにしてもそうだし、ガタさんの〝教え〟ってのを俺が本当に正しく理解してたのかってそもそもの疑問もそうだったし。でもね、こんなんいくら悩んでも答えなんか出るわけがないというか……、まぁ、俺は俺の受けた〝教え〟をやってくだけの話ですから。

〝教え〟？……ああ、あれ、あれ？　俺、言ってなかったですっけ？　俺にとってのガタさんの〝教え〟なんてね、一つしかないすよそんなもん。最初に話した「奇声ＦＰＳ」ですよ。特に重要なのはやっぱり俺とガタさんのファーストコンタクトである「初心者向けゼイリブ究極知識伝授」の動画ね。あれはまさに俺の問いに対してガタさんが残してくれた直接の〝教え〟で、今も定期的に見直してますから。……考えてみたら最近見てなかったかもな〜。いやね、流石に4世代前のゼイリブの指南動画なんで、今見ると内容も古いんすよ。でも基本的な考え方とか、ゲームへの向き合い方とか、そういうのはやっぱり古びませんから。

……考えてみると、前回調子悪かったときは毎日これ見て基礎の動き繰り返してた気がするな。あれかもしれないすね、こういう基礎練みたいなのやるとやっぱりゲームの基礎体力は上がってくんのかもしれない。……あるいは、俺が毎日必死にこれやってるの見たガタさんの霊が、「ようやく俺の〝教え〟を守る気になったんか」つって成仏してくれたおかげかも。……まぁ一応これでも私《わたくし》、ガタさんの〝教え〟の正統後継者自称しておりますので、皆さんもお手すきの際にはガタさんの遺言を見てあげてください。と、だけはとりあえず言っときますわ。

……ええ？　自分たちで見ればいいでしょ！　そんな……みんな揃って配信で見んでも……。

すか。ガタさんの有難い〝教え〟、久しぶりに拝聴いたしましょうか。

ええええ〜？　見る〜？　今〜？　まあ……いいですけどね。もう今日もゲームやらんし。じゃあ、見ますか？　見る？……ほな見るか。ちょっと待ってね。うわ〜、なんか今になって緊張してきた。何年前の動画？　20年とか？　ちょっと待って、探すわ。探します。奇声FPS……あ、あるな。ちょっと待ってね。今これ画面ブラウザ見えてます？　音聞こえる？　そんじゃ、いきますか。ガタさんの有難い〝教え〟、久しぶりに拝聴いたしましょうか。

＊

☆懐《なつ》かしいなこれ。どうやって教えるかみたいなこと考えて、結局動画にしたんだよな〜。

ガタさんね、ゼイリブやりこんで全一《ぜんいち》かもって言われてたんすよねこのとき。毎日18時間くらいやってたんちゃうかな？　世界でもほぼトップレベルで極《きわ》めたって言われてた頃に、ゼイリブやる上での一番重要な知識をまとめてくれたのがこの動画だったんすよ。

☆全一は言い過ぎだわ。フィジカル俺より凄い奴《やつ》いくらでもいたからな。俺は単に続けてただけだったよ、お前らと比べても、本当それだけだった。

ガタさん、つまりスガタさんね。ゼイリブの極みに辿《たど》り着こうとしていた頃のガタさんが、「このゲームは結局5つの動きさえ押さえたら遊べる」って解説してくれた動画だった。まぁ、悩める初心者にも「苦しめ、ラクしようとするな」って説教が大半でしたけどね。

☆まぁそうよ。ラクしようとしたらさ、なんもかんもすぐ終わっちゃうから。ゲームなんてラクしようと思ったら、究極遊ばなくても別に良くなっちゃうからな。

……言われたよこれ、俺。ハナ、よく聞け、と。お前、コンピューターゲームは0と1の集まりだぞ。0と1とじゃ何が違うかを考えるところからゲームは始まってるんだぞって、これリアルで会っても言われましたからね。0を撃っても意味ないし、1を避けて勝つように出来てねーんだわこのゲームってさ。だから感覚、記憶、意志、知識、それ全部総動員してなにが0でなにが1かを見極めろって何度も何度も言われた。

☆……言ったかもなあ、それは。言いたくさせる顔してたんだもん、昔のお前。勝ち気でさあ、生意気で、〝教え〟とか言うけど、結局全部お前向けの話だからなこれ？

これなんすよね、結局、ガタさんの言いたいことの全ては。コンピューターゲームの世界は0と1とが常に動き続けてる世界なんやから、まずそれと向き合えと。何かが起こる、何かが止まる。何かが始まる、何かが終わる。何かが増える、何かが減る。それを0と1とで表現してる、0と1とで定義してるのがコンピューターゲームなんだから、「戦況は変わらない」と考えてること自体がおかしいってのはね、ずっと言ってましたよ。

☆いや違う。違う違う違う！　お前だぞ？　お前が「ゲームって0と1が〜」とか言ってきたからそっちの方が分かりやすいのかな？　と思ってこういう言い回しにしたんだぞ俺は？

眼・耳・鼻・舌・身体・メンタル、全部で遊ぶんだよってね、これも言ってました。こういう感覚器官の対象である形・音・香り・味・触れられるもの・メンタル、全部勝ち負けに関わってくる情報になるからって。画面とか音とかはね、まだ分かるんですけど。酷いとCPUの焼け付くにおいを嗅ぎ取れ！　とか、舌でモニタの通電の動きを感じ取れ！　とかまで平気で言ってましたからね。実際本人がどこまで実践出来てたのかは知りませんけど。

☆そんなこと言ってたかな俺？……こいつすぐ話盛るから信用できないんだよな〜。でも、まぁ、言ってたかもな。当時の俺なら言ったかも、なんか段々自信無くなってきたな……。

まぁでも実際、こういう知識の差って歳食《とし》えば食うほど大きくなってきますからね。こう見えたらこう動く、こう聞こえたらこう動く。それがルールって決まってんだから、四の五の言わず覚えろってね。……改めて見ると無茶苦茶言ってんなこの人。「無知を自覚して知識をつけろ、学べ」「とにかく最初は死なないことに必死になれ、生きろ」……初心者向けの動画でこんなしつこくあれもやれこれもやれって重ねて言う必要は無いと思うんだけどな。

☆そりゃお前がそれを分かって無さそうだったからだよ！　「自分向けに作られた動画だ」ってお前さっき自分でも言ってただろ、さっきから聞いてりゃ他人事《ひとごと》みたいに！

……まぁこういうのもね、ガタさんが古い時代を生きたゲーマーだからこそみたいな思いはあったのかなって、ちょっと思いますけどね。意地張ってるんですよ、意地張ってなきゃ生きられない時代に生きた人だったから。「ゲーム遊んで楽してばっかでいいのか？」って言われたら、「苦しいくらいだ」って答えちゃうしさ。「何も得るものがないじゃん」って言われたら、「いや、得るものはある」って答えちゃうんすよ、この手の人は！

☆こいつ……自分のことも分かってないくせに他人のことを分かったようにペラペラと喋りやがって……。俺はな、そこまで年寄りじゃねーよ。勝手に神格化するな人を！

「怖いくらいのままでいい」は……ずっと言ってましたね。一生、最初に遊んだときと同じくらいゲームを怖がり続けろと。慣れたら終わるよってのも……ずっと言ってたかな。「もういいかな」って思ったら、ゲームなんていつでもやめられちゃいますからね。間違っててもいいから、とにかく繰り返しやり続けろ。やめようなんて思うなって、俺も言われた。俺も、俺の先輩も、先輩の先輩もそうだったからって、なんか言ってたわ確かに。

☆そうだよ。だからやれよ。何のために俺がここに残ってると思ってんだよ。お前が最初に俺にメール送ってきたから、しゃーなしだけど付き合ってやるぜって残ってやってんだろ。

こうやって改めて見直してみると……素直じゃないんよなガタさん。なんかかっこつけてギャーギャー言ってるでしょこれ？　平たく言えばね、つまりは「俺と一緒に苦しみ続けよう！」ってことなんすよ、この人が言わんとしてるのは。「俺を救おうとしないでくれ！」って言ってるし、「お前らどこにも行かないでくれ」って言ってる。それをガタさん流に言うと……なぜか「ゼイリブはこう遊べ！」って話になっちゃうんだよな〜。

☆友達もいないガキが構って欲しそうにしてたからゲームに付き合ってやってたのにさ。なにを今更……俺がお前をゲームに付き合わせてたみたいな都合の良い物語をこいつ……！

あ、言っときますけど、「この動画で言われたとおりにやったのに負けました！」とか俺に言うのはやめてくださいね。俺は確かにガタさんの教えの正統後継者自称してますけど、これが至高とかは全然思ってないですから。これが真実や！　とも思ってないし、これが最高！　ともこれさえ見とけ！　ともこれっぽっちも思ってないです。だって……この動画って結局初心者相手に「ラクするな！　苦しめ！　他に道は無い！」しか言ってないんだもん！

☆あ、こいつ。とうとうやったな。あーとうとうやった。ライン超えたぞお前。人の言葉を、そう伝えちゃう？　そうかそうか、そういうつもりかお前。だったらもう仕方が無いよな。

……一回さ、俺ガタさんに聞いたことがあったんすよ。それこそゼイリブ付き合ってるときちゃうかったかな。つまりはあの動画って、結論なにが言いたかったんすかって。そしたらね……ガタさん、ボイチャ越しにも分かるくらい声が不機嫌になってさ。「おい、今、それ聞くか？」って言われて。俺も流石に後にも引けんしもうアホになったフリして聞いたろと思ってさ。「ハイ、全然わからんかったです！」って言ったんすよ。

☆俺がお前に授けた〝教え〟の解釈は、それでいいんだな？　それってのはつまり、お前は俺

の言葉を使って「私は自分の意思でゲームを遊んでるわけじゃないんで」ってお前の弟子どもに教え伝えてるのも同然だと思うんだが、いいんだなそれで？

そしたらガタさん、憑き物が落ちたみたいな、聞いたことも無いような静かなトーンでさ。「……やれ。やれよとにかく。突き詰めろ。一緒に突き詰めようや。やりゃ分かるんだから」って言って、そのままゲームに戻っちゃったんすよね。

それ聞いたら流石の俺もさ～、「……ハハーン、つまりそういうことですか」って分かっちゃいましたよね。まぁそういうことなんで、あんま真剣に受け止めず、全ては一昔前のおっさんの戯言《ざれごと》くらいに受け取っといてください、この〝教え〟は。

☆……あーあ、そんなこと言われちゃったら……、こっちもその気になっちゃうよなあ？

＊

……はあ、なんかおセンチな気分になったわ、長話してたら。……アカン！　ちょっともう一回一服いくわ。本当にあきませんね、今日は。……スランプよ。終わり。ダメ。そもそもガタさんのこと考え出してるってこと自体、ゲームに身が入ってないってことの裏返しやからな。不吉。ダメダメ。はい、戻ってきたら今日の枠終わりますわ。以上、解散。お疲れさまでした、明日はリーグ同時視聴やりますよろしくー。

＊

Moga ……おい

かしょう 嘘本当に？

解空　うわすげぇ！　エグ！！
古名　これはもう……疑いようがないでしょｗ
katchan　やっぱりさっきのハナちゃんの野良が塩すぎたのが原因か～？
アンヌ　でも普通、幽霊って塩盛られたらイヤなもんじゃないの？
ウパちゃん　塩試合にも清めの力ってあるんかな……
ショウゲツ　そんな真面目に議論することかよｗ
タモン　ハナさん……本当……おつかれさまですとしか……

＊

……あい、戻りましたよ、と。はいはい、よっこい……あいた⁉　なんやこの……！　なんかケツに刺さった、いったあ⁉……なにこれ、羽？……おいおいおい、縁起でもない……。いや本当にもう今日はやりませんよ、やりませんからね。俺はやんないよ、やんない。無理してやったらおかしなるもん。おかしくなっちゃうから。

☆なに今の⁉　☆マウス弾け飛んでたぞ今⁉　☆ゲームが起動してるｗｗｗ

……あ～、コメントの感じ、そういうこと？　あ～、確かにね。はいはい。あ～、こんなところに……マウスは置いててへんかったかな？　キーボードもね、なるほどなるほど。……ええと、そうですね。……兄さん！　もういい加減勘弁してくださいよ⁉　俺もう……大丈夫ですって！　ちょっと今日たまたま調子悪かっただけの話ですから！

☆おい、兄さんお怒りらしいぞ　☆四の五の言わんでやるしかないなこれは

……おい！　お前ら！　オバケ出たんやからいつもみたいに塩って書けや塩！　盛るでも撒《ま》く

でもどっちでもええってそんなん今！　午前2時やぞ！　この感じやとまーた朝5時まで「ゲームってのは0と1とで構成されとるんや」からはじまり、「まだ耳が使えてないわ、ゲームは五感で遊べって言ったよな？」とか言われて……。うわなに⁉　うるせーなおい⁉

☆ラップ音だ　☆うわうるせぇ！！！　☆祟りのフルコースじゃんｗ

分かった！　分かりました！　分かりましたから！　やります！　やりゃいいんでしょ！　やらせてください！　だから一回ラップ音止めて！　止めて～！！

☆あんな得意げに「俺は寂しい兄さんに付き合ってあげてたんすよｗ」とか言うから……

☆これ、さっきまでの話ならハナさんがちゃんと付き合ってあげる流れなんですよね？

☆「ハハーン、つまりそういうことですか」じゃんこれさぁ！

……あ、すいません。なんかちょっと、ウチの兄さんが「やれよとにかく」ってお冠《かんむり》みたいなんで。あの、ちょっと予定を急遽《きゅうきょ》変更しまして、やっぱりゲーム配信にもどりたいと思います。

はい、兄さん曰《いわ》く、こういう時は大抵「やりゃ分かる」そうなので……。確かにね、そうすわ。……はいはい。しょーがないね本当、あの人は。

……まあね、最初の最初はこっちからゲームに誘ったっていう負目《おいめ》もありますんで、「俺のゲームに付き合っていただく」ということで、じゃ、泣きの一戦、始めていきましょか。

＊

☆ところで今回の配信って切り抜き動画作っちゃって大丈夫ですかね……？

あ～、切り抜き？　う～ん……まぁ、いいんじゃないすか？　だってそういうもんでしょ。人の話ってのは切り抜かれて、独自解釈されて、いつかは本人の意思とは無関係に拡散されるもんですから。……いや、これは〝切り抜き〟っていうより〝教え〟の話か？　まぁどっちでもいいです、ご自由にどうぞ！　あれですよ。万が一バズったら、今度ガタさんの墓参り行くときに俺からも伝えときますわ。「兄さん！　兄さんの〝教え〟、再生数１００万回ってましたよ！」ってな！　ダハハ！

……。

はい、今、皆さんが無駄に私に喋らせたせいで死にました。反省してください。

……お前ら先言っとくけどぜっっっっったいここ切り抜くんじゃねーぞ！！！

曰　く

出典　陰摩羅鬼—Wikipedia（https://ja.wikipedia.org/wiki/陰摩羅鬼、２０２５年1月21日閲覧）

初出一覧

それはそれ、これはこれ　Webサイト「カクヨム」二〇二一年八月

お前のこったからどうせそんなこったろうと思ったよ
河出文庫『NOVA 2019春号』二〇一八年一二月

「癪《しゃく》に障る」とはよく言ったもので　Webサイト「カクヨム」二〇二二年五月
（「シャーク・アタック」改題）

邪魔にもならない　早川書房〈SFマガジン〉二〇一八年四月号

全国高校eスポーツ連合謝罪会見全文　Webサイト「カクヨム」二〇二一年二月
（「謝罪会見」改題）

ミコトの拳　Webサイト「カクヨム」二〇二一年八月

ラジオアクティブ・ウィズ・ヤクザ　Webサイト「カクヨム」二〇二三年五月

これを呪《のろ》いと呼ぶのなら　東京創元社〈紙魚の手帖〉vol. 18 二〇二四年八月

本音と、建前と、あとはご自由に　Webサイト「カクヨム」二〇二一年八月
（「建前」改題）

〝たかが〟とはなんだ〝たかが〟とは　東京創元社〈紙魚の手帖〉vol. 16 二〇二四年四月

曰《いわ》く　書き下ろし

創元日本SF叢書

赤野工作

遊戯と臨界
赤野工作ゲームSF傑作選

2025年3月21日　初版

発行者
渋谷健太郎
発行所
（株）東京創元社
〒162-0814　東京都新宿区新小川町1-5
電話　03-3268-8231（代）
URL https://www.tsogen.co.jp

ブックデザイン
岩郷重力＋WONDER WORKZ。
装画
飯田研人
装幀
森敬太（合同会社飛ぶ教室）

組版 キャップス　印刷 萩原印刷
製本 加藤製本

乱丁・落丁本はご面倒ですが小社までご送付ください。
送料小社負担にてお取替えいたします。

ISBN978-4-488-02105-4 C0093

第1回創元SF短編賞佳作

Unknown Dog of nobody and other stories◆Haneko Takayama

うどん キツネつきの

高山羽根子

カバーイラスト＝本気鈴

◆

パチンコ店の屋上で拾った奇妙な犬を育てる
三人姉妹の日常を繊細かつユーモラスに描いて
第1回創元SF短編佳作となった表題作をはじめ5編を収録。
新時代の感性が描く、シュールで愛しい五つの物語。
第36回日本SF大賞候補作。

収録作品＝うどん　キツネつきの，
シキ零レイ零　ミドリ荘，母のいる島，おやすみラジオ，
巨きなものの還る場所
エッセイ　「了」という名の檻褸の少女
解説＝大野万紀

ヒトに造られし存在をテーマとした傑作アンソロジー

MADE TO ORDER

創られた心
AIロボットSF傑作選

ジョナサン・ストラーン編
佐田千織 他訳

カバーイラスト＝加藤直之

創元SF文庫

◆

AI、ロボット、オートマトン、アンドロイド――
人間ではないが人間によく似た機械、
人間のために注文に応じてつくられた存在という
アイディアは、はるか古代より
わたしたちを魅了しつづけてきた。
ケン・リュウ、ピーター・ワッツ、
アレステア・レナルズ、ソフィア・サマターをはじめ、
本書収録作がヒューゴー賞候補となった
ヴィナ・ジエミン・プラサドら期待の新鋭を含む、
今日のSFにおける最高の作家陣による
16の物語を収録。